# 岁月陈香

张学冰 著

北方联合出版传媒（集团）股份有限公司

万卷出版有限责任公司

**图书在版编目（CIP）数据**

岁月陈香 / 张学冰著. — 沈阳：万卷出版有限责
任公司，2024.6
ISBN 978-7-5470-6460-3

Ⅰ. ①岁… Ⅱ. ①张… Ⅲ. ①散文集—中国—当代
Ⅳ.①I267

中国国家版本馆CIP数据核字（2024）第044918号

出 品 人：王维良
出版发行：北方联合出版传媒（集团）股份有限公司
　　　　　万卷出版有限责任公司
　　　　　（地址：沈阳市和平区十一纬路29号　邮编：110003）
印 刷 者：三河市龙林印务有限公司
经 销 者：全国新华书店
幅面尺寸：170mm×240mm
字　　数：385千字
印　　张：22
出版时间：2024年6月第1版
印刷时间：2024年6月第1次印刷
责任编辑：吴芮瑶
责任校对：刘　洋
装帧设计：张　莹
ISBN 978-7-5470-6460-3
定　　价：68.00元
联系电话：024-23284090
传　　真：024-23284448

# 书中溢出的陈香

2023年的夏天，在河南省南阳市社旗县自然资源局工作的张学冰将刚写出的书稿按春、夏、秋、冬四个部分发给我，说准备出版，希望我写一篇序。我当时正在外地，忙着采访创作沂蒙山生态文明建设的作品，所以就将写序的事放了放。到了10月份回京后才静下心来阅读她的书稿。

渐渐地，我被文字中散发的意味吸引。这种意味，踩着四季的节律从书中慢慢外溢，仿佛是多年的老酒，瓶盖被打开时，散发到空气中经久不散，且清香且醇厚宜人。等我读完书中的一百多篇作品后，人已陶醉了。在作者优美的文字里，我嗅到了春天的桃花香，秋日的桂花香……再读读书中唯美的诗化语言，语言后面的细微和宏大，又让我一时不能确定从哪儿下笔才能写出达意的序言来。

张学冰是中国自然资源作家协会会员，也是2017年中国自然资源作家协会与鲁迅文学院联合培养的学员。多年来，我一直信守一条准则，凡是中国自然资源作家协会会员，如果出版新作要我写序，我都不推辞。因为作为会员、一名文学爱好者能写出一部达到出版水平的书，是多么不容易啊！出于对这部作品的偏好，我跟张学冰说："我现在还找不到感觉，你先认真打磨作品吧。"

人间四月芳菲尽，这是北京最美的季节，张学冰将出版社已编辑好准备出版的电子版书稿发给我说，"就等您的序了。"

《岁月陈香》这本书，看似只是记录了作者近几年来，做饭，画画，拍照，写字，读书，喝茶，行走，爱人，也被爱，以及行走的一年、一天、一步、一晨昏、一花、一叶、一草、一木，和对大自然、对四季、对生活的万千感受。但是，细细读来，这一行行素朴的文字背后，却把作者对生活的态度，对人生、对经历的深刻认识诗情画意地呈现了出来，从而让最平常的人间烟火散发出优美雅致的气息，也治愈了生活的万千疲惫……从字里行间，我体会到作者对生活抱持的热烈和深情，懂得了一个人即使身处尘埃，也可以精神明亮如星辰。

是的，从某种程度上讲，文字是我们物质生活的一部分，也是精神生活的一部分。书中，从四季花草，到细雨漫漫；从独坐窗前品一杯香茶，听浅浅树荫下的鸟鸣，到阳光下熙熙攘攘人群之中的蓦然回首，生活中的点滴瞬间，自然风光里的所有构成，都让我们注目、感怀。只要我们认真去观察，用心去思考，就会发现意想不到的美，这就是作家创作时的灵感，也是文学创作一种常有的状态。

我一直认为，文字可以丰富你的情感，弥补你的缺憾，消融你的块垒，让灵魂自由自在地飞翔。文字，可以让你怀着一颗对万物敏感的心，感受生之美好，在平淡的生活中寻找诗意的况味。

从书稿中，我看到张学冰写的栀子花、蔷薇、荷花、紫薇花、栾花，朵朵如画。她写玉兰似女子，花开无尘。写月季花香一部分沁入身体，一部分从心上弥漫。写格桑花枝独立清秋孤绝高傲，清雅万方……

写风，写四季的风，雨中的风，风的声音，风中的城市和风中开始弥漫新麦的清香，以及风吹麦浪的情景……

写那一方天空，两寸暖阳，三缕和风，四朵锦花，五分绿色，是生生不息，是人生锦绣……

写春天来了，把心思放飞，看河水盈盈，看花蕾嫩芽，蝴蝶，大雁……

写心语，写生活带给作者的思考。写所有的经历，无数的情感体验，人间烟火、种种遭遇，和自然对话时的万语千言……

读《岁月陈香》一书，你不仅可以领悟到作者观察世界的方法以及慢慢发生变化的心路旅程，也验证了文字神奇的疗愈能力，和作者文字所传达的那种心有热爱，人生常春的生活理念。

还是那句话，生活不会总尽如人意，万物都有裂痕，但那正是光照进来的地方……

〔陈国栋，中国自然资源作家协会主席、中国作家协会第十届全国委员会委员、《大地文学》主编。中国地质大学（北京）高级研究员、文学创作中心主任，中国地质大学（武汉）客座教授。在《人民文学》《中国作家》《中国妇女报》等报刊发表报告文学、散文、评论等200余万字。〕

# 遇　见

　　人生有很多遇见，难忘的不多。我和学冰老师遇见于山东泰山脚下举办的中国国土文学培训班上，因为在同组，家住泰安的组长尽地主之谊，晚上请同组同学相聚吃饭，我和学冰老师邻座，酒酣耳热之际，我俩挨着拍了一张照片，至今留存在我的手机相册里，两人都笑盈盈的，非常美好。

　　同年9月份，我和六七个同事去河南平顶山单位的施工工地送清凉，我打学冰老师电话说了这件事，没想到她从社旗开车到南阳迎接我们。到了社旗，学冰老师带我们参观山陕会馆，晚上喝赊店老酒，那天我斗胆和她带来的好友们斗酒，喝得酩酊大醉，第二天才回合肥。

　　我为当地历史人文风光所震撼，把那个初秋下午阳光照耀下的社旗古老山陕会馆、古老街道优美的色彩，学冰老师热情、真挚、豪爽的形象深深留在了记忆里，这难忘的记忆还影响到我此后的写作和绘画创作。

　　学冰老师有一个公众号，她几乎每天都要发布一篇文章，这习惯坚持了十几年。遇见学冰老师，她的刻苦勤奋，让我惊叹，也给了我压力。因为我是个懒惰的人，写作画画都三天打鱼，两天晒网。学冰老师的文字，更让我惊叹。那字里行间诗意、唯美的自然气息，那种热烈和热爱，以及她对春夏秋冬季节变化时的瞬间感怀，叶落花开的伤感和喜悦，对风来霜落、雨落雪飘的叹息和赞美，更有她内心深处对美好的向往追求，寻找温情、温暖的热情，会让人不知不觉被她感染、感召，继而趋之若鹜。那种感觉就像身临其境一样，她生活的小城美丽如画的背景，好听的河南南阳口音，叫人心生温馨、喜悦和亲切。

　　学冰老师笔下，任何事物都万种风情、楚楚动人，她坚持"用最简的心境，开出诗意"。哪怕路遇天真孩童呼喊她"阿姨"显得年轻，也让她欣喜一整天；她视雨为珍珠，明润心底的黯淡，湿润一整天的怀念；上班早点出门，心无芥蒂地逛逛走走，与草树对视，会对世俗释怀；愿变成草木、云朵，一路撒欢，一路肆意……

学冰老师认为这个纷繁世界离不开人间烟火，也要有情，有趣，有味。于是她赏花、品酒、品茶，也爱咖啡、旗袍、插花。日子在学冰老师的笔下，最寻常的事也变得轻盈，婉约，俊美。

学冰老师写作的特别之处，总是能知微见著地以俗见雅，见趣，见诗意，见彻悟。无论是或喜或悲的感怀，还是惋惜、惆怅、思念，最后都能释怀，都转化成最美的抒情，充满了舒展的、欢笑的、生长的意韵。她在凡俗中寻找欢欣、丰盈、蓬勃，"把一地鸡毛的庸常诗话成歌"，让世事的薄凉、曲折、繁简，流水般丝滑地回归到平淡、从容、沉着，回归到透彻和理智。

《岁月陈香》这本书收录了学冰老师数千章文字中的一百五十余篇，翻开目录就有一种满目缤纷琳琅的感觉。真的，你会期待翻开书里每一页，像打开一扇扇可以瞭望绝美风景的窗，观赏展厅里一幅幅轻松明亮的画。

这本书散发出的绘画美和诗歌韵味，是学冰老师心中所有美的倾诉。那些诗意盎然的句子，是要怎样的才气才能信手拈来呀！"只要喜欢就圆满了"，"笑起来的人，怎么都好看"，"夏天迟暮的霞光，正如你晚风里的笑"，等等，都让我爱不释手。对于我来说，读学冰老师的文字，千遍万遍不厌倦。

自从上次学冰老师故乡社旗一别，有七八年不见，想来再遇见时，学冰老师还是满面春风，话语爽朗吧。

同学戴舒生于甲辰年深春

（戴舒生，中国自然资源作协会员、安徽省作协会员、今日国土·生态文学委员会特聘作家、中国地质作协理事；安徽省美术家协会会员、安徽省水彩画学会副秘书长、安徽省直书画协会理事。专事自然、生态、地质文学、美术创作，有作品发表于报纸杂志、入展省市美术展览。）

# 目录

4

# 万紫千红又一春

## （一）

春，袅袅娜娜，如约而来。冰冷的寒意已撤退，沉默的大地已醒来，没有任何一个季节，会像春天这般充满生机——岁月次第日日新，陌上春风又一情。

生命的所有告别，也许都有留恋；万物的所有新生，也许都带着心愿。无法挽留的是时光，冬去春来，夏至秋回——自古时光空幽静，从来日月满阶亭。

春天的气息氤氲在时空，天地生暖，风云恬淡；花发草长，虫鸟琴瑟。一片希望至美至纯——今日春风关不住，桃花烂漫终有时。

春夏秋冬，来来往往；岁月时光，更更迭迭。尘世，总是匆匆忙忙，一肩亘久着天地不朽，一肩孕育着生命次第轮回——一袭日月一年华，一岁生命一枯荣。

喜欢季节赠予人们不同的视觉享受和生活需求，更喜欢春天里生命繁衍生息的永恒——生命往来皆因情，万紫千红又一春。

## （二）

概念里，过了元宵节，才是真正意义上又一年的开始。

年过完了，春天也来了。

长天开始湛蓝，大地开始飞歌，生命开始飞扬……

其实，很长一段时间，我特别地心疼时光。因为总是不经意地就看见岁月匆匆流逝，也总是不经意地就开始感慨良多。

比如，那件一眼就喜欢的及踝长裙，还有那双镶钻的红色高跟鞋……一想到竟然不敢拥有了，心上便不时地冒出慌张。

不为别的，只为时光逝去，只为年华不再。

而日子，只是安静着，既不言不语，也不理会任何人心上的慌张。季节如常轮转，风雨如常来去，时光如常流淌。

而我，也渐渐明白，岁月里行走，每个人都有自己的世界，每颗心都有一片海洋。细品，静思，其中百味，终须冷暖自知。

很多时候，你不用惆怅，也不必慌张，因为风和阳光，并不偏心，岁月，也一样。岁月也好，时光也罢，都说人是岁月的过客。其实，站在岁月的角度，岁月，何尝不是人生的过客？

就在这早春三月，在苏醒的土地上，我不仅要播下种子，覆上希望，我还要和春风一起上路，趁阳光正好，时光且在，且随春去，且看春花开，春草青，春水流，春林盛，在一场春色里看锦瑟成花，走从容自由。

## （三）

春天到来的时候，迎来了漫天碧色。蓦然发现，原来心上还有着许许多多的盼望，从来没有忘记过。

春色里，携一怀清欢，听一帘春风的情话。回眸，翘首的新绿和着淡淡的思念，谁的影子从心头走过。

在春天里行走，一棵树，一只鸟，抑或一朵云，天空、田野、花间、墙角，经不经意的，你都会看见世界已经换了新颜。

在春天里行走，敞开心扉，你会发现你的烦恼不知在什么时候已经遁迹。

在春天里行走，春天就是一个从时光淬砺中走来的女子，眼里平静，心上灿烂，拂去烟云荡漾的灵魂映着天空闪闪发光。

春天里，一切都是崭新的。岁月蹁跹，山水如画，而时光匆匆，春天也会很快过去。

所以，出去走走吧，就是现在。你会发现，这个世界远比你想象的精彩，这个世界能给你的也远比你希望的多。而人生的路，有的要用脚走，有的要用心走，能羁绊着你的也许不是脚下的荆棘，而是心。

所以，出去走走吧，就在春天，与美好来一场相遇。岁月白云苍狗，韶华易逝，你只有迈出脚步，那些风景，才不只是风景。

所以，出去走走吧。在每一个平常的日子里，一起感受流年无恙，人生宁静。

你看：

山在，树在，大地在；

花在，水在，春天在；

你在，我在，岁月在。

你还要怎样的世界？

# 我要每一寸春意都和我相关

一场连绵的春雨，终于停下了步子，天空变回蔚蓝，阳光也挪进院子。

除了我的感觉，除了怒放的花又盛了一层，世界仿佛什么都没有发生过。

其实，正是一场场春雨和一天天丽阳，才催开了一季春暖花开。

其实对于春天来说，多么热烈的开放都不过分。

行走在春色里，看云，看花，看水，看天。

感慨，四季应该是一支散步千年的笔，带着岁月的风霜和浓墨重彩，给经过的人们临摹出一幅幅美图。

行走其中，我除了蠢蠢欲动，还有点惊慌，总怕错过了某一幅画面。

你看，春意已盘旋，花开已明艳。

蓝天，暖阳，流水，绿草，繁花……

风声，人声，鸟鸣，漫过花枝……

说春天，风情万种，一点儿不假。

春天，是一个醉人，也让人在醉中忘了自己的季节。

闲步春晨，枝头的叶芽已然青绿，花开亦无尘。

无论是花的芬芳，还是草的清纯，抑或水的潺湲，都足够吸引我们贴近春天。

你看，每一株开花的树，都风情万种……说桃花已灼灼，该去见想见的人。

你再看，天朗，风柔，万物生长。

桃已夭，梨已白，海棠正春风。

临窗听风吟，推窗唤烟霞，光阴在春事里潺潺。

偶有细雨，蒙蒙打湿新绿。再有煦日，冉冉生明丽。

光阴，何处染尘？

阳光把草地的每一处都晒了个遍，花也开得灿烂，光是看着，就叫人生出温和的欢喜。

嫩叶爬上枝丫，花也随心所欲地开，即使最不经意的抬眼转头，都能撞见春光烂漫。

有人说，每一朵盛开的花，都是春天写的诗句。

我说，春天该有犯懒的特权，该给脑子和身体放个假，去看草发芽、云漫卷，去看花朵肆无忌惮地开，去看十万顷春意成海。

午后，窗下的阳光是最怡人的。日影移一寸，我也移一寸，我用身体迎合着阳光。

感慨，人生匆匆，不觉已是半生。

此刻，我与阳光各自在阳光下思索。想起杨绛的那段话："岁月静好是片刻，一地鸡毛是日常，即使世界偶尔薄凉，内心也要繁花似锦，浅浅喜，静静爱，深深懂得，淡淡释怀……"

好吧，春天，我不想袖手旁观。

整理好时间和心情，我要每一寸春意都和我相关。

# 这个春天一定要值得呀

## （一）

尽管，春天还未全盛；尽管还困居小院。我依旧坚持用文字关注春天，写意春天，融入春天。写一季春天，写一桥溪流，写一树细柳，写和风日暖，写云去云来。

一朵云挂在窗前，一朵云从窗前走过；一只鸟掠过树梢，一只鸟从梢头一闪而过；一些蓓蕾在枝头雀跃生姿，一些花儿在枝头舞影婆娑——春天，依旧繁华。

驻足春天，与阳光小坐，望来路，来来去去都开满花。

愿万物和太阳签下契约，在世间的角角落落，洒下和煦的春风，愿每一个记忆都温暖。

当雀鸟飞过，羽翎飞舞；

当春水摇铃，叮咚有声；

当春风浩荡，不羁放纵；

当疏影横斜，当暗香浮动……

已经挤在春天的窗口，愿那些徘徊在心头的等待、欢喜，肆意蔓延，攀爬出指缝、心衢，融入春天。

天晴好，煦色韶光，风吹过，带来草芽和花的讯息。

坐在窗下，心底萌动的蓬勃，慢慢长成草木，开出颜色。

春色终是关不住，推开一扇窗，便见满眼春。

小雀在春风里吟诵，每一句，都是一朵花，每一朵花，都是媚惑。一朵花笑，一树一树的花就都笑了，一声声落在心坎上。

过了立春，时光仿佛只是打了一个盹儿，满园的春色便怎么也关不住了。

粉粉的杏花，艳艳的桃花，红红的梅花，黄黄的迎春，不约而同地闻讯而至，一朵接着一朵，妖娆地开，所有的生命也都开始不顾一切地疯长了。

草绿了，花开了，水清了。远山，近水，处处着了春色。

红黄蓝，白粉紫，五彩的斑斓，点燃了遍野诗意——春天，如此美丽。

风聆听着春的絮语，春在斑斓的路上聆听花开的声音。

鲜活的春天里，总按捺不住心中的欢喜，请许我以柳为笔、以花为笺、以雨为墨、以心为字，抒写一季最美春天。

## （二）

推开岁月的窗棂，二月二古老的身影，依然鲜活而丰满。

所有的节气中，有说二月二和惊蛰是同一天的说法，倒不曾考证过。但很以为然。

你看，春节虽欢喜，却也累人。清明有点哀伤。七夕呢，少不得痴怨，重阳又多了对异乡的感叹。

唯有二月二和惊蛰，是生发，是希冀，是激动，是向阳而生——二月二，抬头的不只是龙，是自然界所有的生命。

你看，草儿在路旁返青，花儿在枝头喷薄，一切有形和无形的生命都张扬开来。

在这一天，折一枝新柳，采一朵新花，撒一把新种，许下这个春天最美的心愿，让蓬勃的希望冲出樊笼，和着春韵，把欢喜和美好，都写进文字里。

二月二，桃花正灼灼，该去陌上，也许就交了桃花运哟。

你看，桃花，樱花，梨花，海棠……十里春风，三千芬芳，一场春暖花开，正奔你而来！

## （三）

喜欢春天，不单单是因为春天有着万物初生的美好。

而是，因为它能让你心生希望和梦想，又有大把时间去规划一年的念想和期待了。

都说，二月春风似剪刀。

是的，二月的风，是轻柔的，是带着香味的，更有着人间最温情、最欢悦的味道。

哪怕只有一缕吹过，就剪断了冬风的料峭和清寒，唤醒了关于春天的万万千千。

春天来时，不只心情变得明朗，就连文字也少了些伤感。

拉开春天的帷幔，玉宇澄明而辽阔，仿若心底也和春天一道，长出了新的芽须。

一直觉得，四季之中，春天和秋天是最适合放牧身心的季节，尤其春天。

你看，刚刚新芽初绽，转眼便桃红柳碧。

温度，阳光，风景，都开启了最动人的那道门。

时光的渡口，季节的交错，光阴的荏苒，该成长的，都已刻画在生命里；该沉淀的，也已在岁月里沉香。

其实也感慨，细碎的时光里，无事，也匆匆……

其实，阡陌阔阔，光阴细细，经一场春华，懂一寸光阴。毕竟山高水长无穷尽，而岁月有时终须惜。

春天，不必远眺，闭上眼睛，绿意就会弥漫，这个时候只需把自己交给春天，心里就会有了春天的轮廓。

你看，万物复苏，来日可期，心里默念，这个春天一定要值得哟！

# 花儿已经都准备好了

记忆中，二月二那天，无论大小都是会下场雨的，今年却不是，一场微雨下在了惊蛰后。

雨不大，真的是蒙蒙春雨。

却一样可喜——好雨知时节，当春乃发生。

茶花咧开嘴，月季张开瓣，梅花撑开怀抱，接受雨的洗礼。

柳条偷偷抽出了芽，嫩嫩的、绿绿的，看一眼就心生欢喜。

"微雨如酥，草色遥看近却无。"

田畴里好似升起一层薄雾，薄薄的，仿佛一层纱，草色真的在其中若隐若现。

春雨和秋雨不同，秋雨是一场秋雨一层寒；春雨却是一场春雨一层暖。

春雨过后，春天的暖意就越来越浓了。

即使是微雨，花草，稼禾，都肉眼可见的精神抖擞起来了。

是啊，岁月漫漫，只要有绿色在，希望就在，生命就终究会昂扬，蓬勃。

春天的开篇，必然是春风作序，春雨着锦。然后眼见着草木青绿，河山被浩荡的绿意渐次渲染——春天，总是承载着太多的情感。

因为，为了和崭新的春天相遇，谁不是蛰伏了整整一个冬天？

然后重新扬起年华的帆，再一次从春天的旧址出发。

而季节大同，无论春深冬浅，时光流水一去不复，冬去春来，光阴烟花转瞬即逝。寻寻觅觅才知道，人生不过是在每一寸凉薄里想办法靠近每一寸温暖而已。

好吧，花儿已经都准备好怒放了，你准备好去看了吗——春天最令人心动的，莫过于万花次第而开时的目不暇接；春天最绝色的美，也莫过于一场雨洗涤过后的春色无边！

真的，都说花是春天的使者，其实雨也是。

没有花的春天，算不上春天。

而没有雨的春天，就像没有雪的冬天一样，寡淡而无味。

你看，春雨纷纷落，春风徐徐起，空气中缱绻着柔软温润的花香，心会不知不觉轻扬，抑或沉迷。

你看，帘外雨潺潺，春意欲发，处处浮云将雨行。

不若去雨里走走吧，你看雨不大，风亦轻，斜风细雨不须归。

又或者细雨湿衣看不见，闲花落地听无声。

再不然海棠不惜胭脂色，独立蒙蒙细雨中……

其实对于春天，从不敢怠慢，总怕稍一失神，便错过了某一朵花枝头初绽的美好；

其实对于春雨，也从不敢怠慢，总怕稍不在意，就错过了某场雨逶迤而过时的净雅清新……

总觉得雨一定是有灵性的，一定是雨，才牵出了云天的心事，所以云天才有阴有晴。和人是一样的，伤春悲秋思人事，所以心头万般婉转，才莫不随风起，莫不就雨升……

你看，窗外花已开遍，正浸染一城风月。

你看，雨又催开人间希望，正在芽尖处斟酌成诗行……

好吧，且去春雨里走走吧，不为别的，只为好雨知时节，当春乃发生。

# 春风十里，人间值得

春三月，从二月的一帘烟雨里，乘十里春风逶迤而来。

田畴上，色彩渐斑斓，春意正萌生。

风，是四季里最温柔的风，阳光是四季里最合适的暖，眼眸是四季里最生机勃勃的生长，心上是四季里最怡人的时光。想来，这也该是芸芸众生都最不想错过的季节吧。

行走三月，万顷春花应春而开，天地间花弥香、草吐绿，田畴风情万种。

三月告诉你，风有约，花不误，岁岁如此，春天的繁华似锦正慢慢铺展开来。

书上说，春风十里，人间值得。

我说，阳春三月，风物最美，愿爱的人，都喜乐如常；期盼的事，都归于心上。

陌生人，我也祝福你，愿你也春归心上，春暖花开。

百度上说，惊蛰之日起，自然界中桃始华，意思就是桃花开始盛开了。

桃花和苹果花、蔷薇花、樱花等，都属于蔷薇科的植物，惊蛰之时起，它们开始争抢着盛开。

还有蛰伏的百虫，黄鹂和布谷等鸟都被唤醒，一时间，虫鸣声，鸟叫声，雷声，雨声，齐聚春天。天地间从此喧闹鲜活起来，是为"闹春"。

"飒飒东风细雨来，芙蓉塘外有轻雷"。惊蛰到，唤醒了人间最美的春天。

此时，春天的大门已打开，万物俱生，天地已荣，太阳暖洋洋的，所有的生命都意气风发。迎春花、杏花、桃花、蔷薇花……开得遍地都是。

"桃花春色暖先开，明媚谁人不看来。"荒野外，溪岸边，山谷中，春风徐来，桃花盛开。

杏花开在桃花之后，"春色方盈野，枝枝绽翠英。"杏花颜色娇美，起风时，片片粉白花朵儿迎风起舞，美不胜收。

惊蛰，唤醒春天，迎来了繁花似锦的季节。

停一停脚步吧，就停在春天里。

云朵，飘摇着欢喜。旧枝，萌出新绿。

暖阳下，属于春天的一切，都披着旖旎。

这样的日子最适合站在阳光下，看所有恣意抽长。

此时，我们感受到的不仅仅是春天表象的繁荣和美丽，还有时光积蓄了一冬后生命孕穗、拔节的律动，和从沉睡走向觉醒的生机勃勃，还有你走在春天里风过心动的欢喜和蠢蠢欲动。

好吧，桃李不言，下自成蹊。当曼妙的春天醒来，当倾天芳菲从心上走到你的面前，就让我们彼此辉映，一起生长……

# 桃花三章

## （一）

阳春三月，料峭春寒已渐被铺天盖地的万紫千红掩盖，春的繁盛热烈开始走向极致。

温暖的阳光，和煦的春风，眼眸涌现出惊喜——桃花朵朵宛若一个个俏巧的精灵曳荡在枝头，早生的桃叶嫩生生葱翠若远黛，在花丛中若隐若现，更衬托了桃花的妩媚和娇艳。

桃花，是春天的生命，是春天的灵魂。所以，春天又美其名曰"桃花春"。

桃花盛开时，踏入桃花林，一株株的桃树含笑伫立，毫不吝啬地恣意绽放，尽情舒展，五片花瓣，一抹嫣红，满树桃花灿烂，流光溢彩。

"桃花春色暖先开，明媚谁人不看来？"

"去年今日此门中，人面桃花相映红。"

"满树如娇烂漫红，万枝丹彩灼春融。"

春回大地，陌上花开，桃花的美，占断春光。千朵万朵，绮丽浓芳，缀乱云霞。

我知道不久后，所有的桃花都会凋零入尘。但是，正是这一场璀璨的凋零，才迎来了生命的另一重繁盛。

年年岁岁，岁岁年年；花开花落，又花落花开。桃花依旧，时光如水，岁月如歌。正是年年岁岁花相似，岁岁年年笑春风。

## （二）

春天，总有明晃晃、暖融融的阳光照亮清晨。

总有春风喊醒沉睡的麦田。

总有花开在三月的枝头。

愿我们都能像春天一样，生动纯真，永远明媚；像风一样，永远自由。

春渐深，我在心上种植文字。

窗外，春天着盛装，眨眼间，一花一世界，一树一花香。

举一杯咖啡与眉齐，看文字从笔底发芽，花瓣一天一个模样。

许是孤独，绝非寂寞。

一枝经过漫长寒冬的桃花开了。

春泛滥，衣袂生风，那些积压的思念，终又缄默。黄昏的柳荫下，落雨成疾。

春，泛滥。

黄昏，风过篱墙，时光暮色里，想你时，桃花便开了。

一朵一朵，开成树。

其实，春天除了可以生发欢喜，也会勾起感伤。

因为春天总是太盛大却也太仓促，总是一展眼，就烟花岑寂，落花成冢了。

不过被春天勾起的感伤是天青色的，是点滴清愁而已。

唯美的东西应该都带毒性。

比如东风、春雨、桃花，还有一些词语。

只要一沾上，就开始发酵、喷薄，一发，不可收。

## （三）

和煦的春风穿山过川，漫堤拂柳，各色的花，粉白红蓝紫……纷纷挤上枝头。

总觉得每一朵花都有自己的花语与花事，只是，懂得的人才听得见，看得见罢了。

趁着春正好，一起徜徉春天吧，寻几树花开，寻几缕诗情，寻几分春意装点怀抱。

信步公园，东一片，西一角，绕水缠堤的桃花开得正妍。小巧的黄色花蕊，五片轻盈的花瓣，水嫩的粉红色彩，枝枝花成串，妖娆舞春风。一花一天地，一朵一怦然。

你看，纤俏的枝丫上，万种风情的桃花活色生香，循着旧时路，年年来相见，艳若胭脂的花瓣，让人目眩神迷。

到了近旁，才发现每一株盛放的花树上，总有那么几枝含苞待放的花瓣，谦逊地立于一旁，像是水墨画里有意的留白，恰恰衬托出怒放的繁盛。

我觉得，这就像是人生总要给生命留白一样，季节也总会留一些空白给季节，然后，等待行走的人们去填补——留白之道，春天最懂。

因为，世界之大，谁都不能独领风骚。春水、春花皆有灵性，深的浅的，实的虚的，皆有好处。

也许，就是你多看的那一眼，一眼入心，便有了水绿江岸柳色新；

也许，恰是那一处将开未开的渴望，便有了花开陌上缓缓归……

而你的回眸，更是春色一笑便倾城。

尘世喧嚣浮躁，我们一路走来，不知与多少好风景悄然擦肩。千树栽，蘸水开，东风拂，十里情浓——这大约就是最好的"桃花源"地吧！

桃花，和春风春水合谋，带同亿万树桃花，化成万顷春光，停靠在春的怀抱。

红尘屏息了嘈杂，我摁住心跳，万顷桃园中，我一株株辨认，单等去年那一朵，与我相认。

春风一来，世间的所有都被撩拨得心神不宁，为了表示兴高采烈，很多的树把绿叶都省略了，花海引得我一再迷路，也推开了我不觉晓的春困。

我不是诗人，写不出"人面不知何处去，桃花依旧笑春风"的诗句。但我会挽着春风一起醉入花海。

我站在桃花深处，看痴醉的人们捕捉异彩，看花朵与光影交映芬芳。感时光流淌，渐渐地放下所有惆怅，让沉重得以歇息，任思绪自由地拉长。

我觉得，晴空的蓝，雨后的清新，以及许多激漪的词，才衬得起桃花的美。

桃花，用最轰轰烈烈的方式，打开了每个人的心。

我明白，只有开阔的天地才承载得起这场盛大的生命的盛宴。

天空，要高远明净。

云烟，要缥缈轻柔。

不想问路过的人是否喜欢，我喜欢，就足够了。

此刻，亿万朵桃花停在枝头。

桃花不言，可我知道，它的绽放，已经透露了内心的欢喜。

我不知道花开多久，才叫热烈；落多少，才叫归去。我只知道，我该用更多的时间，停下忙碌的心，和万树桃花一起，感受盛放。

# 年年有个三月三

一年一度三月三，行走阡陌，流光还在盈盈飞舞，姹紫嫣红里，尘世几度花开。

风，在枝丫间窃笑，袅袅余音，摇落花瓣成雨。

流云般涌动的葱茏，乱了等风的心情。

一朵不带雨的云，飘过眼眸，牵着我的目光睃巡，我闻到阳光的味道。

是什么，踏着花香而来？是什么，携着清丽蹁跹而至？是谁，唤醒季节万缕风情？

驻足，闭目，感受这季节。敞开心，放开怀，拥抱这和煦。

繁花深处，春天把嫣然洒满红尘。

可是，我明白，春天总是会过去的，跟风一样，总是要吹过去的。

风过处，落英缤纷。花瓣雨，潋滟生辉。

风过处，春水无痕。春归处，浮生一梦。

坐在春天的怀抱，任时光流淌，谁不眷恋春天呢？

只是，春天的味道需要你用心去感受。

书上说，走得最急的总是最美的时光。

我只想在四季里闲听风、喜看花，安心做一朵漠视沧桑的花，在属于我的季节里吐蕊，开花。

那么，就在今天，出去走走吧。三月三，风正薰，春正长，天地净澈，四时之景，此时最美。

不必像文人那样曲水流觞，对诗和文，只需在春光里走走。

打开心胸，放逐愁郁，与天地谈笑，与春天倾心，看见无论世事如何变迁，繁花依旧笑春风。看见心轻松，世界，就轻松了。

# 柳色花容正春风

走在春天里，无限美好，无尽生长。云朵散了又聚，聚了又散，与阳光一齐起舞。

捡拾些红白桃花，与明前共泡。

感慨，即便人生诸多无奈，你看，构建美好也很容易。因为春天太经不起勾引，春讯一动，浅喜深爱就一起来了。

依窗望，袅袅芬芳，三月飞红啄素手，柳色花容正春风。

感叹，平时最喜欢红色，到了春天才明白，很多颜色我都喜欢。

你看，深的，浅的，浓的，淡的，万色齐艳，浓浓香风拂过，有想融入的渴望——春色栩栩，谁人不喜芳菲！

岁月年年，匆匆又匆匆，经过光阴，忙忙又乱乱，最是一年春好处呀。

其实兜兜转转，陌上花开依旧，流云依旧，只有人在岁月里各书悲欢。

携一些素雅，一些繁华，一些清宁在怀，在无人指教的山水间，慢慢变老。

试问，三月小雨冬月雪，时光一年又一年，谁，不染尘？

奔波在城市的车水马龙和生活的酸甜苦辣里，谁都不免磨钝了触角。这时候一抹春风，一点亮丽的色彩，一点小确幸，都是点燃生活灿烂的火种。

每靠近春天一分，骨子里就生出一些欢喜，长出一些绿叶，开出一些花朵，明媚一些暗淡，晴朗一些角落。

你看，春天的花开得正盛，朵朵逞妍斗色。女孩们从春天里走过，毫不在意路人目光，一个个裙角飞扬、笑靥如花，一如花朵儿鲜活绽放——想起四个字"如花在野"。

春天，多好呀！

春天，水边的风总是不太斯文。

而鸟儿和绿草，和一些不太名贵的花一样，最喜欢在这样的风里嬉闹。

水边的奔跑也和其他地方的奔跑不一样。

仿若奔赴自己的最爱，迫切，喜悦，满目春风。

街头闲逛，橱窗里的商品琳琅满目。

累了，找一条树下的长椅坐，几片，又几片，许多片。

樱花，海棠从容落下。

落在脚边，落在肩头，落在发梢。

心事也旖旎起来。

咖啡店朝阳的窗下，静静地喝一杯咖啡。

喝一口，缓一缓，想一想。

窗外行人，一些行色匆匆，一些悠闲自得，五花八门的店名和广告语也勾人遐想。

一对小情侣举着冰淇淋扯着手走过斑马线，不觉莞尔，不期而遇的年轻时光啊！

喜欢春日的好天气。

花围坐，鸟来访，春阳无处不至。

可以静坐不言，可以随性漫步，可以低吟，可以起舞。

心底欢悦如流水清风一般。

正是温良好时光，请许我，遇春暖，遇花开，遇知己……

# 陌上花开，可缓缓归矣

告别三月的鲜妍初绽，迎来四月的苍翠生长。如果说三月是盛开的，那四月就一定是光辉灿烂的。

四月，是一年中最明净的时光，陌上风薰花枝满，连孤独都带着静婉的香。

四月，是最温润诗意的季节，微风细雨，情怀浅淡，即使一些林花谢了春红，我们也依旧可以在光阴的廊檐下，采撷几程深浓的春光，与季节同欢。

有诗说，人间四月芳菲尽。我明白，这里有感伤也有诗意。

还有人说，人间最美四月天。我明白，这一定带着期盼也带着热爱……

打开四月，一叶新绿，一茎青葱，清幽，雅致，轻盈。

林徽因笔下的四月，是一树一树的花开，是燕在梁间的呢喃，是爱，是暖，是希望。

想说，再没有一个季节，能像春三、四月这样富有生机；也没有一个季节，能这样熠熠生辉……总之，在这四月春光里，心不知不觉就软了，就温柔了，连最平淡的时光也忽然有了光彩。

你看，春山春水，春风春雨，春草春花，春日春泥，春夜春心……春暖，春长，春荫荫，春浓浓，春山苍苍，春水漾漾，春色无声迷人眼……

四月的天空下，该把脚步放慢些，再慢些，认认真真感受春风拂面的温柔，邂逅春花照水的潋滟……

四月，应该揣一颗年轻的心，去品味雨落窗棂的清灵，去感受万物生长的深情，去听孩子们响亮的口哨，去欢喜街头春衫荡荡的春……

在四月，真的无须多说什么，道一声陌上花开，可缓缓归，足矣！

# 任是无情也动人

推开四月，雨霏霏连日不开。雨里，春深黛碧，四月的光辉漫过红尘，最喜海棠半含雨。

你看，紫红的梗，粉红的朵，垂坠羞涩的模样，从开到落，像是始终怀着一腔思念……书里说，最是那一低头的温柔——下雨了，我更要去看它，淋雨，那都不是事儿。

其实说海棠，最驰名的当是《红楼梦》第三十七回：秋爽斋偶结海棠社。

黛玉说："偷来梨蕊三分白，借得梅花一缕魂。"

宝钗说："胭脂洗出秋阶影，冰雪招来露砌魂。"

宝玉说："晓风不散愁千点，宿雨还添泪一痕。"

海棠不单有梨花的纯洁，也有梅花孤傲的品性，一夜春风，海棠花开，一场雨过，雨揉碎春光，海棠也占尽春色。

但张爱玲却说，恨海棠无香。

海棠确实无香。

但我更愿意把海棠无香，和《红楼梦》第六十三回，"寿怡红群芳开夜宴"里，花签抽中宝钗的那句签语联系起来——任是无香也动人！

不是吗？

你看，无论是垂丝海棠、西府海棠，还是茶花海棠，一个共同的特点就是动人——海棠花开了，一朵，两朵，三朵……一树，两树，三树……慢慢成了花海。

你看，一树淡雅，一树艳郁，一树雅媚。

花下漫步，风拂，花摇，影动……妩媚了四月，更唯美了一整个春天。

时光里行走，慢慢懂得，每一个生命，都有它独有的一面。岁月怎样无妨，在沉浮中沉淀下来，无香，也是一种美。

而生命如果懂得了这个道理，即使生命的旅程阴雨风雪常有，也终将融于阳光明媚——不是有句话叫真水无香吗？

# 万物生长，总会赋予日子一些意义

想说四月的雨，陌上的花，天空的纸鸢，诗里的南山……

想说明媚的，碧绿的，晴暖的，以及晨曦里，落日下，无尽的春意，都是热爱最好的注脚。

公园里，种植了一大片又一大片鸢尾花，恐是春暖还不够，仅有零星的几株开花了，孤孤单单地在风里摇曳。

鸢尾花俗名扁竹，生命力强大，今年种下一棵，明年，后年，它就会还你一个花园。

我总会觉得，这大概也是一个生命对另一个生命的热爱吧。

而生活细碎，万物皆有情意，唯有热烈地爱着生活里所有的热情，日子才可活色生香。

我还相信诗里说的，春老才觉短，别后方知远。

人生一场，尘事嚣嚣，总有一些地方、一些人、一些物事，会让你觉得生命美好、温暖、温情——于是，眷恋，热爱——于是，身心才不会在日子的沟壑暗淡里不由自主。

如果说春天代表着生命的自由生长，那么人间四月，就是春天最高光的时刻。

因为生长，因为生机，因为一叶未成熟、万芽又尽发的葳蕤。所有，是的，所有，看似平常的所有物事，都在四月生发出文字不能尽述的生机。

四月，该晒晒太阳，闻闻花香，散步，发呆，打盹儿，浪费时光。

四月，该独自，或三五好友在阳光下细品慢啜一盏春茶，一杯入喉，仿若喝下了一整个最鲜美的春天。

四月，该赶上一场春雨，最好是微雨。走在雨里，雨丝似缥缈的雾沾湿发梢、衣服。尤其是枝梢草尖，针尖般的水珠，晶莹剔透，颤颤悠悠地，将一种极致清新的美送抵心上。

四月，该读书，让自己和书里的人物一起，丰盈、蓬勃、舒展。

四月，该写诗，写着写着，杏花落了，桃花开了。

写着写着，梨花开了，海棠落了，桐花开了，蔷薇也开了，麦苗吐穗了，草结籽了。

四月，该去原野走走，看山明水秀，草丰木盈，气清新，花雅润；该去听一听花鸟们谈天说地，看田间的绿怎么比印象中还要嫩绿，阳光如何亮得出奇……

尤其，该去做想做的事，该不错过春天的哪怕一丝丝美好。

万物生长，总会赋予日子一些意义。

# 春讯一动，谁都可以醉一回

不经意的，很多就到了身前。比如季节，比如春风。

春风，注定已经在路上了，以后的清晨，以及黄昏，不必彷徨，有翅膀的人就去飞吧。

日子的巷道里，无论欢喜还是忧伤，春风都会安抚。绿蚁新醅酒，春讯一动，谁都可以葳蕤。

秋天的最后一片叶子，早已融入深土。春天的第一个芽苞，也已经跃上枝头。

春风起时，就宣告一切都开始崭新了。

绕过所有的肃杀，推开所有的瑟缩，不看冻土坚冰，只看花，看云，看春风。

因为，春风从不会辜负大地，春讯一动，谁，都可以灿烂。

不必再等了，我必须随一趟春风启程，去一些天空里瞅瞅。

否则，一些情怀就会在光阴里干涸。

所以，我必须去一些天空里看看。绿蚁新醅酒，春讯一动，谁，都可以醉一回。

虽是早春，还是按捺不住要冒着料峭到旷野里去，去寻一枝花信，或者去觅一缕春色。总感觉也许在你的下一步里，就会有一朵花，或者一枝春信，开在风里，开在眼前，开在手边，开在心上，然后可以让它开在我的下一行文字里。

这么说倒不是矫情，而是时光匆匆，总是不经意地不是错过了这种盛开，便是擦肩了那种葳蕤，又因为错过了便要再等一年——你说，当年华渐老，这何尝不是一种遗憾！

年幼时住在乡下，几乎家家守着几棵花树、果树。从李花、杏花，到桃花；

从梨树，桃树，到苹果树；从门前、屋后、田埂，到池塘……你不会错过每一寸春天的开落，成熟。

记得戴望舒的一句诗，我今不复到园中去，寂寞已如我一般高！

感慨，古往今来，总会有一季花开，一叶新生，惹了那些诗意的心和灵魂，唯美了那些落满苍苔的日子。

所以，我总想早早地去寻春，因为怕稍一懈怠便错过了某朵早开的花；所以，我总会早早地去寻春，因为每一朵花里，都驻扎着一个春天。

所以，能寻花的时候就早点去，能赏春的时候也该早点动身，因为我越来越笃信了，季节里，总会有那么即使一寸风光，也能打开日子阴郁的窗……

好吧，踏上春天的路，我愿你的岁月即使沾尘，也会有十里春风吹散尘屑；

愿你不错过每一缕明妍，也不生一丝遗憾；

愿你今后所有的历经，都照见春风，照见光。

# 花开的时候，岂能辜负

——初见春天，是一朵迎春花的灿烂。

也许是冬天肃杀的缘故，迎春花带给你的讶异是语言描述不出的。就是在某一处角落，柔长的枝条，灿灿的黄，一下子就耀了你的眼。你不由得惊叹：哦，春天要来了！你脸上也许不动声色，但心里一定荡起些什么……

——爱上春天，是一树桃花的明艳。

说到春天，恐怕所有人都会在第一时间想到桃花。是的，桃花是春天的标配。当第一缕春风吹起，人们无不在等待桃花，等待桃花开满整个春天。村野、河边，不，是一整个春天。你去看，一整个人间就像是半空里起了层彤红的云，人抑或其他的景一些没入了花海，一些只是证明了桃花的灿烂。正应了那句很著名的话：春水初生，春林初盛，春风十里，不如你……

——陷入春天，是一片海棠的清婉。

如果说桃花是春天的标配，那海棠花应该是春天的风韵。一树海棠，一树风华，不染春愁。春光里，花朵嫣然，几许妩媚，几许婉约。春风吹过，仿佛唤醒了花魂，那一刻，再黯淡的心也瞬间欣然。感慨，美景如斯，谁不醉入春天……

——不舍春天，是一城月季肆无忌惮。

月季盛开时，春天就近了尾声，可春意依旧浓厚肆无忌惮，像极了那一城的月季花，争先恐后地绽开硕大的花盘，明艳艳的在暮春里灿烂。红的、粉的、白的、黄的，层层叠叠，千枝万朵，还有的一棵就开出了五色，春光里可足了劲地怒放。只是这一种花，一整个城市就沦陷了……

春天就要过去了，赶快去春天里走走吧，告诉自己：花开的时候，岂能辜负！去春天里走走，让最后的春风，吹开你心上所有的黯淡，让最后的春光，灿烂你所有的忧伤……

# 最是人间留不住

一觉醒来就是人间五月天了，打开窗户，风已温暖。

五月，失却了春天的乍暖还寒，也没有盛夏的酷热难言。无论是深街浅巷，还是旷野田畴，一眼望去，满目绿色穿不透。

花香还在，花儿的印痕也在，花萝缠绕着，绿草挤挤挨挨排满了乱石小径。纯净蔚蓝的天，映衬着摇曳的新绿，托出一个瑰丽的五月。

一城的月季，都在风中竞相争艳，红的红着，粉的粉着，娇黄的娇黄着，在这五月天里，袭人以迷醉，牵引你远离尘世的喧嚣和浮躁，唤醒你沉睡在心底最美的感动。

一直以来，我都认为，人与万物之间一定是共通的。你看，一场雨落，一朵花开，一阕词，一首歌，都会在不同的时候，暗合自己的心境。

来吧，来五月里走走，你看，人间五月已如画，而春天就要踏上归途了。

可是你去看，恋春的那一茬繁花依旧似锦似绣地开着，而绿荫已经如海，暗香，开始被轮回掩埋成泥。

心上开始感慨，似乎还没有尽情地享受满园香风岁月中的春意，就不得不满怀惆怅送春归了。

这一季春来春去，恰恰印证了那句话：最是人间留不住，朱颜辞镜花辞树！

不经意间，春将远离，夏已近旁。正是春意尚阑珊，浅夏款款来。

走进五月，阳光像是从天上跌下来似的，一下子就耀眼了，暖意日渐深长。

五月，天开万物长，曾经姹紫嫣红的花事，曾经波光潋滟的飞扬，在五月，渐次落幕。

想来，此去经年，季节的风，一定吹散了很多的曾经吧。

敢问，记忆的梗上，谁没有两三朵披着情绪的花，寂寂地开着？

有时候，总觉得人生也不过是一场花事，或繁花似锦，或清寂寥落，总有一天，都会长大，都会归于尘土。所有的走过，也都将在日子里风烟俱净，波澜不惊。而这一程又一程的看见，也总会如烟花般生动所有的途径。

　　所以，春来春也去，不必感慨很多，既是人间留不住，不若开怀送春归。

# 跟着春天走

## （一）

春天，读到这个词，突然就热烈欢喜起来，貌似连土层下的根须都开始萌动，更别说心了。

你看，所有的繁华都开始一寸寸滋长，次第而开的花，独步春风。

站在渐盛的春岸，我不想梳理过往，我愿意义无反顾地跟着春天走，我要把光阴打理好，让生活有滋有味、活色生香。

我是迫不及待热烈响应的，我愿意我的所有里，都布满春意。

迎春花已三三两两地开了，萌芽的柳枝拂过，仿佛看见了轻俏的深情。

远处的杏林，正渐渐萌生花苞，而玉兰花，花苞早已安静于春风。

除了梅花，水仙是这个季节最风雅的花。

还有，茶花、杜鹃已开得芬芳，瑞香香得怡人，蓝紫色的风信子最美。

凝望所有的绽放，欢愉也一层层绽放，像酒，每一滴都穿心过肠。

鸟儿们更像是感觉到了什么，鸣声开始清脆，高一声，低一句，催吐着鸟语花香。俄尔，又高飞，又低落，欢快的吟唱伴着蜿蜒清流，流向春深处。

好吧，来春天里吧，等春暖，等花开，等春水初生，等春林初盛，等春风十里。

## （二）

一脚踏入新春，心就落入了惊喜的海洋。

看，春风拂袖，细雨润物。

一枝萼梅，探出花墙，桌案上水仙安于瓷瓶。

窗外，云朵丛丛，迎春灿灿。

说把自己还给自己，把心还给心。

说春天了，让花成花，让树成树。

说春天来时，轻寒就该及时散场。

说越过喧嚣和华丽，让飞扬飞扬，让落定落定。

说借春风编支曲子，向春天致意！

春天是一个诗情画意的季节。

有"忽如一夜春风来，千树万树梨花开。"

有"竹外桃花三两枝，春江水暖鸭先知。"

有"桃花嫣然出篱笑，似开未开最有情。"

有"不知细叶谁裁出，二月春风似剪刀。"

春天了，所有生命都揉着惺忪的睡眼，沿着新荫的道路归来。

染香的空气在枝丫间游动，它们的摇动之上，是一去几千里的蔚蓝。

春天，汇聚成海，一边桃李盛放，一边碧草连天，紫叶李和海棠更替芳华。

穿一件最好看的裙子，去春天里，向春天致意！

# 笑起来的人，怎么都好看

午后，大片的阳光照进窗下，格外和暖。

桌案上，蟹爪兰再次开出繁盛，嫣红唯美了日子的平淡。

从公园背阴处折回几枝晚开的蜡梅，插瓶，花依旧，香如故。

风越窗而入，梅香弥漫。

泡了普洱茶，放了几瓣玫瑰进去，等待的过程也香息冉冉。

闭目，时光柔软，该安于静好，你呢？

最喜欢晴暖的阳光天，总觉得能晴暖出一些思想丰盈的时刻——因为好时光，总离不开令你惬意的周边世界。

所以，尤其喜欢阳光下闲步。

路边的花想必是没有惆怅的，一朵一朵自绿叶丛里冒出来，该开的开，该败的败。

重启对世界的定义——于是，明媚得更明媚了，晴朗的也更晴朗了。

是的，让思维往美好的方向去总是对的，就像笑起来的人，怎么都好看。

离家最近的小公园梅花最多。

此时，红梅、白梅俱已盛开，或嫣红欲滴，或洁白雅致，皆如一层彩色的雾霭举空，近看朵朵蕊含奇雅。徜徉梅园，细品细赏，看不够，也拍不完。

感慨，不知可有哪一朵，能承载我岁月的繁华抑或荒芜。

春陌上，春已喧，风徐来，春调轻弹。

与花相逢，一朵，一树，花朵蜗居在枝杈，风过，遍地留香。

春渐深，春色满园关不住。

笑，心有阳光，一花轻扬也是春！

九尽河开，阳升雁来，各色的花一朵，十朵，千朵，数不清的开，朵朵比肩一去千里的湛蓝。

敢问，那绿了江南岸的春风，可润色了你的期待？

好吧，我愿你毕生欢愉，星河灿烂。

循着明亮的阳光，向春。

花草萌，燕归雀鸣，一场浩荡的春潮花事。

笑，这倾城的相逢里，你，安在？

想起陆游的句子：城南小陌又逢春，只见梅花不见人。

# 写记迎春花

二十四番花信风，从小寒到谷雨，八个节气二十四候，共对应二十四种应时而开的花——其中，迎春花便是二十四番花信风的第一枝。

迎春花开花早，花期长，可以从晚冬即开，开到早春，再一直开到春暮。

迎春花还有一个特点，和许多开在晚冬早春的花一样，都是先花后叶，一树一树的灿烂，在料峭春寒里先声夺人。白居易的"未有花时且看来"，说的就是迎春花。

而迎春花的种植条件更是可以因陋就简，随便沟渠河畔、盆栽，皆可。植一株，得一蓬，继而一片。

更有园林里养成树形的，细长的藤条纷披下来，开花时，花朵稠密如一树花瀑，密匝匝金黄耀眼——朴素而接地气的活法，和花开时的明丽、灿烂、清新、喜庆，深得大家的喜爱。

尤其阳光好的时候，你去看，一串串浅嫩娇黄，盈盈而立，风过处，柔韧的枝条上似一串串萤蝶起舞，明黄翠绿，轻俏秀巧，当真不是仅仅"动人"两个字，就可以尽述、尽描的一种动人……

"为问名园最深处，不知迎得几多春。"这也是诗人为迎春花而写的诗句。

你看，桃李杏花未开时，它开着；桃李杏花盛开时，它依旧开着；桃李杏花凋谢了，它一如既往地开着……烂漫的花朵笑盈盈、明晃晃，不受任何牵绊的，自由自在的，傲娇的，开在春天里……

我想问问，这个春天，你去看迎春花了吗？

真的，春天来时，你如果不去看看迎春花的风姿和灿烂，一定是这个春天的一场遗憾。

# 你那里春事几何了

## （一）

生活在城市里，总觉得与大自然有一些些的脱节：不觉春，已然春；不觉秋，秋已尽。看日历知四时，视觉和身体总是慢了一些。

你看，春天已然繁盛，可城市里的春天总是少了那么一点放浪恣意。郊外却不同了，每一寸土，每一株草，每一朵花，都已是一场盛大的绽放和铺张。

有了第一朵花的开放，便有更多的花开放；有了第一棵树的发芽，便有更多的树发芽。就像多米诺骨牌，一旦触动那个启动键，便是势不可挡的轰轰烈烈，生命之力如潮水一般汹涌而来，这，才是春天最动人的所在。

此刻，你那里春事几何了？

偷点空闲，去徜徉春天吧。携一二两清风、三四两阳光、五六分惬意、七八分欢喜，就安静地与春天待一会儿，感受春天无与伦比的美丽。

## （二）

淅淅沥沥的雨退场了，阳光盛装回归，继续与春天眉来眼去。

回家的路上，玉兰和红叶李开了一树又一树，抬眼处，天高远，云悠然，玉净花明。

徜徉春的怀抱，赏花写文，不仅花数不清，文思也如泉涌。

在阳光和花下走走，庆幸一颗日益清明的心，即使天有阴霾，树有落花，依旧可以举重若轻，心拥光明，装点心上万里晴川。

好吧，此刻，你那里春事几何了？

# 李花落落又芳菲

周末，去寻李花。

一开始我真的不认识李花。

后来上班经过的一条街边种了一排李花，一到季节，一树树雪白惊眼，也惊心，查了百度才知道，这是李花。

二十四番花信风中，李花和桃花的花期很近，都是雨水或者惊蛰节气开始开花。

所以，李花白，桃花红，它们的盛花期和最美丽的春天互相交织，浸染。

所以一个最绚烂的词，就叫作桃李春风。

这种"李花"非彼"梨花"，叫紫叶李，在梨花之前开，花叶同生，继而结一种酸酸甜甜的果子，可利消化。

紫叶李盛开时，花朵稠密，花瓣白里透红。李花还有个名字叫"玉梅"，开花时，花瓣小，颜色雪白，风过处，一些在枝杈上摇曳，一些三三两两地随风而落，低头看，树下，地上，点点雪白似雪落。

紫叶李，顾名思义，叶子是紫红色的，树干也是，连花柄也是，只不过花柄的颜色要鲜艳很多。

还有叶子，紫红且自带光泽，趁着花瓣雪白，更显得花朵俏巧艳丽，美色无方。

春天，满地花草葳蕤、奢华、绚烂之时，李花堆起万树的雪，仿佛是天花盛开，如雪似银。

站在这素洁的白色里，思绪万端，却又无从表述，几许洞彻加着几许怅惘，又或者几许怅惘加着几许洞彻，总之既浩然，又默然，若有言，又无语……

李花的花语是纯洁，大气，坚守，寂寞……细细地想，除了李花的美，大约这才是李花最让我堪生感慨之处吧!

天晴不愁不烂漫,后花开时先已老。

不趁繁华更孤迥,为君唤起雪精神。

——这些描写李花的句子,你喜欢哪句?

李花,又名玉梅,花洁白,小而繁茂,素雅清新。

"枝缀霜葩白,无言笑晓风。"

"祇有此花知旧意,又随风色过东墙。"

李花开的时候,花事可堪雪景。城里城外、河畔田畴,一夜花发,迎风绽放,一场李花开,似雪染陌上。

如果再多一点细雨霏霏,再人声寥落,再花枝婆娑,走在花下,那感觉几近邪魅。

李花洁白素雅,清纯却又不失盎然诗意。李树枝形虬曲,黑褐色的树干风骨冉冉,颇具艺术感觉。

一阵风过,李花纷纷扬扬,从枝头飞舞下来。花瓣优雅地和站在树下观花人们打着招呼,又去青草间嬉戏,想起一句词:白雪盈头天色远,攘攘琼玉簇枝丫。

李花因为颜色洁白几近杏花,又似梨花,又在杏花之后、梨花之前开放,所以常被人错认。

而李花抱朴守拙,既不争杏花先春之色,又不夺梨花占春之胜华。李花就那么朴实无华,无惊无扰,清冷出尘地行走在这个世界,像一个悟透了世事繁简浓淡的人,自顾自安静地盛开。

那句"自知素洁难谐俗,只赴梨花淡月期",就是李花品格的写照。

是啊,那些在万众瞩目中活着的生命,又怎懂李花短暂怒放后面的美丽和心志?

想想,这世间一物有一物存在的意义,人也一样,不经历尘世深浅,很难拥有淡泊的心境,也难以做到无视得失,然后风雨中兀自成长、开花。

也正像古诗中写的那样:一语天然万古新,豪华落尽见真淳。

眼前怒放的一簇簇李花,大约就承载了这样的使命,然后让喜欢它的人去领受、感悟吧。

# 梅花开，香如故

梅花开几树，岁月换春衫——春天，是在人们热切切的期待中到来的！

梅花是二十四番花信子之首，它赶在东风之前，向人们传递春的消息，被誉为"东风第一枝"。

前些天，已探得梅开消息，写过一篇《梅花透露春消息》的文字。当时梅花开得尚少，这几天天气晴暖，想那些梅花应已大开了吧？

日暖风和的午后，再去寻访那一园梅花，好续写那梅之短章。

果然，经过这几日春风春阳的照拂，一园梅花俱已盛开。

说是一园，其实只不过是一片而已。梅树虬枝横斜，梅花开得多了，从一朵朵变成了一串串。梅花怒放，深红粉白，美不胜收！

喜欢梅，或盈立冬风，或笑傲冰雪，料峭春寒中冉冉一枝独秀，是花木中当之无愧、冰肌玉骨的"美人"，再配上别具神韵的"暗香"，简直无可挑剔。

"忽然一夜清香发，散作乾坤万里春"——仅"万里春"三个字，就让梅之风韵尽展眼前。

当人间第一缕春讯萌动，梅花就已经"心花怒放"了。

其实也就十来天的工夫，梅花已开至盛极。不过，梅花由盛开到凋谢，清逸幽雅的清香从未变过。

诗里说，"零落成泥碾作尘，只有香如故。"

当大地终于春盛日暖百花妍时，梅花却抽身而退。

"落红不是无情物，化作春泥更护花。"

梅花悄无声息地化入春天，只留一抹余香，换来"东方风来满眼春"！

行走早春，掬一捧烂漫，携几缕暗香，以梅的姿态解读红尘，静静将尘埃掸落，看春来，送春归，唯愿香如故。

# 玉兰花开世无尘

春和景明，风拂面，玉兰开。

"影落空阶初月冷，香生别院晚风微"；

"八九片春绿仰望，三两朵粉兰坐怀"。

公园里一株株玉兰花花开正芳，枝头上，或数枝聚，或独怒放，或团簇开。

未开的，一朵朵如形状精美的壁灯，一树一树地壁立着；

微开的，苞似斗笔，毛绒如球；

盛开的，全株不着片叶，花朵硕大如杯，似莲花驻空。

洁白的，粉红的，艳紫的，云图般开在阳光里。

玉兰又名白玉兰、望春，春来开花，花瓣质腻如玉，故为"玉兰"。是花树中的素雅之树，树株高大，花开静美。花开时，只需一朵，就足够渲染一份心境，一份雅致而又安静的心事。

"素面粉黛浓，玉盏擎碧空。何须琼浆液，醉倒赏花翁"；

"劲枝伸臂揽绿，芳兰登顶探春"。

这些诗句真实地白描出了玉兰花的美丽——素装淡裹，晶莹高洁，艳丽不妖，华而不媚。看着它，人们会情不自禁地产生一种"出污泥而不染"的高尚情怀。

前人云"千枝万蕊，不叶而花，当其盛时，可称玉树"，不独在其姿容，而在其意趣高华，懒共百花千树争春。

怒放之时，惊艳横绝，丰姿绰约，总是文字笔画难拟其态万一。只是花期短促，一夜风雨，便香销玉残，零落尽付尘泥。欲再睹芳姿，须待来年——谁寄芳心枝头上，一倾相思说与春。

在中国悠悠文化史上，玉兰也是一个贯穿始终的文化符号和精神图腾，入诗、入画、入工艺品。

笔者浅陋，说不出博古尚雅的高堂咏词，但俗务之余，每晤玉兰雅姿，总不免感叹，希望世上女子都能活得像玉兰树一样，旁若无人，花开无尘。

陈丹燕说，我来世想做一棵树，长在托斯卡纳绿色山坡上的一棵树。要是我的运气好，我就是一棵形状很美的柏树，像绿色的烛火一样尖尖地伸向天空。

三毛说，如果有来生，要做一棵树，没有悲欢的姿势。一半在土里安详，一半在风里飞扬，一半洒落阴凉，一半沐浴阳光。

读了这样的文字，大约更多的人都愿意自己活成一棵树吧。

我却觉得，像树、像花都好，关键你得有一颗心，在素年凡岁的光阴里，心里有"挪威的森林"，也开着"八九十枝花"，尝得四季风雨，也品得岁月静好。你要活得像阳光，永远灿烂；要像风，永远自由；要像一棵植株，根植泥土，枝叶向上，花朵向阳。

就这样闲步玉兰花下，不觉已黄昏。归途，有车经过，地面散落的玉兰花瓣，明信片般在车轮后飘舞。有点心疼，想想觉得也好——归去即归去，只要曾经灿烂，零落成泥碾作尘，也是一种人生精神。

告别一树一树玉兰，将满满的欢喜揣进心里，将桃红李白的笑种于眉间……旁若无人，花开无尘，很好！

# 春日长，荠菜鲜

盛春时节，春水盛，春草繁，河畔地头的荠菜与麦苗、花朵一同唱响了春歌。

"过春风十里，尽荠麦青青。"空气中弥漫着迷人的清香，蛰伏一冬的心儿也被撩得雀跃，于是，一行人迫不及待地直奔乡村——挖荠菜。

荠菜在我们这里用叠字称作荠荠菜，是十字花科植物，长得跟婆婆丁有点像，生长期长，生命力也强，从春到夏，一茬接一茬地层出不穷。对生长条件也不挑剔，有点泥土就生长，给点阳光就灿烂。

荠荠菜以野生为主，也可以种，但是要秋种，冬天种子挨顿冻，春天就发芽了。

俗话说：三月三，荠荠菜赛灵丹。荠荠菜的药用价值很高，《本草纲目》称之为"护生草"，主要是消肿利水，清肝明目。

但在我们这里，初春的荠荠菜一般是拿来当菜吃的，吃法随心随性，生吃、做馅、熬汤皆可，色香味俱佳，清鲜无比。

荠荠菜是包馅的好原料，最常用做饺子馅，也可以做包子馅。挖回来，仔细拣择清洗，焯下水，就能做馅了。味道清香，又没有其他特别的味道。你只需把稍肥些的五花肉细细地剁了掺进去就行了，一口下去，肥美无比。还有荠菜炒鸡蛋，高汤荠菜，都是妙不可言的美味。

尤其三月三这天，我们这里的风俗就是早饭吃荠荠菜卧荷包蛋。

朋友家屋后的菜地里，荠荠菜疯了似的一片片、一团团、一簇簇，绿茵茵、嫩生生地抢着生长。它根叶丛生，片叶羽状，叶面有一层细细的茸毛，匍匐在地面上，锯齿形的叶片泛着绿光。

用小锹从菜根旁边挖下去（个人觉得剪刀更好用），左手揪住荠菜的根部，稍稍用力，整棵荠菜就连根拔起，抖去泥土，根瘦长，白色，有须毛，凑到鼻前，深吸一口，一股不与他同的清香。

都说吃了荠菜，百蔬不鲜，真的！

春天里吃荠菜，不只是清香可口，还充满了春的喜悦。

张洁的《挖荠菜》，有一段这么写道：田野里长满了各种野菜：雪蒿、马齿苋、灰灰菜、野葱……最好吃的是荠菜。我们这里最常见的是马齿苋、灰灰菜、面条菜、刺角芽、野腊菜……当然，最少不得的就是荠荠菜。

荠荠菜又称"净肠草"，富含极高的膳食纤维，以及胡萝卜素。常吃清肠减肥又明目，是减肥者的最爱，尤其是经常用手机、电脑工作的人更应该吃。这菜比香椿营养，比胡萝卜明目，现在吃正当时。

所以，但凡有机会，我总会刻意地多挖些，欢喜喜地带回家去（不过，择拣的过程令人头大），用开水一烫，挤干水分放在冰箱里冻起来，待到冬天再吃，解冻后，跟现挖的一样新鲜。

朋友家的菜地，种菜不全为吃，为的是大家伙有一个放松身心的去处——于是乎，我们便时不时地一哄而去，拔草摘菜，不亦乐乎——于是乎，朋友又免不了备上美酒佳肴——于是乎，大家免不了开怀畅饮，尝尽鲜蔬——于是乎，天已晚，尽兴归——于是乎，春日长，荠菜鲜，就是这一菜一蔬抚慰心绪，让逐日寥落荒芜的心看见最凡俗的欢欣。

# 这是樱花呀

春四月，樱花如期绚烂。

樱花的花期极短，一朵花从初绽到凋零，不过短短七日，它簇拥而开，飘洒而落。

其实很久以来就有个梦想，想去武汉看看樱花，但一直未能遂愿，今年怕是又不能了。

还好，随着城市建设的日新月异，小城早已引种了樱花，除了遍布城区的大小游园外，更有一条植满樱花的路，绵延数里，樱花盛开时节，花开似海洋，一城的人纷至沓来，流连观赏，如醉如痴，想来武大的樱花也不过如此吧。

河边游园里，有独自亭亭玉立满树繁花的，有三三两两藏在一隅给你惊喜的，有成片生长尽情绽放让你目不暇接的。

樱花美丽纯洁，层层花瓣堆叠，团团地挤在一起，一层又一层，惹得人总想拨弄它。花瓣中间，花蕊像一朵朵太阳花，迎风起舞，婀娜生姿。

漫步樱花树下，一团团，一簇簇，淡粉、深粉、乳白……直看得人目不暇接。

樱花之美，有三：

一是生命顽强。树干粗壮直指云霄，有着遒劲豪放之神韵。

二是形态别样，宛如一个万种风情、千般娇媚的女子，眉目生花，熠熠生辉。

三是次第绽放的绮丽翻腾着逶迤的细浪，云蒸霞蔚的风致，让其他草木无可攀比。

那些粉艳艳的花，一朵挤着一朵，花瓣由妍红到淡粉，在参差葱茏的枝丫上尽显妩媚娇妍，若霞似云的花色宛如人生初见。

而春风，更是把花瓣过滤得透明，阳光也毫不吝啬地给它们涂上七彩的釉。

想到一个词，妖！

是的，妖！

这应该是形容樱花最贴切的词。

樱花有单瓣与重瓣之分，单瓣的樱花精致秀巧；重瓣的樱花，粉妆玉琢。

而且无论阴天还是晴天，逆光还是顺光，樱花花瓣都自带一种光晕，薄似蝉羽，纯净若霞，别致而动人。

那些花朵真的是风姿绰约呀，它们全心全意、不顾一切地开着，开到惊心动魄。

樱花树下，游人如织，明媚的春光穿枝过叶，婆娑的光影洒下来，牵着风，风过处，花纷落，是分分明明的"落樱缤纷"。

其实这种盛大的绽放是我年轻时喜欢的，总觉得那足够张扬，足够繁华，足够恣意，足够尽兴、尽情。

随着年龄的增长，我已经越来越喜欢那些孤独的绽放了，觉得那才是一种清绝、极致的美，一种带着生命色彩的绽放——可是只有樱花盛大的绽放，一如既往地打动着我心底最灿烂的渴望。

想来人这一生，若能活得如樱花一般灿烂、繁荣，是每个人都希望的吧。

樱花的花语是幸福、希望、爱情，可能也正因如此，樱花才备受人们的喜爱。

所以尽管樱花的生命只有十天，但那种烂漫，怎一个"美"字可以尽描，那种将生命进行到极致的轰轰烈烈，足以让经过的生命为之动容、感叹。

所以，如果春天你不去看看樱花，你的春天就一定有处空白，心上也会有处缺憾。

所以，赶紧抽空去粉樱林中走一走吧，那满树的浪漫与烂漫，一定会亮丽你的眼，温柔你的心，明艳你的路……

# 盛开的又岂止是花

## （一）

季节里，数不清的花，开了又落。

光阴里，数不清的日子，聚了又散。

海棠，樱花，丁香……坐在时光深处，半是沉醉，半是忧伤，一朵朵在零落的路上前思后量。

想来花人一理吧，总有一些故事，在穿过日子之后，被拆解得七零八落，怎么拼凑都拼不出最初的模样。好吧，愿你人生尽意，俗世尽欢，在爱与失落中前行，终得见花开灿烂。

花名最有意思，随便拿一个给姑娘们做名字，都俏生生、水灵灵的，活色生香。

在四月，所有的人应该都不会寂寞吧，因为你随便地走，随便地看，那里都会有你不为什么却依旧欢喜不已的风景。

夜里，有雨敲窗，没有风，雨落下来，滴在雨搭上，嘀嗒声疏落有秩。

下雨的日子，宜冲杯红糖茶，看看书听听音乐，或是看一部喜欢的电影，或者就沉沉地睡一觉。

晨起，湿云漠漠，春阑珊。

像无法抵挡花儿艳丽的芬芳、小草碧绿的笑容、雨后明媚的阳光一样，也无法抵挡一场雨、一场薄寒带来的怅惘。

一场雨投下的寒凉，总乘虚而入，让日子的一些片段像藤蔓，沿着雨路攀援而上。

而那丝丝的雨就生出满满的绿意，有年少时的一抹眼神，也有中年时的一点艰涩。

雨中看樱花开了又落，看树木发出新芽，青草和树木的味道让人沉醉。

我觉得这世上最醇厚的味道，除了阳光就是草木味了。

站在荫荫的树林中，闻若隐若现的草香、木香、花香，被弥漫的草木味包围着，感受脚下路长路短，体味心上离去归来……这该是春天最深情的一折吧——不思量，自难忘！

## （二）

原野，绿意，一层层浓；花儿，一簇簇开。

没有迟疑的意思，季节再一次变得美丽。

铺满阳光的山河，残冬失了踪迹。

一树一树已开、将开的花，一河一河清澈、欢快的水。

花，呼啦啦，开出一整个季节的欣欣向荣。

水，哗啦啦，流去一整个季节的闷倦。

愈来愈明白了，原来人间所需要的美好，大多是些微的。

抖落衣襟上附着的尘，倚在春天里，甚至把思绪凝固在某个念着的时段里，也可让它自由的浮沉。

或者可以把心放飞，放给高天流云。或者小心翼翼地走过田野，不惊扰返青的麦苗、蛰醒的虫。

## （三）

午后，一窗暖阳，一朵性急的花，满眼的美丽和芬芳，在渐好的春光里旖旎。

春陌上，枝头新芽笑意盈盈，春的彩笔晕染季节美丽的际会。一只鸟掠过，翅羽划过长天，几声简单的鸣啭就和春天融为一体了。

河边，鹅卵石铺的小径通向花圃，很有些曲径通幽的味道。一朵花在风里扑闪着花瓣，蝶翅似的闪，惊起一些思绪荡漾。

想和春天一道，穿越陌生的城市、纵横的经纬去远方看看，沿途的花儿应该次第绽放，雾霭流岚应该浩浩荡荡吧？

春的眼眸穿过季节的迷茫，花的微笑温暖光阴的薄凉。春天了，无限春光，满目琳琅，双手合十，祝祷春天，唯愿荼蘼尽至，岁月萦香。

# （四）

漫步春天，雪白、粉红、金黄、绯红，白的耀眼，紫的惊艳，红的夺目。一树一朵，一丛一簇，都流溢炫目的光彩。

其实，这一树、一丛、一簇、一片的花，不知经过了多少春光的接力，才在这一个春日里盛开。

其实，经过无数个春天的接力，才能在这春日里盛开的又岂止是花，还有每一颗欢喜的心。

蓝天，白云，澈水，春风。

柳丝轻扬绿意，玉兰暗香袅袅，迎春花风里舞蹈，桃、梨、杏花盈盈微笑……

原来，所有的生命都是有约定的。

就如这花，季节一到，花就开了，赶趟似的，一拨拨急急地赶来。

记得读过一段话，说春天来了，所有的景色都必须玩赏。甚至一定要急急地去，赏得一日是一日，赏得一时是一时。

因为，春来春会去，花无千日红。

所以，春来了，莫负春日大好时光，去春天里走走，无论什么花开，什么雨来，都去春天里走走。

书上说，时光一去不复返，莫等春归无觅处……

此刻，小小的孙女擎一朵花在手上，蹒跚着跑过来，粉嫩嫩的脸，银铃似的笑，手上擎着一朵花，就像擎住了一整个春天。

# 暮 春

## （一）

春已迟暮，青枝繁盛，落花纷飞，从心上生出不知出处的失落。

岁月会淡，光阴会老，花鸟会寂，一切都会离去。

有风来，吹过落花、青枝、绿叶，吹过旷野、村庄、城市。

暮春，一半是极致的绚烂，一半是极致的凋零。敢问，有几多故事花开在当下？又有几多开向下一个春天？

黄昏，落日，余晖，云暮，春暮，正是我爱的腔调。

执笔，写字，心向明媚。

黑夜就黑着吧，只要心，还能被这极致点燃。

只要开在花间的词，凼在绿里的诗，都在最好处。

这样的光阴，适合安安静静地做一株草，自由、散漫地生长。

适合在翠浓里小坐，小径，幽苔，草木香。

适合读或者写一些文字，轻漫些，柔软些，静静感觉文字里边陲的婉约，和孤城万仞的清峻……

你看，时光陌上，春事、人事，皆已深了，不必再去倾听桃红的私语，也不必再去追寻苏醒的心事，或者落花倾不倾城。你只管看看、走走，只要你欢喜了，这一季春天就圆满了。

## （二）

春色虽过，生活还要继续。

只要你还在，每一天都是春天。

春归就归吧，我一样用喜乐迎接夏天。

因为你若爱，荒野也生长无尽的欢喜。

阳光一寸一寸地移到室内，窗台上的紫色酢浆草，花一朵接一朵地开，叫醒无数的欢喜。

窗外的树，叶子一天比一天稠，一天比一天绿，直到挡了我望远的视线。

可我依然喜欢，因为透过叶隙的阳光，会幻化出五彩，像小时候玩的万花筒，闭上一只眼去看，全是美好。

夏天有着迟暮的霞光，正如你晚风里的笑。

我在黄昏写一封书信，载着落日的余晖寄给你。敢问，人一生能有多少陪着落日微笑的时光？

夕阳落下的时分总是带着一种天然的诗意，让人感叹、唏嘘。暮色下的天空总是美丽，头顶的云仿若流动的天河，衬着天际云蒸霞蔚，和着你的笑，点缀着心上的黄昏……

# 每一滴雨都仿佛可以滴出一句诗

## （一）

下了新春的第一场雨，是名副其实的春雨。不大，却绵密、细致，显出些缠绵，显出些悱恻。小小的点滴，挂在叶尖，晶莹，润泽；落在心上，轻俏，窃欢。

这样的雨，适合一个人慢慢地走，心，无端的清澈、欢喜。

雨应该也喜欢这个状态吧。静静地、随性的，落在可以落的任何地方，然后慢慢地润透人间。

我想，这应该就是所谓的"润物细无声"吧。雨落下时，你去看，细细地，每一滴雨仿佛都可以滴出一句诗来。

落雨后的空气很好，原野里，所有都湿漉漉的，雨把一切变成雨的颜色，透明、纯粹。雨落在思绪上，静静地发着光。你在里面悄悄地徜徉，思绪悠悠，有些东西静静滋长。

雨，掩盖了一切。

余秀华在诗里写道：我想念南京，只想念它的一条街，一条街上的一些树，想念从这些树梢滴下的雨水，我只想念那曾经滴落在我们肩上的雨水……

瞧，就是这样，一场雨而已，却被诗人赋予了深深的深情。不好吗？

其实，这世界，万物皆有心。

看窗外，雨落得正好，很多东西在雨里发芽、生长。忽然领悟，所有的美好都应该像这场春雨一样，慢慢地、点点的、点点滴滴的，走向生动，走出清欢，走出生机勃勃。

此时，我深信万物皆有定时。就像此刻，你只要站在春天里，春风会化雨，春雨会如酥，雨后，春会暖，花会开……

## （二）

喜欢落雨的味道。

喜欢微雨里漫步一条静谧的小径。

喜欢青慕的那句，我喜欢春天的雨，雨后的光，但不喜欢后面"和那句任何时候的你"。

其实，我更愿意相信，这世上谁心里都有到不了的远方，也都有得不到的怅惘。

一场雨，雨有稀疏，声有沉落。一场雨落下，洗去喧闹，当夜幕垂下，愿每颗心都安眠。

今夜，一万颗雨滴无眠。

我愿意相信，也会有一万颗灵魂在陪着它们，也许孤独，也许忧伤，也许雀跃。

有雨的夜晚，适合沉淀，沉淀所有；有雨的夜晚，适合想念，想念很多。

想一些物是人非，想一些离去或者到来，想不甘却又必然逝去的光阴。

春消失于立夏，云消失于风雨。请问，可否在夏花灿烂里，找回曾经的蓬勃和旖旎？又可否用一抹浅笑让很多很多缀满温情？

今夜有雨。

雨声里，一些从前醒来，一些现在永逝，这都是无可避免的。

花瓣在雨里微笑，微笑在雨里消散。

可一年又一年，风总会吹，雨总要落。

人海茫茫，很多人或事一转身就不见了，唯有那些或温暖或凉薄的细节，隐约又清晰。可是，岁月告诉我，很多曾经，你真的，不必看见。

## （三）

窗外的雨，带着早春的凉意，不疾不徐地下着。

隔窗听雨，添了些许情愫。

雨里独坐，一个人有些清寂，心却是自由的。

雨，洗涤了心的浮华；雨，明朗了人的心情。

心晴的时候，雨也是晴；心潮湿的时候，晴也是雨。

心，与雨共舞；雨，与心相通。

春雨，潇潇地下着，朦胧雨雾里的树木渐渐生发出淡淡的绿意，雨水顺着枝条滴下来，清沥沥地叩响大地的门环，唤醒冬眠的生命。

春雨，推开了冬日的萧条，万物在春雨的滋润下开始发芽、生长。

其实，听雨，最好是听雨落在屋檐上的声音。

最好，还是那种古老的青瓦。

雨，一滴滴滴在青灰色的瓦上，然后经由屋檐落在青石路面上的声音，才有韵味。

其实，不同的年龄听雨的感受也是不一样的。

年少的时候听雨，一般是为赋新词强说愁。

中年的时候听雨，总是会掺上些莫名地惆怅。

一个人，静坐，听雨，春雨潇潇，雨雾弥漫，千万条银丝荡漾在空中，恰似无边的珠帘，给天地织出一番韵致。

缠绵的雨声里也总是会带出些呼唤的味道。

也许，是呼唤远去的青春；

也许，是呼唤心上的羁绊；

又或者，只是唤一唤自己的心……

# 花落了也很美

## （一）

春天里，阳光晴暖，风和日丽。

阳光晒暖了身边的所有，燕儿已经飞回来了，欢快的鸣叫抚平了枝头一整个季节的寂寞。

一拨又一拨的人们在草地、花丛、绿水旁，追着风，也追着花，赶趟儿似的。

春天的声音从四面八方围涌而来，我，静静聆听。

我渴望是一朵花，开在最美的晴空下；或者是一泓水，流过土地最宽厚的胸膛，然后和春天一起生长。

清风徐徐吹来，水面上倒垂的绿柳扭动腰肢，曼妙出无尽的韵味。

一蓬蓬的绿草悄没声儿地从每一处土地里探出头，似乎是一眨眼，就秀出了婆娑的舞姿。

还有那粉的、白的、红的，粉白粉红的，等等等等，数不清的花朵竞相绽放，飘摇在春天的每一个角落。

沿着曲幽的小径漫步而去，小桥流水映着蓝天白云，荷叶浮萍也一叶叶秀美异常。

穿梭在春意盎然的春野里，是谁让春天如此神奇！

余秋雨说：生命是一树花开，或安静或热烈，或寂寞或璀璨，日子就在岁月的年轮中渐次厚重。那些天真的，跃动的，抑或沉思的灵魂，就在繁华与喧嚣中被刻上深深浅浅或浓或淡的印痕……

我在春天里停靠，一些属于灵魂的东西印在了春天，心也开出了一朵花，璀璨着随春天远遁的寂寞，那些挣扎过的所有，都渐次被春风吹软。

我在春天里静念，风来了，雨来了，花开了；风走了，雨走了，花落了。

可我已经看见，花落了，也很美。

## （二）

最喜欢的季节是春天，就好像一切都可以重生一样。

窗外的花渐渐开了，那些不快乐的日子，一定会成为过去。

夕阳轻烟般的叹息，留不住春天的脚步，夜晚落满花朵依依惜别的声音。

春天总会生出些莫名的欲望，比如让肉体和花儿一起陷落春天。

春光明媚，突然会想起谁，然后放眼四野，放眼远方，然后思念开始如风。也会叹息，尘世间，会有多少春来春去，又有多少人说散就散了。

想问一声，时光掠去了青葱的容颜，爱恨也早已风轻云淡，曾经的寸寸芳华，早已染遍烟凉，辗转的时光里，你可会翻动某一个春天？

喜欢在暮色浅浅的时候，坐进一趟晚风里，看烟霞旖旎的西天怎样点点凝重。

喜欢春天的雨，尤其黄昏时分，要微雨，微雨霏霏，点点撩动骨子里的轻愁，然后，慢慢地洇开，看见轻欢。

春天最撩人的是什么？我说，是绿柳。风吹过，一条两条万千条，弯来绕去，撩动的是心尖上的那一脉荡漾。天晴时，"水光潋滟晴方好"；落雨时，"斜风细雨不须归"。

周末，信步闲看春色，偶遇一树樱花，风吹过，粉色的樱花散落，阳光穿花过叶投下来，耀眼的旖旎，仿佛置身仙境。

伫立黄昏，总会觉得什么都能生出些深远的味道来，会想起年轻和老去，会蓦然了悟些什么。细细地想，一些言语聚了又散，一些身影近了又远，人在日子里，故事在彼岸。

春风解花语，似是故人来。春天，总会有那么一些不经意的感动抓住心怀。不必写意太多，在花下饮茶，在风里小憩，光阴便是香的，心便是开阔的，日子便是值得的。

风吹花盈动，看一场春雨，折一枝桃花，舒一卷春情，无须那么多，一树花，一寸芽，足矣，足以看见一整个春天的盎然。

# 风会记住每一朵花香

我喜欢用农历来称呼月份，例如正月、腊月，还比如初夏、暮春、晚秋……有了这些词的氤氲，四季莫名地就生出韵致和味道，莫名地就美不胜收起来。

二月的古镇，早晚还有些轻寒，穿了羊绒大衣，围了丝巾，轻寒顿消，仿若微微的荒凉也被丝巾遮住了。

其实四季在岁月里穿梭，古镇也在岁月里变换着容颜。大街小巷，不是今儿这条街换了绿化树，就是明儿那条街换了花墙。

我说不上这样子是好，还是不好，心却会跟着自己的喜好敞亮、明媚、欢喜，或者不那么高兴、愉悦……只是日子就这样走着，就这样度着晨昏日暮，就这样有时欢喜，有时也生些轻愁，有时也无所谓。

再过些日子，古镇的李花、杏花、桃花什么的，就会开了。会从街头巷尾开到护城河畔，开到乡村旷野。会开到灿烂，开到让人心醉。

说到花，一年四季俱有花开，个个先声夺人，美不胜收，那就写写那些花吧。

## 酢浆草

酢浆草有着很脆弱的茎，单薄的三片叶子，开着五瓣小朵小朵简单的花，种下一棵，就能开成一大片，占据了春天的半壁江山。

入了春，天一晴，阳光一探头，它们就开了，然后你一不经心，它们忽然就开成了海，深紫浅紫，深红或者浅红，一片连一片，耀眼，夺目。

路边，树根下、花带边，乃至犄角旮旯，都可能被它们占据。微风过处，花面起伏如波浪，阳光下一波一波的紫光或者红光，或者一簇一簇，又或者一星一点，闪着炫目的光。

酢浆草开花的前提是阳光，只要阳光好，它就放肆地大开而特开，可以贯穿春，夏，秋三个季节。

酢浆草最适合作地植绿化用，春天时花开满园，像一大块花毡，衬着各色的绿树。花朵挤挤挨挨，如火如荼，如同千军万马奔袭而至，布阵在春天的角角落落。

## 迎春花

迎春是春天的第一枝花，顾名思义就是迎接春天的。迎春花像是一位小家碧玉的女子，颤巍巍地从残冬走来，羞涩涩地在早春里露出笑靥。迎春一般种在岸坡河堤，长而柔的枝条蓬蓬地披垂下去，长的探身水里，短的垂在堤岸，灿黄的花倒垂在枝条上，一串串、一朵朵装点着早春的萧条。在这粲然里驻足，你的心会轻盈盈地讶异，原来早春是这般的轻好。

## 油菜花

油菜花开是一种漫天漫地的泛滥，也像一种彻头彻尾的霸占。你去看，金黄金黄的，成海成洋。这个时候，你会对周围的树木河流，甚至乡野里的鸡猫狗兔生出羡慕来，因为它们仿若就住在花的海洋里。风吹过，不，不必有风。不必有风，油菜花浓酽的香味，就冲得你直打喷嚏。

## 海 棠

海棠花开是一种没心没肺的烂漫，春风不过悄没声地吹过来几缕，它们就迫不及待地绽开了笑脸，手挽手，肩挨肩，密密匝匝的，一朵，又一朵，再一朵……一树，又一树，再一树……云蒸霞蔚，如同遍野粉色的云，整个世界都烂漫了。

## 玉 兰

玉兰花开了，白的优雅，紫的高贵，外形很像莲花，盛开时花瓣向四方伸展，开得简约又纯粹。站在树下，不着一叶的枝丫上玉兰花亭亭玉立，身姿袅袅，淡淡的香似有还无，清纯又悠远。细细端详，经过的人都受了感染似的，有意无意地就在意了身姿形态，收起了平素的不经意和匆促，变得优雅而从容起来。

## 杏 花

杏花是春天里开得较早的花，它就像是来叫醒春天似的，细细地，柔柔地，轻轻地走来，粉嫩嫩的花瓣上镶着一圈玫瑰色的细线，一朵朵像一只只粉蝶，在风里婀娜地起舞，每一个走过的人，都挪不开惊喜的眼睛。

## 桃 花

桃花开时像一个俏丽的豆蔻少女，就那么静静地、悄悄的，从房前屋后、山涧溪头探出半张粉脸，然后你眼里的世界就变了。如果再逢着一渠澈水，那花下的你也会变得风姿妖娆起来。看，水映着一树的花，花衬着一河的水，不用想，一下子你就会记起很多描写桃花的句子来。画楼春早，一树桃花笑；桃花无言一树春；桃花春色暖先开；人面桃花相映红……也许，你还会想起记忆里的那眉、那眼，于是，即便是已经沧桑的心也会泛出笑来。

## 樱 花

樱花应该是春天里最让人心驰神往的一种花吧。樱花开时远观似雪非雪又胜雪，近观如霞似霞又非霞。阳光里，粉色的花瓣透明得仿若蝉羽，耀眼的旖旎让每一个经过的人连心花都忍不住地开。午后的风徐徐吹起，落樱如雨，想起那句咏樱的诗来：婀娜枝香拂酒壶……惟有春风独自扶——惟有春风独自扶！敢问，站在这一趟春意里，谁，不心驰神飞？

## 梨 花

梨花是春天里开得较晚的花，不似海棠娇俏，不若桃花张扬，没有樱花的妩媚，但梨花只消一怒放，漫天漫地，彻头彻尾，只一种颜色，就开出了春天最好的模样。

## 牡 丹

牡丹花应该是谷雨的信使，牡丹花开了，就是谷雨时节了。说到牡丹，最熟悉的就是"唯有牡丹真国色，花开时节动京城"的句子。只这一句，就把牡丹花的雍容华贵、国色天香写意得淋漓尽致。当然，也让人们记住了那段动人的爱之绝唱。只是不知，人们是因为那段绝唱喜欢了牡丹，还是因为牡丹艳羡了故事里的人。

# 豆　花

豆花其实算不上是花，可豆花也是春天里不忍忽略的一种遇见。说豆花，其实就是豌豆花，低低的秧，嫩嫩的苗，芽尖是春天最美味的小菜。而豆花就在秧尖处盈盈地开着，花瓣粉白、妍红，悄悄地在阳光下、春风里鹊舞。你去看，像是一地的粉蝶在风里闲步。

# 楝　花

楝花是乡野才有的花，小小的花朵簇拥在枝头，酽酽的紫在晚春里迤逦。有句话说"风到楝花，二十四番吹遍"。意思是楝花开时，二十四番花信风就吹遍了，而春天也就要过完了。楝花有着一种奇特的味道，不同于所有的花香，花开时，遍村的异香氤氲出惆怅如云烟，说不清是心事使然，还是因春归感慨。

# 月　季

有一句话说花无百日红，偏偏有一种花，违背了这个常理。

这就是月季花。

月季，顾名思义，月月都是它的花季，所以又叫月月红。

苏轼说，唯有此花开不厌，一年长占四时春。

牡丹再美，只在春天开放；蔷薇再艳，只在初夏灿烂。

而月季，好像忘记了时间，从春到冬，花开花谢，就那么热热闹闹、从从容容地开着，所以月季还叫长春花——它也确实担得起这个名号，一枝谢了，另一枝又盎然绽放，而且连红艳也不肯消减。

尤其到了秋冬，能够屹立盛开的花儿寥寥无几，而月季不改本色，大雪纷飞也不影响它迎雪怒放，成了寒冬里最夺人的存在。

黄梅戏《花为媒》里唱道：花开四季皆应景，俱是天生地造成。

敢问，你那里是哪一种花，唯美了你的世界？

# 只记花开，不记年

蔷薇花，大多与竹木或雕花的铁藩篱为伴，一般生长在相对偏僻的街角院廊，不开花时，只是一墙一墙的碧绿，静静地倚在阳光里。及至开花时节，再去看那一墙一墙的蔷薇，不只是花开了，而是一种遗世独立的风姿从骨子里流泻出来，摇曳出满街巷极致的悠远和静美。

蔷薇花的颜色有深红、粉红、白色、紫色。但花开的过程中，还会变幻出你描述不出的炫目光彩，最常见的是深深浅浅的粉色。层层叠叠的花瓣，透着对生命的极致热爱，绚烂的颜色展示着生命的灿烂。尤其是雨后，繁花带雨，将滴欲滴，珍珠般的雨滴在花瓣上缠绵悱恻，于静雅中碾压群芳，无为中尽显风流。

可它们只是静静地，在寂寞的角落静静地盛开或凋谢。无论谁经过，谁来看它，都一样，静寂、恬淡。

都说"人间四月芳菲尽"，可我总觉得这姗姗来迟的蔷薇花，应该是季节里最深情的花了。它一定是为了怀念这暮春的灿烂，迎接这浅夏的芬芳而盛开的。

"绿树阴浓夏日长，楼台倒影入池塘。水晶帘动微风起，满架蔷薇一院香"，这，就是蔷薇花开时最贴切的写照。

年年岁岁花相似，蔷薇盛放，人间温柔亦浪漫，便只是一眼就会爱上。

蔷薇的花语是，纵使世界偶尔薄凉，内心仍要繁花似锦，深深懂得，淡淡释放。

多么诗意、文艺的花语呀！所以我总是会觉得，所有的花中，蔷薇花是最文艺的。

蔷薇花有单瓣和重瓣之分，花开时艳丽无方。尤其重瓣的蔷薇花，常常七到十朵为一簇，密密匝匝一层层缀满枝蔓，粉艳，娇嫩，像霞光一般，又明艳又清秀，又浓烈又精致，又热闹又美好。

更有数不清的花朵，翻越墙头、栅栏，伸出墙外摇曳。阳光洒下，蜂飞蝶舞，葳蕤的藤蔓环绕着花朵，微风吹来，绿叶荡漾开去，娟秀的花朵便在风中巧笑，莞尔。

蔷薇花，入诗也很久了。

吴激说，卷上疏帘无一事，满池春水照蔷薇；

李冶说，最好凌晨和露看，碧纱窗外一枝新；

席慕蓉说，四月的蔷薇，朵朵都是我前世的盼望。

蔷薇花开，也意味着夏天即将来到，爱惜春光的人们禁不住感叹春归何处？

其实有什么呢？

因为四季只是短暂的停留，生活才是无限的感受。

就像汪曾祺说的，赏花观草是无用之事，但有了它们，才觉得生活有意思。

也像安徒生说的，仅仅活着是不够的，还需要阳光、自由和一点花的芬芳。

所以，春归了，夏会来，美好的依旧美好，葳蕤的依旧葳蕤，你只要走在正好的路上，春夏，四季，都一样。

我还会觉得，蔷薇花一定是暮春写给红尘的情书，枝枝杈杈写满了零零碎碎的小美好，缠缠绕绕的小牵挂。阳光穿过花墙，风摇枝蔓，风姿绰约地走向葱茏的夏天。

有文字说，生活现实，也无趣，心里总要依附一些东西，比如文字，花木，流云，才能获得精神上的净化和清澈。

正是，其实季节曾经动用整个春天的花色照耀世界，安慰心上所有的动荡，所以春光太匆匆时难免惆怅——虽然心上仍有盛大的辽阔……

好吧，不写了，我只告诉你，蔷薇花开又一春，愿你我殊途同归，只记花开，不记年！

# 梨花，梨花

阳春三月，草长莺飞，春风铺开，大地铺开，温软的阳光将心情涂抹成琉璃的金色，轻盈的脚步挽着柳丝踏过绿意融融的原野，梨园深深处，只一眼便醉了心扉。

一团团，一簇簇，数不清的花朵层层叠叠，微风拂过，千树万树的花随风竞舞。

梨花太美，适合想念。

你站在春的枝头，我站在春的路口。袅娜的风，掀开春日的门帘，借一瓣梨花做笺，捻一缕花香入墨，花语旖旎，叙写心上的铭刻。

其实，春天里与花的相遇，不必刻意，一转身，一回眸，便与新绿的叶片四目相对，与枝上的花瓣怦然相逢。

诗里说：我原想收获一缕春风，你却给了我整个春天。

我弯下身，捡拾脚边散落的一瓣瓣梨花，轻轻托入掌心，闭上眼，一缕清甜走上心头。

梨花太美，适合想念。

记忆里，少年时的春天是模糊的。不是忘了，是少年天性。不像现在，所谓成熟了，开始矫情，或者称为感慨吧，一朵花就可以渲染得轰轰烈烈。

我的少年是在农村度过的，那时候的农村虽然贫瘠，但无论谁家，屋前屋后总会种上一两棵果树，而我家就独有一棵梨树。

梨树是舅舅从山上移栽下来的，树冠庞大，结那种青皮的酥梨，甜脆异常。梨花开时，洁白胜雪，香味散出去很远，每年可结上千果子。而儿时春天的记忆，对我来说大约也只有那一树梨花和脆甜的梨最堪回味了。

此刻，眼前的梨花海将我的身心和记忆撩拨，远去的记忆一层一层地重新走回，重新糅进花瓣里。

我还有什么理由按兵不动？我分明看见，我和春天之间，其实只差了一树梨花。

因为梨花太美，适合想念。

走在眉清目秀的春天，一颗心早已生出翅膀，而所有的美，都不是好惹的。不要问，这万顷洁白是不是人间天堂，此刻，我看见春光破茧，正飞往更美的枝梢花间。

此刻，抖落一些所谓的忧伤，走进春天，拥抱快乐，给日子一张笑脸，许自己一份安暖，愿尘世辽阔，愿那些没有落在我身上的阳光，落在你身上。

而我，必须和你一起走进春天。

# 来呀，来看看春天的那些花吧

## 油菜花

春天里，各色的花是写不完、描不尽的，一番花信一番倾诉。

总之，总有无数的繁华在春天里簇拥且雀跃。其实冬去春来，万物醉着四季风雨，四季风雨也醉着万物，和日子有着一样一样的道理。

春风漫过时，花、树、草，都将茂盛，有人说，每年春花开的时候，就会想起某人——同样，想起某人的时候，也会想起那年花开。

你呢？

好吧，人间四季，每个季节都有想念的诗意和远方，在心里画一朵花，勾勒春天的故事，你要相信，风会记住每一朵花的香。

油菜花又开了，开在村头村尾，熟悉而浓郁的芬芳笼罩了整个村庄，细细地嗅，香气会一下子呛了心。

春天，油菜花是农村最常见的花，常见到不是一株两株，也不是一亩两亩，而是成百上千亩，是一望无际。

春风吹起来，阳光照下来，群蜂毕至，甜香弥漫。

除了大田里，连田埂上、路边、沟渠、河汊、村头村尾、房前屋后，都是。

遍野的油菜花如金色的海洋，灿烂地绽放着，一株连着一株，一行连着一行，一片连着一片，一地连着一地，延伸到漫村遍野。

这流金溢彩、轰轰烈烈、蔚为壮观的金色画卷，像是从天际铺下的布幔，铺满了一整个春天。

油菜花开时，总会勾起对童年时光的感慨和回忆，仿佛看到了小时候在油菜花地里穿梭追逐、疯了似的年少轻狂。

如果说其他春花的美，是轻枝漫舞，是天女散花，是风姿妖娆，那么油菜花的美，就是带着独有的老家味，泥土味，烟火味，氤氲着质朴、善良，提醒着每一个远行的人——这是家，这是根……

油菜花开又一年！

就这样静静地走在最素朴的土地上，走在金黄的油菜花海里，看油菜花一朵，一簇，一片，如海，似洋，自由地、漫漫地绽放着，感慨一季来、一季去，季节轮回里，大地重复着似曾相识的剧情，人生重复着可咸可甜的经历和懂得，唯愿自己也能够和这油菜花一样，用最素朴的姿态，最蓬勃的生命力，不喧不哗，从容走过年华更迭。

## 玉兰花

仲春时节，暖色正起，玉兰花如期而开。

和迎春花一样，玉兰花也是报春的使者，因而玉兰花也叫望春花，常见的颜色有白色和紫色，听说也有黄色，却不曾见过。

其实真正的玉兰花是白色，叫白玉兰。紫色花朵的是辛夷，一种药材，花开在白玉兰之后，因花朵形状相同，故而人们也把它唤作紫玉兰。

玉兰作为一种观赏花树，在城市里已经广为栽植。

一入仲春，一树树或洁白或妍紫的花朵，雍容华贵、仪态万方地独立春风之中，绰约，明艳，一下子就推开了春日的花事之门。

因为玉兰花开之后，杏花、桃花、李花、梨花，各色的花，才纷至沓来，纷纷盛开。

玉兰花的花语是高洁芬芳，纯洁真挚。它的独特性在于花朵硕大，状似莲花，盛开时花瓣向阳而开，通透纯洁，风姿绰约，别有异趣，风起处，浓香更是逼人。

只不过玉兰花花期短，十几天光景，花瓣就开始零落了，但这丝毫不影响它年年如故，在春风里灿烂，璀璨。

古人喜欢用"素娥""霓裳""玉色"这些词来形容玉兰的美，而玉兰花也真的当得起这些词。或洁白无瑕，或粉紫明妍的花朵香气扑鼻，风姿绰绰。

花儿初开时，像一只只春燕，也像一只只白鸽在蓝天下，阳光里翩翩起舞。

盛开时，真的或如玉色冰盘，或风姿秀美，迎春风而立。

紫玉兰还有个特别的名字，叫"木笔"，因花苞形状如同毛笔而得名。

古代文人画家钟爱玉兰花，一部分原因与它"木笔"的名号密不可分。

白居易写道："紫粉笔含尖火焰，红胭脂染小莲花。"

欧阳炯也写："应是玉皇曾掷笔，落来地上长成花。"

文人们用生花妙笔写玉兰之木笔生花，笔与笔，花与花，春天与春天，碰撞出无与伦比的美妙。

在这个季节，趁春光正好，流年染香，收拾好心情，去赴一场玉兰之约吧。

## 丁香花

春三四月，春深似海了，城里城外桃红渐褪，丁香花悄悄开放。

丁香花是名贵树种，小城种植不多，所以见得甚少。

我一直觉得这是一种最素朴、忧郁、温婉、内敛的花儿。大约这也是文人们为什么总把它和愁怨连结一起的缘故。

这几棵丁香树杂在一大片海棠树中，若不是细细流连，还真的就错失了。

百度上说，丁香在未开放时，花蕾打结，因此民间称之为"丁结、百结花"。又因花开时形如长筒，花蕊尽藏其中，寓意心有千千结，于是丁香花就被用来比喻人们心中暗藏的情思愁绪了。

我却是因着戴望舒的那首《雨巷》，才倾心于丁香花的——我希望逢着一个丁香一样的，结着愁怨的姑娘，她是有丁香一样的颜色，丁香一样的芬芳，丁香一样的忧愁……

因了这首诗，每每看到丁香的字眼，或者想起丁香花，脑子里就会出现一个眸含轻愁的女子款款而来。

其实丁香树很高大，枝条也韧长，丝毫不见柔弱，花朵小而密，结成穗状，没有牡丹、月季的国色容光，也不像海棠、樱花摄人心魂。但花开时，深紫、浅紫、粉紫，一串串亭亭玉立，一穗穗杂在绿叶间，半遮半掩，若隐若现。远望如云蒸霞蔚，近看花朵扶疏，阳光下明艳地开着，远远便能闻到异香。

它像诗里写的那样，不夺目，不招摇，纯雅，宁静，娟秀。只一穗，就惹了一树的明艳，乍一入眼，每一穗都美得相见恨晚。

其实我愿意相信，每一朵花都有一个世界，平凡的日子里，阳光洒下，花影斑驳，于无声处，自开自放自芬芳。

尤其丁香花，更像一个娴静、温婉的女子，遗世独立，静静芳菲。

在李商隐笔下，丁香"芭蕉不展丁香结，同向春风各自愁"；

南唐后主李煜写："青鸟不传云外信，丁香空结雨中愁"；

金朝觐写："谁家墙畔数枝斜，疑是新晴落绛霞"。

丁香花花繁色丽，团团簇簇，如繁星灿灿，有"天国之花"的称号。

其实落在我眼里的丁香花，倒没有什么愁绪氤氲，反而是人在花下凝眸，心会生出不一样的静雅，这让我相信，花与花，是不同的。

有些花开，是热热闹闹，一见就好像有无尽欢愉似的。有些却让人一见就心生静雅、朴秀，仿佛有某种灵性似的。

这也让我蓦然领悟，人间千花阅尽，赏心者，真的不过三两枝而已！

想来也如人生，繁华清简不过拂袖之间，心动处，万物皆可感——你说，人生何处不春天？

好吧，千山不远，万水可渡，就做一株最不招摇的丁香花吧，在春天的繁华里修心养性。

## 郁金香

春日，总是不容易按住一颗蠢蠢欲动的心，总想要向外跑，跑到春光里去……去看云、看水、看树、看花……你看，又到了观赏郁金香的季节，你去看了吗？

其实在我心里，郁金香应该是"舶来品"，因为原来身边不常见。后来见得多了，又被它浪漫、高贵、神秘的气质折服，觉得她应该保持她的气质，像一个"养在深闺人未识"的女子一样，继续保持其神秘和高不可攀。

其实不然，这些年来，郁金香已经作为观赏性极强的花，被很多地方拿来大面积种植、观赏了。所以，它就像一位娇贵的公主下嫁到了民间一样，从而唯美了平民的视野。

郁金香又称洋荷花、旱荷花、紫述香等，多年生草本植物，花色有白、粉红、洋红、紫、褐、黄、橙等，深浅不一，单色俱多，也有复色。

春日里，阳光浓烈灿烂，一株株绽放的郁金香，迎风婉约。红的，热情奔放，红得似火；黄的，灿烂莹莹，黄得赛金；还有橙色、粉红相间的、红黄相间的，阳光下耀得人眼花缭乱，看得人心欢意畅。更有褐色的，冷静，高贵，神秘，阳光下闪着幽光，一种说不出的感觉直入心底。

郁金香的种植，一般以整齐的行序排列，长垄横平竖直，一株一花，花茎笔直，亭亭玉立，叶片碧绿修长，花色高雅脱俗，清新隽永，花期比普通的花长，盛开时一埂埂、一垄垄……微风拂过，摇曳的花朵妩媚动人，时尚浪漫，神秘高贵……

其实，春天里，总会有无穷无尽的花，前赴后继地绽放、盛开，因为春天是花儿们的舞台。

徜徉这春日胜景，心旌旖旎如醉，就愿我们这一生也都能像春天里的花一样，活得恣意、灿烂，然后眼有浅喜，心有深爱，晴朗明媚过日月。

## 紫荆花

紫荆花是一种常见的观赏花树，每于春三四月开花。

春光晴好时，紫红色的小花朵一堆堆、一簇簇、一条条、一串串，密匝匝、热闹闹地就在阳光下开起来了。

紫荆花花朵娇小，花色紫红，艳丽可爱。

花盛开时，重重叠叠，密密麻麻，用"千朵万朵压枝低"来描述是最贴切不过的。

由于先花后叶，花朵稠密，所以晴朗的春日时节，一树树繁花明艳而动人，从绽放到花落能持续半个月的时间。

紫荆花最为奇特的地方，是花开在枝干上，2~10朵为一束，初开时紫红，盛开时粉紫、粉红，一朵朵聚花成束、成簇，开在老枝和主干上，尤以主干较多，越到上部幼嫩枝条花越少。

有很多写紫荆花的诗句，更是传神般把紫荆花的风姿抒写得淋漓尽致：

疏枝坚瘦骨为皮，忽迸红英簇紫蕤；

暗香淡淡入窗来，疑是康园紫色开；

入眼容颜唯灿灿，怡心意趣自姗姗……

阳春三月，正是欣赏紫荆花花开满枝条的时节。

怒放的花儿，一簇簇，一团团，缠枝绕杆，风姿绰约，就像一根根美丽的花棒，在春风里虹舞长天。

紫荆花的叶子也别致，像一个个绿色的小爱心，油亮嫩绿，晶莹柔润。

紫荆花盛开时，偶有那么几片小小的叶，杂在一簇簇、一串串粉红的、紫红的、粉白的花棒之中，绿绿的小绿心，迎风而起，像是在给那一树繁花、满枝粉霞般的嫣红鼓掌，更为春日添了不能言述的诗意画情。

今年的紫荆花，你去看了吗？

再问，春天的这些花你都去看了吗？

# 总有花落去，总有花开放

## （一）

当春天再次宏大，我把旧事匿于春风。

春天，一般是风作笔、云作笺，然后春色斑斓，不过倒春寒似乎总也不缺。

于是文人们会赶着去写春雨春雪，我也不例外。

气温持续低迷，水边风冷，吹得人瑟瑟。

枝头，已谢的花委身云泥，未谢的挺立春寒。

当微雨潺潺，花色入帘，当人独立，春意阑珊，我只想做个闲散的赏花人。

梨花、海棠、樱花，已备齐了花苞。

路过几近尾声的玉兰花，并没有多少落花的感叹。

因为明白，总有花谢去，总有花开放。

我只是遗憾，生命无法像这花儿一样，可以在某个尽头转回来，继续着灿烂。

感慨，大约有多少老去，就有多少叹息吧。

春寒绵密，打开心，就着远处的隐隐云烟，近处的细碎花开，将一路的风雨霜花捡拾、收纳……

没什么，总有花谢去，总有花开放！

## （二）

春天，云影天光，春和景明，所有的花、叶，都迎风而歌，哪怕是最普通的草，甚至连脚下的春泥都松软到春意柔绵。

花肆意地开，风肆意地吹，水肆意地澈，叶肆意地绿，春意肆意地荡漾，肆意地盎然……

所有的欢喜热望都挂在枝头，时光像是带了罂粟味儿，勾着人去销魂。

春天，春野多胜事，草树知春不久归，万般红紫斗芳菲，梨花、樱花、蔷薇，要芬芳了。

走在路上，看见那一树一树的花开，总会想起一句话：你若盛开，清风自来！

细品，这何尝不是一种境界？

在一个接一个的季节轮回里，你若选择盛开，哪一缕清风不向你而来？

打开春天，那些尚未尽绿的树木，会悉数换上绿衣，未开的花也会肆意地绽放繁华——乱花几欲迷人眼，浅草已经没马蹄！

春天，折一枝柳，探一树梨花，品人间春色。

感慨生命亦如花开花落，经过尘世是经历，落在生命是人生。

做一朵春天的花吧，长日欣喜，藏于春风，让灿烂的依旧灿烂，让心自由而烂漫。

春天，我还要你和我一道，不论季节如何变换，我们，要种一路繁花……

当然，我还要我们在这个春天里，只生欢喜，不生遗憾！

# 酢浆草记

每年一到春天，各色的花儿便开始陆续盛放，肆无忌惮地占据小城的街头巷尾。

对于花草这样极喜阳的植物来说，阳光，自是它们快乐的源泉。

夏天来的时候尤甚，总会有大把大把响晴响晴的大晴天。

跟花草一同欢喜的，还有喜欢花草的我——不以物喜……我想，我是永远也做不到了。

我喜欢花，也喜欢给花草拍照。何况这也不仅仅是喜欢，因为平时写文章也需要大量的图片，我觉得我快沦为"花痴"了。但凡遇见花，无论家花野花，菜花瓜花……都会狂热地拍下它们的千姿百态。

而赏花拍照也已经成了我业余生活的"专业生活"。当然，也不拘泥于仅仅拍花拍草，只是因为生活日常，不具备专业拍摄的条件——而花草是最"唾手可得"的存在——而花草的美也是怎么都拍不尽的。

阳光下，黄昏时，夜晚，灯下，室内，野外……足之所到，目之所及，皆有它们的身影，或成海，或一枝独秀。总之，四季里，花草是最平俗、最常见的美。

比如从春天一直持续到秋天，就有一种极不起眼的小花，开遍通衢，这就是酢浆草。

酢浆草还叫太阳草、三叶草、幸运草、紫云英。颜色有紫色的、黄色的、红色的、粉色的。

紫色的最好看，红色的最常见，花朵有五瓣，夜晚合拢起来，见了阳光才打开，天天如是。

开过花，一个个迷你的小"豆角"就长出来了，等到成熟，会自然炸裂，小小的种子跳散开来，来年，你就会收获一个酢浆草花园。

进入四五月，世界就开始涌动激情和蓬勃。纯澈的蓝，惹眼的红，郁郁的绿，点燃夏天。

于是，日子里的许多营蝇也貌似在这样的蓬勃与葳蕤里遁身了。

这些也总会让我觉得无论日子怎样，还是会有些美好的事情发生，有些美好的人活着，哪怕我不曾遇见，哪怕不发生在我身上，也无妨。这样的事，只是想一想，心上就柔软一些，再想想，就能够微微地笑一笑了。

而我还常常想，其实生不如花，也是人生的一大憾事。

所以，我一直努力地像朵花儿一样地活着。可以不像"花开时节动京城"的牡丹，也不必像"长在深闺无人识"的空谷幽兰，就像这最凡俗的酢浆草就好——到了季节就蓬勃，沾点泥土就生长，给点阳光就灿烂。

其实酢浆草根本无须刻意种植，更无须打理，只要有一粒种子落下，哪怕是风，还是你脚下的泥，或者你移栽随便什么花时，土壤里携带而来的种子，只要有一粒，它就扎下了根，且繁衍生息不止，来年就会一簇、一丛，生命顽强而坚韧，花开勃勃而灿烂。

"心叶连连碧玉妆，丛花朵朵齐怒放。"

不拘何处，阳光能到的地方，酢浆草就能盛开得如火如荼，小小的、紫色的、红色的，蔓布于街头巷尾。

也有零星在树根处、绿道边，还有的，索性就随意畅兴地开在各色的草间、花旁。

一朵朵或紫、或红的小花，迎风招展，在春日的万千繁华喧嚣中，寂静，淡定，犹如一位颇具书卷气的窈窕淑女，在滚滚红尘里脱俗着，妩媚着，风情着。

酢浆草虽是野草野花，但它的美丽和魅力，却一点也不逊色于你精心精意培养的各色家花。

尤其紫色的酢浆草，也是我最喜欢的，小小的、紫色的五片花瓣上布满脉络状线条，让花朵更显得精致而唯美，秀巧而玲珑。

在明丽的阳光下，它们一片片、一丛丛，像一支支紫色的小喇叭，开在绿叶丛中，特别耀眼、动人。

而我，除了喜欢酢浆草花开得美丽之外，我更欣赏的是它给点泥土就生长、给点阳光就灿烂的人生态度。

　　想来花人一理，生命历程中都经风也经雨，遭逢暗淡也是不可避免。

　　所以，我一直觉得，人也该像花儿一样，既然生命一场，就该秉持点对生命的敬畏之心，不畏风雨暗淡，给点泥土就生长，给点阳光就灿烂——就这样坚守着，也坚韧着，开复落，去还来，生生不息，蓬勃灿烂。

# 其他的，都随风

## （一）

下了场零星的雨。

印象中春夏交替，往往孕育于一场雨。

一直记得一句话，却记不得是谁说的了。

说"雨之为物，能令昼短，能令夜长"。

是啊，雨只是雨，听雨的人，却心境万千。

喜欢暮春浅夏的雨，微凉，柔润。

你看，细雨霏霏落，繁花落落开。

一个人漫步落红小径，眼见青枝滴翠，落花飞雨。

雨与花，花与人，各自氤氲各自的情愫，慢慢走，静静思，几分沉醉，几分抚慰。

或者，可以与一朵花相望，你会发现，心底的丝缕沉寂，静静醒来。

当然，下雨天也有意懒的时候，或沉默睡去，或静坐听雨，任时间流水落花，我只虚度这一段时光……

其实时光匆匆，忽而春暮，俄而夏浅，一场风来，一场雨至，一层落花，一脉缱绻，一段岁月，都在风雨中一寸寸模糊……

好吧，把心放逐这暮春浅夏的风雨、新花、绿意中，其他的，随风吧。

五月的风穿花过木，写意着岁月阑珊。

独步过深巷。

墙头青藤写意岁月风华，也勾勒出人间风景。

走下去，过一处庭院，旧瓦屋，木围栏，一架蔷薇正盛年。

都说最美人间四月天，其实五月才是四季最亮眼的时光，不是有句诗叫岁月清和更胜春吗。

你看，纷纭的枝头叶隙，光影回旋，人在其中行走，心是可以飞扬的感觉。

在这美好的时光里，最不该去着意日子的喧嚣，该去阳光下走走，看几枝新绿，赏几朵新花，写几行素静的文字，把心放逐在风雨、新花、绿意中，其他的，都随风。

# （二）

春正暖，寒复起，烟雨蒙，春意散了满地……但春之意趣不减，想来这人世间风霜雪雨，起起落落，终会晴天的。

你看，风无颜色，却吹开了春天的万紫千红；光阴不语，却写尽了日子的苦辣酸甜。

万里春色从草尖、枝头、水上水下，次第醒来……不若和春天的千军万马合欢吧——这样的情境下，你会发现身边的花、枝头的叶、头顶的天、孩子的笑，都能点亮你眉间、心底，最温情的那一抹温柔。

春来无别事，只为看花忙。

一到春天，不是在看花，就是在去看花的路上，或者在想着去哪里看花——也只有在这样的时刻，你才能深切体会、感知到岁月、时光的好。

看，万花次第灿烂，或馥郁，或清雅的香，在春风里一寸一寸弥漫，一寸一寸浓厚，一寸一寸唤醒你的眼和心。

陌上，长街，小巷，盈盈复莹莹，所有的春色都在等着你莅临。

你，还等什么呢？

倒春寒，终究不似冬日那般凛冽，柳枝终是一日比一日柔软，梢头一日比一日绿浓。

玉兰、桃花、李花，进了盛花期，满树满枝的；梨花、海棠、樱花，正马不停蹄地驭风而来。

再看脚下，婆婆纳、紫地丁、蒲公英、酢浆草，紫的、黄的、白的、红的，连荠荠菜也赶来承欢——你看，春天的浓烈怎么样都不过分吧。

我相信，生活，就是因美好而美好。

# 像花儿一样盛开

周末，护城河畔散步，春水回暖，水上水下都开始活泼，藻类开始繁殖，水透着幽幽的绿光，鱼在水面下欢快地游，鸟在水面上三三两两地飞。

迎春花一溜儿几十米，长在水边，青色的藤条向下垂着，葱葱茏茏的。花虽未开，但密匝匝的花骨朵，足以让你想象它开时的繁盛。沿着河边步道，一段种着梅花，一段种着海棠，临水是一排柳树。

时下，蜡梅正陆续凋谢，梅花正陆续盛放，柳树已发了芽苞，河边散步的人熙熙攘攘。

一对游人走过，说这是桃花吧，开得真热闹——忍不住纠正，这是梅花！

沿着河畔走，海棠、樱花、红叶李花，都已悄悄鼓苞孕蕾，静静向路人传递着春天的消息。

风有信，花有期，定不负。

是啊，春风一起，花仙一声召唤，各色的花儿就会赶着趟儿地铺天盖地而来。

接下来杏花微雨，樱花烂漫，桃之夭夭，海棠依旧……旧年的枝，新年的花，平淡的日子，凡俗的光阴，心中的悲喜，过往的烟云……无论你曾经历多少沧桑颠沛，心也会在春天里舒展、明媚起来。

其实，也叹息葱茏岁月的无情逝去，也怀念韶华时光的明媚动人，也看过日子的繁华茂盛，也经历人生的风雨兼程。不过慢慢地已不再张扬，也不再怨怼，慢慢有了自己的圆满和丰盈，有了自己的自信和坚定。

所以，春天里，盛开的是花，日子里，自己也要像花儿一样盛开——哪怕无人欣赏！

我也总会觉得，花的绽放，一定不是为了拥有春天，而是为了装点春天而来的。

想问一声，要经过多少等待，才能有这一场花与心的遇见。又要多少修行，才能和这场花事共舞同欢。

光阴渐长，明亮的日子也越来越长，明媚的阳光洒下，温暖每一处角落的阴凉。总希望可以艺术地生活，好把一地鸡毛的庸常诗化成歌。

驻足一朵小花的美，流走的年华仿佛重现。原来，人总是在最美的年华里懵懂无知。

季节里，风依旧，花依旧，只是那些失去抑或错过永不回头。

寻寻觅觅，岁月流走了春，流走了夏，从花的飘零里看见来去，顿悟生命，半生已过，唯有热爱是说不清的。

所以，就像花儿一样盛开吧。

# 其实雨只是雨

## （一）

雨连绵，连日不开，心意闷倦，静坐，冥想，世间行走，日子都曾兵荒马乱，也都曾色彩斑斓。

感慨，有时候尘世很荒凉，有时候也很温暖，一场春雨可润泽世间万物，也可荒凉心上时光；一朵花开可明媚心底暗淡，也可反证沧桑；一碗薄粥可温暖当下时光，也可勾起无谓感伤。

有时候也喜欢这样的下雨天，可以趁机在这样的氛围里释放心底的缠绕。

因为明白，时光如水，日子琐碎稠密，有些话只能口对心、心对口说说而已。

因为跋涉久了，谁都有身心俱疲的时候，不若就在一场雨里小憩，感受心在雨里潜行的种种惬意……

窗外雨声嘀嗒不停，是种蠢蠢欲动的诱惑。

喜欢雨。人静坐，望着纷纷的雨大珠小珠起起落落，我觉得它们是活的，是有灵性的。

入城市，更喜欢雨。城市的雨少了乡村的泥泞。河边湖畔、大街小园，人行走，雨在伞上跳动，在脚下开花，在花叶上起舞，在枝梢上婆娑，在心上欣悦或寂寞……

你看，雨落三月，万物添了生机，春雨连绵，涤洗属于这个季节的妖娆，也自会生发出更多新的希冀。

雨停了，我们该追着春光，去花开的地方，看万物分辉，世间鲜绿，山葱茏，水明澈，心明亮。

## （二）

古人雅事多，听雨便是其一。

雨上心头，自成诗意。身未动，心已远，心头早已万水千山。

最是一年春好处，绝胜烟柳雨如酥。一场雨下，新绿又多了一茬。

春将尽，雨正盛——杏花春雨日渐暖，斜风细雨不须归——听雨，比赏雨更妙。

春天雨贵。

一场雨，湿了天，湿了地，连心底，仿佛都水意涟涟。

倚窗听雨，就在这烟雨时光里，一种空冥临水、辽远旷然的思绪浅浅荡漾。

雨，一直下，空气里是郁郁的凉，把心放逐在雨里，让天籁梵音走进心灵，仿若心上的清泉，流淌，流淌……

古往今来，听雨的人比比皆是，可心境却是千差万别。

喜欢用手中的笔，抒写四季，把季节穿成一串串饱满的颗粒，在理想与现实之间，让一些故事从彷徨走向清晰，从起点走向起点。

诗里说，远方的远方还是远方。

歌里说，远方的远方比远方更远。

日子里，有多少光阴随风流逝，便有多少心事付于流水。

雨里，适合虚构往事，或者未来；雨里，适合把心打开……

在有雨的时光里，把有些游离、有些失落的心绪，在雨里慢慢放平，让那些走过的年华故事、忧乐悲欢，就在这淅沥的雨里静静明灭，慢慢沉淀！

## （三）

昨夜，下了一场春雨，这一场春雨的架势有点暴躁。其实，印象中的春雨应该是温和、恬淡的，有着轻轻慢慢的节奏，慢得一整夜都下不完似的。

春雨绵绵时，总是不由自主地想到那首"好雨知时节，当春乃发生"的诗来。还有，就是春雨来时，整个世界都是一卷韵味十足的中国画。

春雨绵绵密密地下，万物仿佛蒙上了一层滤镜，每一帧都柔情似水，每一滴都让时光变得缓慢，让心变得静谧。

"小楼一夜听春雨，深巷明朝卖杏花。"

早晨醒来，空气里都是潮湿的味道，地上的花草都沾了水，花儿也朵朵低垂。伫立树下，风拂过，带雨的花瓣纷落，突然一下子惊悉了"夜来风雨声，花落知多少"的感伤和叹息。

其实，品味一场春雨须是在小径、林间，最好是在一江南味十足的园林里。穿青竹、过凉亭、绕池鱼，春雨细细轻轻、密密匝匝地下。偶尔，有那么一两滴从叶尖、花蕊里滴下，最好滴在肩头、发丝、鬓角。此时，世界风烟俱净，清新自然。横目，水烟氤氲；低头，青苔微生；侧耳，雨滴清明；回首，沾衣欲湿杏花雨……

感慨，这该是春雨最好的模样吧！

昨夜的雨应该是自深夜就变了腔调，变得柔情似水了。听窗外，雨声疏落，一点点、一滴滴，点滴分明，一种宁静让心变得清澈。

此时，只想给自己一个理由，让心去体味春雨的风情万种，任凭春雨点点滴滴敲打心事，也任思绪丝丝缕缕划开时光。不去数有多少光阴凋零，不去想有多少惆怅随风，只在这一场春雨里放下，无念，无殇……

总觉得春雨和其他季节的雨不同，春雨，总是有着情怀的。比如那触动了无数颗心的诗句：最美的不是下雨天，而是曾与你躲过雨的屋檐——如此唯美的画面，谁会不喜欢一场春雨呢？

谷雨过后，夏天就要来了。春雨绵绵送春归——这一场春雨正应了季节的景。

置身这一场春雨，静静地听雨声淅沥，城市的喧嚣，人生的纷忙，都顿失了。看点点滴滴的雨飞上繁花秀草，斜风细雨的诗情画意不觉让烦扰的心变得平静了。

或许，是春雨太撩人，缠绵悱恻，撩动心中的块垒，"随风潜入夜，润物细无声。"听，或者经过一场春雨，总会散去些红尘里的琐碎和黯淡，也总会泛起些久已不见的闲适与安然。

静夜里，就在廊檐下小坐，呼吸一口清新、湿润、弥漫在夜空里沁人心脾的春雨的滋味，敢问，细雨为谁送春讯？

我看见花朵等了很久了，小草也等了很久了，还有远山、长水、泥土里的万千生命，甚至一些灵魂，都等了很久了。

那么，凡俗尘世的我，就在这一场春雨里祈祷，愿所有干渴的生命得偿所愿，藉一场春雨洗去一路的灰尘，在下一个季节里清澈蓬勃。

# 今天，你快乐了吗

喜欢红色。总觉得红色是希望，是欢喜，是蓬勃，是赤裸裸的热望。

信步地走，春色越来越呼啦啦关不住了。公园里游人如织，湖面上波光粼粼，水下锦鲤穿梭，还有冷不丁贴着水面掠过的鸟儿，更别说远远近近的新芽新花了，一芽，一苞，一树，一片，闪着灿灿光芒——看来，都谁不想错过这十里春风啊！

喜欢当身心疲惫时，退到自然中去，听花草谈话，看鸟逐烟霞。最喜欢夕阳时分。你看，火红抑或金黄的光，跟着心绪起伏，落霞将或远或近的山岚浸染。

还喜欢深夜时分。深夜时，挺直的身体和精神塌下来，五颜六色的灯光铺洒在城市的每个角落，一切渐渐退去白天的喧嚣和浮华，心，静静落座……

好吧，时间静走，岁月叠加，进窄门，走远路，见微光，蓄一些纯粹的思考让日子从容欢喜。

家门口小游园，邻居家四五岁的小女孩，骑着单车冲到我面前，脆生生地说，阿姨好！我当时被惊到了，蹲下身跟小女孩说谢谢。

女孩父亲淡定跟在她身侧，宠辱不惊地微笑。

说了再见，听到身后父女对话。

宝贝，这个是隔壁奶奶呀，怎么又乱叫？可是爸爸，我觉得就是阿姨呀，还是漂亮阿姨！

瞬间又开心又温暖，快乐又升了一层。

下班走小巷回家，被一树洁白吸引，原来，邻家院角的一树杏花开了，一下子就想起那句深巷明朝卖杏花的词。

到了家，我养的瑞香也全开了，粉紫的花，浓郁的香，拿了喷壶冲去花叶上的浮尘，欢喜从各个角落走出，包围了身心。

# 流年有风雨，且歌且行

## （一）

风过春天，吹开一季风情。

生命中，有些人来，有些人离开，都是自然。世界终归是有些嘈杂，得一方天空，两寸暖阳，三缕和风，四朵锦花，五分绿色，即可。

做喜欢的事，爱喜欢的人。

很多时候，一本书，一杯清水，做喜欢的事，爱喜欢的人，徒步一场远足，或廊下听雨追风。渐渐就会发现，很多念念不忘的、不被原谅的，就那样轻易地过去了。

薰风起，窗纱动，仿佛流年里的光影，惊起所有微澜。

也许，流年的底色里，仍会有苍白和黑暗，但是一定要有绿色，因为那是希望，那是生生不息。还一定要有花开满枝，因为那是欢喜，那是人生锦绣。

岁月筛选着尘沙，我们滤清着记忆。

年轮将时光重叠在一棵树上，婷立于岁月的枝头，聆听远方的呼唤，岁月筛选着尘沙，我们滤清着记忆，微笑，许岁月微笑生华，平和知意。

## （二）

季入春天，已是万里春风万里花，不想一夜风雨骤然至，千树万枝舞清泠。晨起，却已雨住风减，还是清润爽净的天，绿意愈深重，花色愈粲然……一季芬芳一径花，光阴闲闲瘦——这大概是最美的时光吧。

雨潇潇，杨柳依，微风不燥……红尘的故事落在季节的光影里，落花生出了惆怅，杨柳长出了离情，烟雨酿出了诗意。

流年花事，人间沧桑，轻踩时光的脚印，遇一季花开，叹一场雨落，朝看天色暮看云，流年有风雨，不必惊慌。

谁不是在路上翻山越岭？

有酒就去喝，有花就去看，一生那么短，再拘谨几下，一生就真的过去了。

喜欢在阳光灿烂的日子散步，喜欢看光影随着风的节奏，在一朵朵花儿、一片片叶之间嬉闹不停。

也喜欢在雨里闲步信游，看雨打花枝颤，风过树摇铃。

光阴应该是最公平的，脚步在一段段光影中走过，深深浅浅的风起云落里，记录着草长莺飞，也记录着水瘦山寒。

好吧，蹚过俗世万千，我愿你平安喜乐，愿你万事如意，愿你一生好运，愿你从尘埃里开出花来。

在素朴的光阴里，放手纷纷扰扰，携一袭花香，约一场春风，燃一支沉水香，将日子的花絮品读；走岁月风尘，穿世俗羁绊，把苍色风干在季节深处，一程山水一程歌，且歌且行，且行且歌！

我知道，世间的花是开不败，也是写不完的。世间也有无数的人爱着花、写着花。

如果可以，来生，就做一朵花吧，遇上一个热爱的人，然后在它的喜欢里欢喜，在它的欢喜里喜欢……

## （三）

春，已经满了，云在青天，水在流……

春满了，你再不来看看，春天就要去了……

蔚蓝的天空下，叶该绿的绿，花该艳的艳，几朵轻渺的云从树梢上飘摇而去，风来，吹动我的发梢，阳光和暖，心悠然自得。

这样春来春去的时节，适合让心和脚步跟上季节的节奏。

扯一片悠哉的云，写一段细绵的心情，邀一颗远在天边的心，一起聆听。

风，敲响窗棂，心，在时光上摇动，那些深深浅浅的故事，在光影中苏醒。

其实路长路短，路坦路坎，有生生不息的花枝，有沥沥落落的雨，有春来发几枝，有秋水绿如蓝，心还会时不时地荡出花，也不错呀。

喜欢这样的时刻，一个人独坐、倾听、遥望……任灵魂深处的遐思，自由自在地放纵……看光阴的庭院篱墙上，那些斑驳苍苔，也都渐渐走成风景。

　　曾经的许多路都走得太过匆匆，也一直很盲目，多么幸运，于辽阔无际的天地间慢慢与自己相逢，也许这程光阴只是刹那芳华，但我愿意为之泼墨挥毫，点滴拾零。

　　四季里，多少花曾开过，多少花又落去。清风过处，看春天携着明媚渐行渐远，而人生聚散，又何尝不是如此？走过春，便会遇到夏，错过风，还会遇见雨。没有秋枯，何来春荣；没有春别，夏又何至？所以，放开心怀，任四季欣然来、纵情去，我只把每一季都走出芬芳。

# 春逝，碎碎念

## （一）

五月，映着晴阳，看大地遍染绿光。轻吟薄句，在文字的花园里写意山高水长。

五月，站在季节的窗前，打开心窗，不错过每一朵花、每一丛绿，让时光在绿意中穿梭……

五月，拥抱每一寸欢喜，随岁月游走、历练。

每天用心打发日子，不想失去的、心疼的、铭记的……日子光滑，消失在昨日的黎明。

午后的茶水里，放一些糖，转移一些记忆，放不飞的梦想，寄不出的牵念，都交给生活和心。

假日悠闲，掸掸春衫上的花影，在风里听风，在花里赏花——我在你窗外的世界中，你在我听风的感觉里。

无法触摸的旧时光，何人来聆听？

走吧，向前走。

回望，哪有岁月能回头！

## （二）

下午三点，阳光正好，风吹过，很暖。

窗台上，叫不出名字的小花开得正酣。

随手摘下一朵，朝着心上的方向，想发一句问候，又不知道说些什么。

把花儿放在窗台吧，就朝着阳光的方向吧，就当朝着你。

　　春天到了，风和阳光都展开了笑颜。

　　春天来了，季节里的故事，一些已经过去，一些正在走来。

　　过去的，在心底散落；走来的，在路上雀跃。

　　就让春风把那些慵懒的思绪，和繁茂的葳蕤，一点一点，一缕一缕，都剪落吧，就剪落在这春天里。

　　因为春天来了，风和阳光，都展开了笑颜。

　　任谁站着，不说话，都很好。

# 看见幸福

## （一）

　　春天已彻底拉开了序幕，锁不住的春色，在田野、山川、长空、云端，每一缕光、一片叶、一瓣花上流淌，日渐葱茏盎然的春色正铺天盖地地汹涌而来。不信你看，连最微小的枝杈和角落里，小小的花苞和嫩芽，也蓬勃的不像样子。

　　春日的心情，恰似枝上繁花慵暖的风。若，一季一季的花开，能够成为流年的永恒，那日子，该真的是繁花似锦、似锦繁华吧？

　　春天了，看一树一树灿烂从眼眸渗到心底，心便不由得生出欣然和欢愉。看阳光和煦，花草含笑，杨柳轻扬，水蕴薄艳，这样的美，若不把它安放在文字里，又怎能铭刻在灵魂的深处？

　　其实，细细地想一想，文字应该是情感最恣意的释放吧。当文字被赋予了情感，它就有了如歌的生命，有了摄人心魄的感染力。

　　所以，此刻，在这日渐深浓的春天里，我愿用一支素笔，记下日子的风花雪月，让此刻所有的微笑和欢喜，洒满这一整个春天。

　　此刻，不管你正经历着什么，也都停下脚步，来看一看这春日光景，来拥抱春天吧。

　　至少，让此刻的绚烂唯美这一季，哦，不，哪怕只唯美这一刻的心情。

## （二）

　　春日的流光里，静静凝望。

　　那些被时光遮掩，关于爱与漂泊的画面，早已失却了当初的光彩和鲜妍。

　　眼前，只有窗台上那盆酢浆草，热闹闹一簇又一簇，艳艳地开。

心，就从看见这一朵花开始开怀。

其实，爱生活的人总会如此，总会不自主地爱上一些琐事。

比如，春日去看望一树繁花。

夏至，听一窗蝉鸣。

秋日，去登临一座秋山。

冬来，约一场红泥小火炉。

或者，就在阳光下随便地做些什么。

又或，用啤酒香波洗一洗长发，然后，让它在阳光下自然风干。

又或，把那床蚕丝薄被放在阳光里晒晒。

然后，这些，这一切，这所有，就都充满了阳光的味道。

所以，就把心放在春光里，就从看见一朵花开始吧。

从一朵花，从一朵花开里，看见岁月，看见生活，看见自己，看见幸福。

# 春天有毒

天已暖了，如期而至的春天，阳光漫漫地来，花一树一树地开，草一地一地的绿。

我相信一个时令有一个时令的美，但我更觉得，哪一个季节的美也比不过春天，比不过窗外日渐动人的春光，可以悄悄化解轻愁薄绪，疲惫沧桑。

打开春天，芳香扑鼻，步入春天，满眼生机。

小草拱破厚厚的泥土，挥洒掩埋了一整个冬天的心事。

群花争先恐后，挤满岁月枝头，春风伴着小鸟，在纯净的蓝天下挥洒舞步。

梅花还不忍凋谢，迎春和玉兰已经次第盛开。

其实我明白，光阴的怀抱里，无论经历过什么，一切都会过去，日子也会慢慢生长温暖和安宁。

我还想说，这世间凡是美好的事物，都具备治愈功能。

你看，一入春天，每一抹新绿，每一寸花色，都能扣动你的心弦。

这样的春色里，仿若世间的羁绊也轻浅了许多。

再去看看柳色，仿佛一夜之间，柳树就披上了绿色的盛装。

树下仰望，优柔的枝条随风摇曳，条条婀娜，枝枝动人。

不觉想起那首诗：碧玉妆成一树高，万千垂下绿丝绦。不知细叶谁裁出，二月春风似剪刀。

这是我心里描述柳色最好的诗句，而心，也总会在这样的时刻柔和而轻扬。

折一段柳条，轻轻地拧几下，一支柳笛就诞生了。

轻轻吹，清脆，悦耳，只一声，就把人带入了童年，带入了春天……

你说，这样的日子谁不喜欢？

这样的心情如何不微笑？

这样的季节如何不欢喜？

想说，春天是一味药。春天里，所有的生命都重生成姹紫嫣红，青草、长水、春花，各色的春光，葳蕤的无所顾忌，经过的人们心照不宣。

在春光里醒来，很多开始变得轻佻，抑或轻盈，丝丝缕缕，点点滴滴，撩动春梦，连薄如蝉翼的悸动，也肆虐成原野繁茂的春草。我站着，任春光把心填满，再掏空。

游走春陌，邂逅一朵花、一寸芽，看见一寸光阴的美好，和一米阳光的瑰丽。我在一首诗里写过：往下过，都会过去。一过去，又望见春。季节辗转，来的尽管来，去的尽管去，越来越明白了，心静了，才能听到花开的声音。

# 好好过，慢慢来

## （一）

踏着春天的风尘，我看见季节一天一天羽翼丰满，春天一点一点化开，一篇篇春的文字，沿着春联的平仄绽露出春的风姿，装点着大地，也装点着春天的心情。

绿色，以及花朵，以及温暖，开始占据二三月的江山，每一抹绿、每一点红，都吐出季节的灿烂。各色的芬芳开始回到枝头，风披着美丽的衣裳走过尘世，温暖、抚慰着尘世万物。

春风沿着枝梢生长，一颗花蕾怦然绽开，撞花了眼睛，也撞开了心上的花。春，从心上走过，瓦解了岁月的轻寒。

都说，不同的年龄对岁月的感受是不一样的。

我相信。

人在少年时的心，总是肆无忌惮的。

当人生逐渐老去，许多的愁、恨，或者欢乐都一如雨打风吹去。

这时，反复聆听岁月的梵音，回望一路的经历，你会看见：青春，真的是一本太过仓促的书！

岁月里，人人在日子里奔忙、奢求，疲惫了心也困顿了远方。

其实，一朵花，需要季节、阳光、风，以及水的润泽，才会盛开。一个人，需要从懵懂、认识、看见、打破，再到重塑，才会成长。

凡此种种，都让我明白，日子里的美好，都是慢慢累积而来的！

而我，就在日子的风月里兀自成舞，告诉自己：时光且在，好好过，慢慢来，你终将长成自己想要的模样！

# （二）

春天，应该是适合抒情的季节。

品一壶茶，读几页书，看一看四野的景，把所有的沉重和忧伤都放下，包括所谓的春愁。

就在一趟春风里，不叹时光，不念过往，不想爱恨情仇。

春暖花开时节，我愿意成为春天的信徒。

窗外吹着些熏风，万物欣欣然开始复苏。

抛开一路的疲惫和悲欢，去相信一些无用的事，注重一些无用的时光。

看一朵花儿渐开，看一脉叶儿渐绿，试着去追寻远去的梦，或者，就敞开心扉，把所有的欢喜走到极致。

喜欢春天里的生命。春天里，所有的生命都是蓬勃的，坚守着一寸光阴一寸灿烂的信念，安静而努力地生长着。

书上说，岁月两个字，写起来简单，听起来悠远，经历过却是风雨兼程，满怀沧桑。

而我，就在春天里感念。

春暖花开时节，我愿意成为春天的信徒。

# 看正好的花，见想见的人

## （一）

一直觉得，好时光都是在春天的。

当风与阳光恣意的飘荡，所有的温暖便开始草长莺飞。

那一抹生动，所有的叶脉，都开始美丽。

谁能拒绝一场肆意的温暖呢？

其实，总觉得只要站在春天里，便可看见岁月里所有的美丽。

因为，春天就是美的！

其实，现代人的感情太过凉薄。

比如，有的人，一删微信，就是永不再见。

比如，有的深情，不知怎么一晃荡，也就散了。

万物生长，撕裂了所有沧桑的表象。

谁说的？每一个百毒不侵的人，都曾经千疮百孔过。

可春天来的时候就不一样了。春天来了，所有的生命就都有了生机，就不再理会世俗的纷纷扰扰了，生命里所有的风情和精神也都蓬蓬勃勃起来。

比如，喝杯咖啡，看风吹过角落，看花儿比肩的开，看时光一寸寸流淌……真的，有时候所谓的幸福，也就是如此。

此刻，天空明净、高远，一大片一大片的湛蓝，万物欣盛，阳光穿透身体，穿过心灵，温暖，静静流淌……

## （二）

东风尽日吹，散了梅香，了了春寒，枝头新绿冉，万里晴川朗，我在春的渡口，与风执手，与花相伴，这沁心又美好的春光，怎不惹一场身和心的沦陷！

天晴，风暖，春正酣。

去看正好的花，见想见的人吧！

春色里行走，一不留神，就被海一样的花儿勾了心。

嫩嫩的粉，艳艳的红，是小清新，也是大欢喜。

手机拍照，锁住春色，锁住时光。

虽然春天给你的，都不需要还。

春天里，连心情也是有形有色的。

或者像一株草，或者像一朵花，又或者像一朵落花。

甚至像天上的纸鸢，生着七彩。

到了春天，游园水榭里的鱼儿也变得欢快而无忧无虑，随便一块馒头便挤成一团，疯了似的抢。

桃花、李花、玉兰花兀自灿灿地开着。

水边的紫藤已结好骨朵，等着怒放。

日子嘛，无非是草木不负季节，人不负时光。

其实所有的春天都一样，立春，雨水，惊蛰，春分，清明……

抽枝，发芽，开花……

其实花儿们都一样，你喜不喜欢，它都在自己的季节里盛衰。不一样的，是人生里总有不一样的故事发生。

所以，生活，就是要拿来热爱的。

在别人的文字里读到一句话：断章取义世间一切的美，不谈怅然与疲惫！

感慨丛生：人这一生，匆匆而行，又漫漫而过。有的事，已结茧；有的事，已随风，人都会慢慢变得清醒，变得强大。

四季轮回里，慢慢也会发现，花儿终究落满南山。

所以，趁春光正好，就该去看正好的花，见想见的人……

# 好春光是日子的解药

昨夜有雨，一直下到今晨。雨后的天气舒爽惬意，雨洗过的绿意浓稠的仿佛在枝上流淌似的，衬着绿化带新铺的草坪，更是绿意茵茵。

这绿意之中，也不单调。

红了面孔的南天竹，争相绽开笑脸的石竹花，五色的月季，栅栏上的蔷薇，都该粉红的粉红，该嫣然的嫣然着，尤其紫色的鸢尾花，在风里如蝶一般翩然起舞。

其实时光匆匆，春天正渐行渐远，一场雨，催促着绿走向最好处。

你看，枝头的绿从黄绿到嫩绿，从嫩绿到葱绿，从葱绿到深绿，恍然间，你就可能走过了春夏。

可正是这枝头的一丛绿，花间的一脉春，才让整个世界都生机勃勃。

所以，不必太在意花开或者花落，接受时光给予的孤独，欢喜，还有渐渐生长的皱纹和白发，然后保持一颗明亮、欢喜的心，过属于自己的日子，不随意消耗内心的晴朗就是了。

你看，春天就快要过去了，而好日子，就是用自己喜欢的方式，慢慢过出自己喜欢的样子。

好了，去最后的春光里走走吧，你会发现，好春光也是日子的解药。

# 初夏，远方和你都会开出花来

## （一）

初夏。

阳光温而不燥，明而不刺眼，尤其是透过高大的行道树照下来，惬意得很。

低头，春未尽。抬头，夏初临。万物生长，青杏如豆，樱桃熟了。

诗里说，"一青顿觉浑沌开，一晴方知夏日来。"

我想说，其实世界上的每一种好，都只为懂它的人盛装而来。

人间初夏，花容照水，风抚绿柳，青的雅致，绿的醉人，像一个娴静的女子，循着微风，和着细雨，不紧不慢地款款而来。

初夏的时光，闲散自在。

这个季节最适宜穿旗袍，而且旗袍总是有着别样的魅力，一上身，人立马就收起来，敛起来，端起来了。其实，天太热，哪里也去不了，可心里就是想打扮起来，不为什么，只是不想辜负时光。

一个人，拣一本喜欢的书，慢慢地在午后读，觉得自己也美好成一幅画。

初夏，该从凡俗里抽身，在诗意里码字，在纷扰里洒脱。

因为时光是一件并不耐穿的新衣裳，无论你怎样热爱，它仍是一天天旧下去——所以，你该攒下些故事，攒下些跌宕起伏。这样，夕阳沉落时，才有故事可以回忆……

我相信，这样的时光里，远方和你都会开出花来。

## （二）

春去夏初临，枝头杏黄，田畴麦丰，这是平凡生活的样子。

　　喜欢初夏的"初"字，带着灵动，带着跳跃，带着新鲜的生长味道。

　　是啊，落花随春去，余香伴夏来，轻倚季节的转角，看流年的风轻轻吹过，又一场全新的故事开始了。

　　正是，季节打开夏天，时光缱绻在每一寸青绿处。

　　初夏，连上班都喜欢早点出门，因为正好可以在层层叠叠的绿、冷暖宜人的风里，心无芥蒂地逛逛、走走。

　　感慨，季节的绚烂光影里，总会叫人悄悄放下许多，然后去凝眸草木葱茏，去感受耳边清风过、心无波澜升，去知味纷纷红紫已成尘，布谷声中夏令新……

　　好吧，云卷碧蓝天，风轻五月里。云正净，风正轻，陌上的草木正扶摇生香，黄昏的林间正斜阳缱绻……最美的夏天已一寸寸走到眼前——虽不解语，但悦目！

　　正是，看过春花的耀眼，才明白绿叶的悠然；喝过深夜的酒，才体味清晨粥的熨帖；经历过城市的喧嚣，才懂得田园的安恬。

　　日子里，我把自己隐身在文字后面，然后把日子一笔一笔记进文字里。我在文字深处袒露自己，也隐藏自己。袒露自己去描摹世间美好，隐藏自己去看见尘世清欢，和那些本不是雨的雨，不是阳光的阳光。

　　走吧，且藏好一月梅花二月李、三月桃花四月蔷薇，只提一篮五月的青葱碧绿和勃勃生机过夏天。

　　你看，五里之外的石榴花和你的笑声，各色透澈或者浓稠、热烈或者含蓄的绿，以及我们并肩吹过的风，都一如既往地在五月里清澈着，清明着。

　　所以，在夏天，我愿意变成草木，开着花，结着籽，趁着风，一路撒欢儿，一路肆意……

# 你好，清晨

盛夏，像一个技艺高超的画工，一笔一笔，赤橙黄绿，错落有致，描绘出夏风长，蝉声肥，花叶茂，雨淅沥。

你看，天上的云正忙着织锦，荷花丝毫不在意风来雨去，兀自亭亭。

篱笆上，一朵朵盛开的喇叭花，披着紫色的霓裳和塘里的荷花媲美。

风起，鸟儿从头顶掠过，野鸭贴着水草飞起。

草木一边凋零着，一边葱茏着。

像人们，一边疼痛着，一边热爱着……

这些年来，因为家事纷扰，晨行散步早已从柴米油盐里抹去了。今日恰因有事早起，顺带了一场晨行。

晨光起，风挟初秋丝丝缕缕的清凉，结伴而行，心上有惊喜，有温存，有偎依，有轻盈……想起一句话，风在写它的诗，我在走我的路，最应景，最相宜了。

其实一直以为傍晚是一天中最美的光景，恰好的温度，适当的放纵，适时的懒散，微小的孤独……

此时却发现，原来清晨也很美。

白云在晨光里流动，晨光在风里惬意，然后人群温良，市井安然……

你看，城区的天，虽然是被楼群街巷划开的，从胡同里看不过是一线天，从街道上看，即使总有遮挡视线的楼群，隔开眺望的眼，却也挡不去它狭长而深远的意境。

出了城区，一切就不一样，就豁然开朗了。

天远地阔，风畅云悠。稼禾、花草的每一片叶尖上，都挂着晶莹剔透的露珠儿，透着生命的鲜活和青葱，连乡间小路也变得唯美起来。

尤其清晨的阳光，穿过草木，透过枝叶，落在一朵花上，轻俏、灵动。

再遇一场突然而至的雨，噼里啪啦，不过二三十分钟，甚至花下的土还未湿透，雨就停了。但随雨而至的清凉却大不一样，每一滴都不是寻常的味道。

其实，日月生明，寒暑生岁，这世界，真的是婆娑斑斓。

你看，花间风又过，静静感受，思绪亦如一池涟漪波光不歇。

原来，在与草木的对视中，满满都是对俗世的释怀。

因为日子到了谁手里，都无非是各有各的欣喜，孤独，寂寞，忧伤，或者欢颜。

风风雨雨里，昨日的花，今日的暖，体悟只在自心。

别不多说，你好，清晨！

# 夏　雨

## （一）

早晨醒来，窗外的雨沥沥地下着。不过，相比夜来的雨已是微雨了。

晨光里，长空清冽，简静，温润。

驻足在庭院的小花圃，一架葡萄已结出累累的果，硕密的叶擎出庭院一片浓荫。屋檐下，几只悠闲的燕儿飞来掠去。墙角的月季，墙头的蔷薇，以及角角落落处无尽的绿意，让小院蓬勃出无尽生机。

今夏，我在楼台上切切地种了几缸莲。经过了几场春风夏雨，一株株莲挺直了秀美的腰身，轻悄地伸展开纤纤的叶片。一场雨走过，叶上晶莹的水珠，一滴滴轻盈地跳荡，撩动了我所有的晨昏。

一些小情绪也开始渐渐丰满，如同这个季节里所有的生命，都开始生长。

其实，即使是下雨，这个季节的每一处角落，也都明媚着。绿水清亮，天蓝花喧。啜一杯时光的酒，捡拾过去的许许多多，风拂过，曾经的忧或乐早已随风远遁。

一场雨过，天见晴，天空湖水般澄澈。阳光恢复了热辣，穿过枝叶的罅隙，直达大地。大地，万物饱饮甘霖，又开始肆意地生长。

一场大雨，让世界变成我喜欢的样子。雨淋过的花朵、青草更鲜亮了，昨日艳阳下的闷倦荡然无存。

窗下听雨，静静地听，静静地感受，雨打在枝叶、玻璃上的声音，仿佛来自心底。

轻轻打开半扇窗户，风裹着雨丝扑面而来，丝丝的清凉和惬意。极目，被雨雾轻笼的远方，有着仙境般的飘渺。

此刻，心怀一抹简静，与光阴把盏，与岁月言欢，静静品读日子的美好——长路漫漫，我们总以为最好的永远在前方，其实，最好的就在身边，是日子的苍色蒙蔽了看见的眼。

夜深了，整个城市陷入睡眠，只有窗外的雨静静地下。一颗心在雨中恣意地徜徉，思绪慢慢清明——无论明天是艳阳高照，还是雨继续下，至少这会应该享受雨夜入心的片刻清明与纯澈。

夜雨阑珊，雨夜的情怀是一种心语，雨湿润的是心情，放逐的是嘈杂。万千的雨滴，如同一颗颗散落的珍珠，总会有那么几颗明润了心底的黯淡。

喜欢沉入雨夜，也许不是沉醉，也许还有着深浅不一的沧桑，但只有心静时，你才能领略到它的纯净。

（二）

一直觉得，雨是有灵性的。

雨能把人的思绪拉长，也可以拉近，可以浓缩成一滴雨，又可延展成一片海，特别是细细密密的那种雨。

若有一个小院子，最好是有几株竹竿，几丛小花。下雨的时候，就坐在窗下或屋檐下听雨，你会感觉雨滴到哪里，哪里就会弹奏出你意念中的韵律，尤其是滴在竹叶上，打在窗棂上，再加上风，这雨便有了曲线，有了起伏，便越发地有意境了。

六月的雨来也匆匆，去也匆匆。即便是狂风骤雨之后，太阳也会很快又露出了笑脸。

雨后，温度总是有所下降，空气也会新鲜许多。

雨后，所有的花都更艳丽了，一朵朵像新生初绽似的，带着晶莹的雨滴，粉颜在阳光下摇曳，新鲜鲜的娇媚几欲滴落。

有时候，雨后初霁的天空，还会出现一挂弯弯的彩虹，缤纷了夏日，只是如今真的不多见了。

一场雨，还会洇湿散落的记忆吧。

踩着雨的韵脚，很多时候，其实你可以放纵那些有爱的过往，然后任其恣意成长。

因为，那些或深或浅的记忆，都曾经透着炫目的光，曾经让你的岁月鸟语花香。

其实，长夏还有一种雨，叫雾雨。雾雨是我起的名字，远看如雾，近看似纱，步履或慢或疾，有时轻盈，有时匆匆。

尤其在凌晨，推开窗，雾雨扑面而来。雨中，有些许淡淡的香味，栀子、荷花当然还有其他的花香。雨会一下子传递给你一种快意，一种一下子撞上心头的愉悦。

雾雨，裹缠在微微的风中，徜徉天地人间，氤氲山峦田野，滋润万千生命。

雾雨甚至无声无息，却总是不知不觉地就沾湿了头发，湿了枝叶，湿了一整天的心怀……

## （三）

夏日，有雨。

几许欢喜，几许悠然。

风过窗棂，雨落。

总会有些情绪不期然地冒出来。

于是，也总会忽然想丢些东西，在雨里。

打开一段尘嚣，影子游荡。

细数阳光，点点的灿烂，托起整个黯淡。

曾经，是一枚种子，总会在一些时刻发芽，然后渴望长成一棵三毛笔下的树，一半洒落阴凉，一半沐浴阳光，一半在雨里洒脱，一半在春光里旅行。

而我，就在时光里踟蹰。其实不必踟蹰来去，也不必谈论日子浅淡。因为，雨一过，很多的东西就不一样了。

窗下，听雨。

烟雨潇潇漫卷所有的烟尘，我看见，时光终究在斑驳成一棵老树。

而我，愿意是一滴自由行走的雨，依一方明净天地，掬一缕临水风情，抛开纷纷的心事，

落成最美的样子。

# 做个闲数赏花人

## （一）

还不曾把春意琢磨透，夏天就款款而来。心事像高天的云，一朵两朵，一片两片，撞击着日渐丰满、灼热的风。

罢了，走吧，春去夏来，有一颗还能够伤春悲秋的心，该感谢、庆幸日子的给予吧。

初夏的傍晚适合向往，在夕阳里品味一份淡淡的寂寞，那是什么茶、什么酒，都无法匹配的自由。

简娥说，四月的天空如果不肯裂帛，五月的夹衣如何抬头？我说，心底不藏悲伤的人们，终能更快地接近幸福！

生如夏花之绚烂。一句话就描尽了夏花的美。其实，一朵花，开在哪里，什么季节，也许繁华喧闹，也许无人问津，都有可能。只是，无论开在任何地方，都影响不了它的灿烂和芳华，也抹杀不去它点缀一方水土的情怀。

其实，每一度春来夏往、花开花谢，都有其自有的风华和旖旎。因为我时时刻刻都能感受到站在一蓬花、一株草、一角蓝天、一片白云下的喜悦，大自然一花一草的生长凋谢，离去抑或归来，让我领悟生命成长的秘密。

## （二）

又夏天，时光的梗上，风来雨往，叶落花开。相信那句，心中若有诗意，眼里便有风景。

回首岁月，最美的年华已经过去，只剩些深浅不一的遗憾，还偶尔浮沉。可是任凭往事袅袅，却已经惊不起心的波澜。生命，已经悄悄变了形容，哪怕三月、五月的花都不开，心也自会绽放华彩。

其实每个人的心中都曾怀有些什么，只是岁月渐薄，很多东西都已渐行渐远。

远去的时光，可以让一个人有珍藏到荼蘼的经过，也可以让一个人有一颗波澜不惊的心，这都是岁月的赐予。

山水减花色，风月漏莹光，隔着光阴的墙，我只愿做个闲散赏花人，用最简的心境，开出诗意，长出葱茏——因为人生，总是在经历中丰盈、繁华。

行走陌上，风从发间过，得失之间，早已散尽想要的永远。书本上所谓银碗盛雪的日子，左不过是门前种花，屋后种菜，有柴米油盐诗酒茶，有三五知己远方可期……

就像这夏天的清晨，总给人一种安逸，风从远方来，经过墙头的花，带来花意阑珊……朴素的生活，和着欢喜前行，所有的繁杂，终会被时光消融，唯一路同行的浅喜深爱，是一生的安慰。

其实世上的美数不清、说不尽，但最美的应该是在内心安放欢喜。

## （三）

仲夏，放逐脚步，放逐心情，去看一条峡谷。

峡谷，草秀、花艳，浏览山峰、澈水、远方，亿万朵云，亿万种情愫，闲步。

穿行峡谷长廊，放逐，谛听……生活里，有一种回不去，叫青春；有一种走过，叫成长。

感慨，岁月的河床，我们一路跌跌撞撞，总要到了一定年纪，才恍然唤醒许多感知的神经。

可无论时光如何流逝，岁月如何迁延，总有一些灵魂，哪怕容颜老去也阻止不了内心的渴望，风尘起落也不能阻挡眼底的光芒。

那么，唯有感谢，感谢时光，教会我懂得，教会我欣赏一朵花的盛大，一缕光的耀眼，一泓水的深邃，教会我在一抹恬淡里品味流年。

如果，光阴可度，我愿是那绕肩的风，给每一个经过的人吹去安暖和欢喜……

你看，熏风穿过季节的长廊，摇醒世间每一声蝉鸣。

擎一缕盛夏的阳光，晒干日子所有的潮湿，牵一趟岁月的暖风，填满生命的每一处空白。

峡谷虽长，长不过岁月。风能吹散云烟，却吹不散岁月的繁简。像惆怅，终究写不完生命的伤感。流光碎影里，拾起的，放下的，早已成了岁月的背景。

渐渐洞悉，云水的漂泊，积雪的邂逅，都是日子的碎屑，因为生命若水，终究穿尘而过。就在一寸天涯、一米阳光的安暖里，将日子细细品尝，然后，再选一段风景，上路。

（二）

夏天，清晨的鸟鸣是最好的天籁之音。

早晨的薄暮还未曾尽散，大门外翠竹上已有十数只鸟在鸣唱，它们轻盈地从这一株跳到那一株，呼朋引伴，紧密相随。

抓一把小米放在院墙头，心花也就开了。这个早晨，欢喜，殊途同归。

夏风拂过，花叶婆娑，树影依稀。放眼望，层叠的绿意直去了天涯，和飞鸟们一起放纵着飞翔。

石榴花绽开了笑颜，细蕊微微，胭红耀眼，像火焰，将红尘中的许多，娓娓道来。

白云穿掠晴空，穿透日子的怅惘。

黄昏，静坐。

思绪和栀子花的浓香纠缠，要歌唱你就歌唱，要惆怅你就惆怅吧，不必刻意追寻很多。

人烟稀少时的公园，花开惊起池塘的涟漪，水波牵扯着微风，风儿摇曳竹影，你提着裙子从假山上下来，阳光给所有镀上金边。

有月光的夜晚，独立深夜，月辉匝地，若还有细细的风掠过，心会恍惚，会在刹那间盈动，仿佛时光可以搁浅，光阴也可以随意转还。

如果可以，我愿意用生命的一大部分，只去听听风吹，看看花开，在夕阳下、黄昏里，看远天云卷云舒，看身边岁月安恬。因为，青山也罢，花草也好，你看见，或者没有看见，它们就在那里，静静美好，寂寂欢喜。

想说，就让我虚度光阴吧，不写诗、不纠结，更不去用心看见什么，也不必努力寻找生活，就捧一盏茶慢慢啜饮，任思绪跟着风声闲步，阳光洒下碎芒。

# 什么样的夏天才好呢

　　行走夏日陌上，空气中总会有这样那样的花香，撩拨你的欢喜。眼眸所到之处，也总会有这样那样的葱翠和鲜丽，嫣然了你的心。

　　你不必刻意去写意、去描绘、去美化，自会有无数的灿烂，生动所有的流年。

　　夏天，天空以蓝色居多，天幕上飘着的云，较之其他季节会愈发的白。一朵又一朵，有些懒散，有些淡然，悠悠地在天幕上飘。

　　没有风的时候，云朵就那么睡着了似的，在天的怀抱静静停靠。有风的时候，你不会有机缘看到任何一块相同形状的云，因为它早已随风变了形容。

　　扫一扫夏天的尘埃，打开欢喜心肠，不言人生苦短，不叹花落水逝，放逐日子，放逐心情，看长夏灿烂流年岁月……

　　说到夏天，总是瞬间就会想起蝉鸣、树荫、云收雨过、楼高、水冷、瓜甜、山涧水位刚好濯足的清溪……这些，大约都是夏天最好的标配吧。

　　一年有四季更迭，一季有一季的风物世事，什么样的夏天才好呢？

　　行走夏天，陌上草木茂盛，极目，远山苍翠；俯首，夏花遍野。

　　行走夏天，用心感受那高远的、一眼望不到边的蔚蓝，心会刹那间雀跃，蒙尘的心事也会瞬间明净。

　　夏天的夕阳总是有着别样的、其他季节无法比拟的美，让人在留恋、感慨中唏嘘不已。远处，天际云霞晕染黄昏，夕阳的余晖返照大地，折射出万花筒般的绚烂，连脚下最不起眼的小草也熠熠生辉。风拂过，所有的花儿、叶子，就在向晚的风里肆意地舞蹈。

　　在这个阳光明媚的夏天，我让心从日子的罅隙里打马而过，穿紫薇，过蜀葵，穿过时涨时消、时隐时现的惆怅和消沉，眺望远方——书上说，心有多远，你就能走多远。

我写文字，小说、诗歌、散文；天气、节令、风景；青春、少年、中年；一个人的伤口、辽阔世界的疼痛……更多的时候，我听从内心的召唤，比如，绚烂的盛夏正一点一滴、一浪一波地渐次在眼前铺展，那就好好地看看这个夏天，记下所有的遇见，留着以后慢慢品味流年似水。

# 这，都是好的

喜欢雨后的夏天。

绿色炫目，花色耀眼。

雨里闲步，一片绿连着一片绿，一些花衬着一些花。

有时候雨丝也会牵着一些过往，一些人间烟火，穿过时间，城市，广场，人群，阳光，和风，丝丝缕缕而来。

雨后，摘几朵月季花，插在案头，一室的鲜丽清新。

这，是好的。

邂逅夏雨，洒出万般润爽，墙角绿竹，院头素花，闻雨生欢。

这，也是好的。

雨寂，风轻，清幽，疏落，万千思绪，披一肩烟雨散没在夏的疏影里。偶有雨，滴入眉间掌心，清凉、纯净，树木在雨里蓬勃，满满的绿，让经过的心生出润朗。

这，亦是好的。

听闻小荷已露尖尖角，眼前升起一池涟漪。乡下友人家的杏已初熟，若不怕酸，可以尝个鲜了。

还有一园子的樱桃正当时令，想象站在一树果子下的馋涎欲滴，令人神往。

风穿透阳光，与树叶一起合唱，优美的音符落到素色衫裙上，心在风中摇晃，去公园走走，身旁是微波动荡的水面。路旁，知名、不知名的花儿开得热热闹闹的。风穿透阳光，与树叶一起合唱，优美的音符落到素色衫裙上，心在风中摇晃。

这，都是好的……

其实夏天的好还有很多，不能一一尽述，就道一声夏天，你好！

# 夏天的那些花儿

## 马鞭草

其实初见马鞭草时，并不知道名字。是那一大片如梦似幻的紫色海洋的冲击力和震撼力，让我忍不住了解它。

查了资料，马鞭草是一种药材，有清热解毒等诸多功效，除根以外皆可入药，可治疗十余种疾患。同时，它也是一种极好的观赏花草。

马鞭草色贵姿妍，茎细长，直立，花朵紫色，由微小的五瓣花聚朵成簇开放，花枝可达半人高，花开时，一簇簇唯美、浪漫、玄幻。

观赏马鞭草一般是以"田"的形式连片种植的，花开时，像紫色的大海，微风拂过，紫色波浪层叠起伏，给你美轮美奂的梦幻感受，又仿若身处美妙的童话之境。

时入六月，正是马鞭草的高光时期。半人高的花枝随风摇曳，千朵万朵竞相开放的壮观，绝对会惊了每一双经过的眼和心。还有那高雅、神秘、梦幻的紫色，不可抵挡地惊艳了眼，浪漫了心。

其实知道马鞭草这个并不芬芳的名字时，一直觉得它只能是一种草，而不该是这么唯美的一种花的名字。

后来了解得多了，才明白，正是基于马鞭草的药性而得的名。"鞭"，除了描述植株的形状，也寓意"横扫"一切病毒，所以，被赋予了匡扶正义、驱魔避邪的能量。

马鞭草的盛花期正逢端午，端午又是纪念屈子的节日，于是人们自然而然地就把这有着正义、忠贞精神的人和花连在一起，因而有了"端午之花"的美誉。

再加上马鞭草盛开时，浩大如夏天，数以万计、亿计的花朵，在眼前出现一个仙光灿灿的世界，足以让你放开身心羁绊、日子烦忧，敞开胸怀去感受夏天的盛大、明灿、美好。

## 凌霄花

进入夏天，一直稍嫌急迫地留意着街头巷尾的凌霄花，已有些时日了。

凌霄花属藤类植物，一般长得很隐蔽，总倚着院角旮旯。

五月的风拂过，凌霄就不再低调了，密集的藤叶一股脑儿从院角墙头、木廊石柱上汹涌而来。

慢慢地，探出嫩嫩的花苞，忽一夜，一串一串的金红灿黄，惊艳了晨起的惺忪睡眼，凌霄花，开了。

凌霄花开在六月，都说人间四月芳菲尽，连荼蘼都收了花色，凌霄却悄然怒放。先是一朵，后又一串，再一墙，数不清了……我日日看，时时欢喜。

喜欢手机拍的几个友人日日都在拍凌霄。

凌霄花不好拍，手机拍摄又受局限，所以一个季节下来，也不一定拍得几张令人满意的。

即便如此，也不影响兴致。除了晨昏时拍摄，甚至不惜被太阳炙烤，也要在烈日下寻找最好的光线、角度，去拍几张……

凌霄也不负期待，在最热烈的季节里开放着，美丽着，粲然着。可以说，凌霄是夏花中最灿烂夺目的一枝。

凌霄属攀援型藤本植物，一茎虬虬，常攀附院墙，旁枝，逶迤而生。

宋代的贾昌朝赞凌霄花说，披云似有凌霄志，向日宁无捧日心。珍重青松好依托，直从平地起千寻。

宋人杨绘也有诗，直绕枝干凌霄去，犹有根源与地平。不道花依他树发，强攀红日斗修明。

凌霄花是攀藤类的植物，对于攀藤类植物，我素来有偏爱之心，总觉得这类植物有种柔中带刚的美。

黄橘色漏斗状的花瓣像是一串串铃铛，风吹时晃啊晃，让时光也变得恍惚起来。

你看，厚厚的藤叶攀爬至顶端，又垂吊下来，浓郁葳蕤得不像样子。开出的花朵耀眼，黄桔色漏斗状的花瓣像是一串串铃铛，风吹时晃啊晃，让时光也变得恍惚起来。

此刻，墙头的凌霄，在一场新雨后，开了满满一墙，美得令人炫目。

回眸，一些景，一些事，一些人，或擦肩而过，或淡若云烟，或渐行渐远。花开花落间，云卷了，云舒了；月缺了，月圆了。往事，皆不可追。

夏已深，盛放的凌霄，毫无顾忌地给季节送上一份华美。

我总觉得，如果一个人可以活出这种极致，该是万事可成的吧。

凌霄花开，用最平凡的存在，最坚韧的生长，写意了日子的美好、温馨，平凡、亲切。

风来雨去，默默地看一季凌霄花开花落，看花儿在光阴里慢慢沾染尘埃，也在光阴里悄悄净美一些灵魂……

# 荷 花

其实夏日里，许多花都热烈地前赴后继地次第而开。

蜀葵、非洲菊、波斯菊、向日葵……

阳光下知了一声声鸣唤。

垂柳不语，凌霄花寂寞地开……

这世间万物，大约都是或从浓烈到无声，或从无声到浓烈的吧……

雨一滴滴落下，像一点一点的期望。

说是岁月无敌，可岁月也有声啊！

……

荷花开着。

藕叶深处，翠盖千重。

一方荷塘种光阴。

风吹荷摆，荷花独有的风韵在每个人心上蔓生出千万种触角，那种感觉能揉开所有的心思。

一层层的荷叶挨挤重叠，碧绿的圆叶上水滴滴清圆，晶莹剔透，一朵朵荷花亭亭玉立在翠衣翩翩的荷叶之中。

有的已经完全展开了笑颜，有的只有桃形大小的花苞，像个调皮的小丫头，只探出一点点粉嫩的脸，晃着小脑袋和旁边的姐姐们捉迷藏。荷花摇曳，荷叶田田，令人恍然置身仙境。

"接天莲叶无穷碧，映日荷花别样红。"

团团的叶，婷婷的花，芊芊的柄，黄黄的蕊，令心波漾动。

荷枝长长短短，莲花开开合合，参差了时光，婉转了季节，总是以脱俗的形态，波渺潋滟，端于水中央，自开，自香，无关浮生，无关来去，无关悲喜……

"水覆空翠色，花开冷红颜"。谁，懂得莲的心事？

其实，莲的心事无须谁懂，有明月相照，有清风相携，以红蜓为友，择白鹭为邻，足够了。

"凤凰山下雨初晴，水风清，晚霞明。一朵芙蕖，开过尚盈盈。"

若条件允许，赏荷可直到暮色升起时，蛙声起，虫声清，静水，荷塘……一切都蒙上了一种色调，宁静而安详，心绪沐浴在荷风中，心境一派怡然。

荷花一开，所有的浅嗔轻愁，有的去了，化成欢喜；有的来了，点开忧伤。

敢问，是光阴替人受戒，还是流年乱了浮生？

在这个盛开的夏天，借一株荷，记取最好的时光。

# 夏天，你不能错过的那些事

时令六月，廊上檐下的花向着天空攀援，缠绕着夏天。

一朵夏花，一蓬绿意，身影落入蓝色天空。

季节的花架下，一蓬蓬，一树树，一簇簇，一片片，即使最寻常的花，也开得更热烈，更大方，更彻底。

其实行走在不同的季节，不因际遇，也总会有不同的心情和感触……六月过碧窗，夏又深了几许，时间匆促至此，心上不免生长些感伤。

其实每个季节，每段经历，每次感悟，都催生些成长，也是岁月礼遇。

沿公园环道兜风，左顾右盼时发现少人的角落里，一片粉色花朵缀满其间，忍不住坐下来置身其中，在一片花香中，放空心事。

其实，夏天丰沛、浩大，树、草、花，都竭尽全力地在阳光下肆意生长。

夏天，我们吃冰淇淋、桃子、西瓜、甜瓜，喝酸梅汤。

夏天，独步黄昏，风吹动绚丽的云霞……夜垂下帷幔，星星、月亮，一一就位。

夏天，最应该逃离一下现实，活得诗意懒散点。

夏天，该在窗下等风来，看花开，听雨打芭蕉。

夏天，该穿最漂亮的裙子，在明晃晃的日光下，轻盈浪漫，在人群里闪闪发亮。捧一杯冰镇酸梅汤，三五好友闲话谈笑，如果是一个人，就不带任何目的地望望远方。

夏天要去水边，去水边有两种形式：

一种是戴上帽檐宽大的遮阳帽、墨镜，超大的防晒披巾，坐在水边树荫里，风从领口和裙边钻进来，激水濯足，那一番清凉舒爽，什么苦夏的烦恼、心事和苦闷，都一扫而光。

还有一种是傍晚，水边的烧烤摊是人间烟火最恣肆的存在。

高温，酷热，各色人等，各种味道，麻辣鲜香顺风飘出十里。散装、瓶装、罐装的冰镇啤酒，男人们赤膊上阵，女人们着装也比白天放肆多了，恣意，酣畅，热烈，仿若日子都发出了声响。

夏天该敞开胃口去吃各色的水果，酸的、甜的、酸酸甜甜的，洗净，切块，冰箱里冰一下，拿出来，随便一口，都是夏天滋味……

怎么样，这样的夏天，够快乐，够畅意，够劲吧，你千万不要错过哟！

# 好些，再好些

一夜雨，迎来暑天。

虽然只是三口缸栽着荷花，还是让我觉得夏天的美好。

就这样，雨簌簌，花半开半合，叶半卷半舒，一些情绪半寐半醒。

这样的天，适合找谈得来的人谈谈，边谈边等雨停，或者等它下得更恣意……

夏雨过后的荷花，入诗，入画。

想起一句唐诗：看取莲花净，应知不染心。

其实，一下午都在侍弄那几盆花。

窗台上阳光很足，花草长得茂盛，不经意的就爆盆了。找来空的花盆，一株株地移栽，浇上水，花艳叶碧，心也跟着一点点明朗。

窗户映着新绿，窗外花坛里睡莲怒放，耳边有不停歇的鸟声婉转悠扬。我不时停下来，看一看窗外，听一听鸟鸣。此刻，一窗清朗，薄阳和暖。

这就是好时光吧。

夏一天天深，很多的花隐身了。

风吹过，那些花儿把各自的心事，一些留给树，一些留给季节，一些随风散去。

我想，应该是入夏的大地需要更厚重的绿来承载一季风华吧。

水边、枝头、街角、山路，细细地看，其实最纯粹最简单的绿也有着无尽的缤纷。

季节的风吹过夏的门楣，抢眼的亮让心多了澄澈。

行色匆匆的生活，希望每一时、每一刻，都好些，再好些。

# 不必埋怨什么，给点阳光就灿烂

## （一）

有些花儿，开了，又凋零；有些故事，发生了，又结束；有些人，来了，又去。

独坐光阴一隅，看尘世花开花落，看人群聚了又散，故事是过去的，一切都会走远。

其实谁都是既不能摆脱柴米油盐，又渴望风花雪月的人。谁都是在世事中患得患失，然后以为看透了人生的酸甜苦辣。

去河边闲步，刚没过脚踝的水清澈见底，天上的云变化出万般模样，年轻的爸爸妈妈带着小小的儿女，在河里玩耍。看远处，河水仿佛连着云，这一刻，世界清澈。

上岸，在河边树荫下小坐。

某种时候发呆真是一件愉快的事，那种外部世界逐渐模糊，内心世界却越来越清晰的愉悦感，让你在那一刻，就像破茧而出的蝶。

上班路过一家庭院，一墙凌霄几乎将门庭尽掩。每次从花下过，便有繁华锦瑟之境遇。其实生活中许多微细之处，都隐藏着美好的底色，如这草木悠悠地香，在微微的风下，只一个瞬间，心便随之明媚而舒畅。

借着此时的夏风缓缓，捡些落花带上，准备回去洗净晾干，放入绿茶中，以作茶饮，想来一定好喝，应该，也可以涤洗些尘埃，唯美些心情吧。

不必埋怨什么，当季节辗转，总有一天，你会发现，很多经过，哪怕是伤痛，也慢慢地好了，细细地品——那不叫遗忘，叫释怀。

所以，有些光阴，适合慢慢温成一壶清浅或澄澈。然后，在红尘陌上，将过往的悲喜，沐浴着和风，渐渐缓缓而过。

# （二）

晴日，空山行走。

风吹着清凉，鸟鸣过涧树，叶绿，花笑，少人语。

林间的鸟儿，天上的云，花间的蝶，忽聚忽散，时停时飞，让我感知尘世的清宁安好。

天——这是我一个人的青山秀水！

青砖，碧瓦，月季。

仙鹤依旧老在旗杆上。

走过岁月的青葱阑珊，花，开落悠然，心，如旧。

今天没出太阳，有风，云朵朦胧，温度宜人，许久没有在都市的繁华里行走了。

步行街，一家接一家店铺逛下去，放纵身体在一件又一件华服里；遇一家咖啡店，放纵自己在两杯卡布奇诺上。

然后，为自己买一件好看的香云纱旗袍，那种穿上去胸是胸、腰是腰的，自我满足一下感官和心。

然后，在夏天的风里尽情洒脱、美好，上一秒的烦恼下一秒就忘，给点阳光就灿烂。

# 你自顾的好着就是了

## （一）

四季里，唯有夏天是漫长而放纵的。

修身的湖蓝色蕾丝旗袍，一个人立于陌上，世界生出飒然极目的旷阔之美。

鸟儿从身旁掠过，思绪剩下一缕，萦萦不去，欲言还止。

长夏，适合看荷塘月色。

蛙鸣寥落，树影重重，目之所顾，处处谧静。

云，水，月，小荷……凉风过，妄念止，抚平心里的万水千山。

行走古镇，默默地看旧事前尘。拍几处旧风景，朋友圈晒晒，说是晒风景，其实是晒怀念。

阳光铺地，经雨的花凋了又发新芽。

风尘起落的流年里，谁不遭风吹雨打？

走过去，才有依然的晴天。

几场透雨过后，盛夏就又呼啦啦地杀到眼前了。

大朵大朵的白云在湛蓝的天空上游走，色彩艳丽摇曳生姿的花，蹿似的疯长。

随意地走一走，就能听到啾啾的鸟鸣；找一片绿叶摸摸，就能感觉到生长的脉搏；找一朵花嗅嗅，就能闻到蓬勃的气息。

书上说，年年岁岁花相似，岁岁年年人不同。

我愿你一生和顺，一世安暖。

## （二）

夏日小憩，最适合在凉风习习的黄昏、檐下，远处有人无妨，近处不可，一个人，这感觉，妙不可言。

仲夏的花开得层出不穷，庭院、路旁、渠底、旮旯儿，开满了，知名的、不知名的，各有各的灿烂，像在比美。

夏日的风，最惬意。

尤其是酷暑半夏，风更显得珍贵，临风起梦也最相宜。

夏日悠长，听雨，也是可心的事之一。一个人，或坐，或立，或漫步；雨，可嘀嗒，可成注，可倾盆——只要不沾光阴。

夏天的月，最动人。

晴天夜晚，月光披纱，静静起，缓缓移，怀念升……物是人非，唯有月相知。

炎炎夏日里，寻一些可心，其实是在修心。将灵魂交与岁月，边走，边看，边修……长夏花盈，无须谁夸颜色好，你自顾的好着就是了。

# 夏天日记

## （一）

夏至以后阳光灿烂的时光便越来越短，太阳将踏上"回头路"，一路向南。

夏至前后，雨，不再陌生。因为万物都要趁着阳气致盛的时候长得再繁茂些，所以对雨水的需求达到极致。

酷热的夏天，雨自然有着无尽的好，却也很容易把人困在狼狈里，突然就大雨倾城，甚至来不及撑伞。

等在雨里，说是等雨停，说是赏雨——好吧，我陪你！

窗外雨私语，室内心安谧。

蓬勃的夏天，赶赴季节之约，浓绿覆了枝头，知了在准备它的第一场演出。

窗台上落了两只小雀，我在它们的重唱中欢喜。

有风来，吹散一缕头发，垂下来，添一丝妩媚。

喝一杯咖啡，心愉悦……

如此，甚好，一抬眼，一低头，都是我爱的。

## （二）

小暑过，入"伏"天，风动莲荷香，夏木阴阴长，木槿始荣华，茉莉染衣香。

盛夏应该是有声音的。你看，遍野绿荫长，枝头的花虽然败了，枝叶却都蓬蓬地蓬勃着，仿佛听得到拔节的"噼啪"声，雨更是说来就来。

七月，万物把攘攘红尘抛在身后，赶趟似的抢着丛生，赤日炎炎里，我只想涵养心情。

夏天，是另一种景致的春天吧，连每一片叶都成了花。岁月，一直在用自己的方式告诉我们季节的生动，墨韵明媚，辽野芳辉。

廊下的凤仙花开了，金盆夜捣凤仙花，房前屋后影轻摇。岁月有礼，陌生的，熟悉的，喜悦的，希望的，渐来，渐去，渐去，渐来……

## （三）

夏天，天亮得早，尤其乡村。

蝉鸣，蛙声，小桥，荷塘，白云悠然，流水起伏。

夏花烂漫，万物疯长，空气里都是青草绿叶和花的香息。

安静的午后，阳光炽热，点燃凤仙花绯红的心事。

一觉醒来，窗下淡花几枝开。天上的闲云飘着，风透窗，夏天，绿意席卷，茂盛掩盖人间苍老。

夏天过半，一年过半，曾以为走不出的日子，现在，都回不去了。

穿过岁月的苍茫，虽路有坎坷，却未曾停步。经历过繁华的孤独，品尝过寂寞的静美，惆怅着逝去，也欢喜着拥有。

告诉自己，纵是世事扰扰，也要接住岁月赐予的欢颜和厚重。

# 待雨停，待天晴

## （一）

凌晨，雨打破黎明的沉寂，想起一句诗"隔窗知夜雨，芭蕉先有声"。

可惜我的门外窗下并无芭蕉，可我一样可以感知那份诗意。

雨飞扬，天地潮湿，黎明时分，更多了一层空蒙之美，像极了秋天的样子，清澈，纯净。

绿肥红瘦又一年，时间飘逝，似落花沉泥……天渐明，一整夜的雨，院子里各色的花儿愈加芳华。

世上美好的事物，大抵都如此吧。雨走过花，花走过雨；你成就我，我成全你。

一直庆幸，我是幸运的，不曾被尘埃掩埋，不曾被生活打败，还可以微笑着用心情点亮生活。

立于夏天，慢慢地竟然些不确定了，现在，真的是夏天吗？

好友在昨天的文章下留言小句：青叶绕门径，花开篱笆墙，我敲岁月门，你可在院里？

一下子就爱上了这词、这境、这意、这味道……

我也来问一声：青叶绕门径，花开篱笆墙，我敲岁月门，你，可在院里？

## （二）

下了两天两夜的雨，更深还不歇。

下雨了，看雨滴滴敲醒寂寞孤单，难免有些难过。

扎心的事就丢在昨夜吧，因为生活中有很多事情琐碎却也耀眼。

所以，每种色彩，都应该盛开。

落雨的时候，不妨静下心来读读书，或者用心去写点文字，充盈身边和内心的世界。

张小娴曾说：生活，宁静着就好。

雨从天上来，漫天轻寒摇落季节芬芳，思绪游弋，独酌风雨清欢，悠远绵长的怅惘里，任凭念起念落……

风划过肩，抚过发，掠过指尖……这样的时刻，总有些忽然的东西蔓延，心也会生出些柔软——光阴的树下，谁，不渴望安然？

站在雨里，黛绿掩盖了内心的浮躁，思想的枝丫开始茂盛生长。

绿意扶摇，谁还记得那些轻舟掠过的帆影，曾染了一心的惆怅？

一场雨，木槿花飞花如雨，染粉了一个街巷的寂寞。

这是夏天，城市的晨曦里，浅浅的孤独洞穿心坎。

夏一天天妖娆，裙袂摇曳，风采芳菲大地。

喜欢夏夜朗朗的夜空，和迎面吹来的风；

喜欢一个人静静地仰望，不管远方有多远；

喜欢窗外霏雨若烟，绵绵涟涟，青树、绿枝、各色的花，被雨水淘洗得明净葱翠；

喜欢雨初霁，天澄，云澈，去访一塘荷花，收起的伞，尚有湿意……

## （三）

下雨，撑一把伞，出门转转。看看雨里的树、雨里的花，雨里的寂寞和孤独，雨里的欢颜和律动。

雨不能下得太久，太久了会让人觉得闷倦，觉得这个世界无趣，灰色的天像人的惆怅……雨渐渐地大，模糊了视线。

其实白天是不适合伤感的，因为不像夜里，可以屏蔽所有的视线。

在这个喧嚣的世界，我们偶尔需要静下心来，读一读书，写一写字，享受一段独有的时光。

桌案上一杯红茶，水色厚重，有着陈年的味道，入口是醇的，涩，留在了杯底。

窗外的那些树和花也是有心事的吧，你看，细雨里闪闪发光，像心上的小情绪。

　　夏，无尽开着，清风蝉鸣，拔去枯了的花，换上新的，失去了活力的人和事，就不必留着了，像人生一些际遇，给不了你当下和远方，又何必念念不忘呢？

　　其实，每一个人都有着这样那样的经历，要么是泪水，要么是汗水，要么是大把大把无人问津的寂寞时光……

　　累了吗？累了就停下来，静一静，待雨停，待天晴。

# 由得我的且欢喜着，由不得的且希望着

清晨醒转，窗外一片明朗。

开门，满院落的阳光，丰满，热烈。居民区的天空是分割过的，但这并不影响天碧蓝、云悠然。

站在庭院之中，晨露洗濯的花花草草，欣欣然都是新鲜活泼的样子。

感慨，心有所依，一切都不会是落花无意、流水无情吧！

落日，晨光，看过来，望回去，都是最好的相依！

上班路上，一蓬亮眼的凌霄花，从居家院墙围栏上伸出头来，锈迹斑驳的围栏，映衬着娇艳的花，分外美。翠绿的爬山虎也依着墙攀缘而上，连窗也遮着了。

路边的月季、天竺葵也舒朗地开放，洒扫的人扫着，阳光静静照耀。

夏天是个让人无拘无束的季节，而夏天的傍晚更是充满了生机。在夕阳里坐坐，放下一天的劳顿，趁着光阴的间隙，舒展一下疲惫。

门口陶缸里荷花长势喜人，风过，荷叶次第摇摆，虽然不见花开，却不影响它带来的欢喜。

翻日历，七月末了。

买了件清仓打折的旗袍，墨蓝，很喜欢。穿出去又雅又显身材，说了价格总无人信。

好吧，由得的我且欢喜着，由不得的且希望着。

夏日，微风，往昔如河……目送飞鸟入云端，多少曾经成为逝水，一切，渐渐都在不言中……当光阴结出厚厚的茧，还好，我的心尚能轻盈。

诗人说，我愿意是一棵草，摇曳在世界慌张的路旁——你说草色青青，我说岁月如歌……

坐在光影里发呆，一种安静被风吹落，一线流光撞着眉骨疾驰而去……鸟鸣从一棵树抵达另一棵树，分不清有多少只鸟在歌唱。

还是那句话，由得的我且欢喜着，由不得的且希望着。

# 夏暮秋初秋初长

## （一）

年华似水，季节轮转，八月的夏，掺了立秋，有了风的清凉，有了绿的深沉。

关于夏的浪漫，夏的风，夏的雨，夏的花，夏的酷热，就这样，被一个"秋"字碾过。

其实，夏暮秋初，总是让我过分喜爱。

你看，夏花尚灿烂，秋光已盈盈。目之所及，草木、天色、水光，都斑斓出梦样色彩……

也许，人心也该在这清朗的季节里，拿出来晒晒积存的晦暗，清除不经意招惹的疼痛吧。

晨起，风与晨光并肩入户，酢浆草在开，凌霄日渐老绿的叶欢喜着、妖娆着，风绕叶脉，渐奏起一曲秋日私语。

院门外，三缸莲花摇曳着碧绿的裙，用手掬上一捧水，莲叶上滴滴闪亮，叫人欢喜。

一墙凌霄又添新叶，新叶飘然枝头，叶在风里，风在叶上。

酢浆草沉浸在紫色的梦里，旁边有枝兰花低着头想心事。

院角的月季花树和墙头吊兰有序共生，南瓜花、丝瓜花，也笑得恣意。

着一袭旗袍，做成很文艺的样子。风吹过，也洒脱，也妩媚——远处天碧云洁，近处满眼丰绿，目之所及，都是些让人忘记尘世凡俗的事。

写下些句子和日子共勉。

落笔处，不写疼痛迷茫，不写烦恼艰辛，只将岁月里的故事，用风轻云淡的词句描染。

## （二）

进入八月，连绵的雨停了，季节回归盛夏，早晨出门，阳光也炽烈。

街道两旁的行道树，绿茵如盖，滤出一地光影。绿叶、花朵，与阳光并肩，蓬勃，茂盛，心生欢喜。

坐在路边的长椅上，阳光穿花过叶，光影交错，如涟漪。

其实，真喜欢深夏，万物繁茂，生机盎然。阳光在花叶上跳舞，花叶在阳光里歌唱。

八月的第一天，临窗，看阳光穿行辽阔尘世。

从春天就绿起来的树，在窗外渐老，其间有鸟儿自由起落。

释释然走过一个个时节，看季节逝去，看夏草疯长到云端，风过处，云天茫……几许怅惘像三两朵晚开的花，无物可同心。

八月，夏已老。

木槿，月季，牵牛，还有我的裙角，在风里摇曳，夏声汲汲。

捡拾一些寻常，涂上日子的念叨，用诗意的灵魂装饰——原来时光如此从容，烟火纷扰，四时更替，世事沧桑，依旧水滴声远，山河明艳。

好吧，八月，人间如常，闲煮字，慢行走，祈美好如常。

# 每一段时光都有欢喜

## （一）

喜欢夏天，它生动活泼，可激情，也可慵懒。

风从远方来，清润惬意，沿着一种心情拂过发丝。

鸟从枝头飞起，惊醒叶尖的清梦。

俄而，有微雨飘落。

也算是杏花微雨吧。

慢慢地，不过瘾似的，下大了。

夏天的雨大约就是这样，太阳地里忽然就下雨了，而世界却丝毫不改明媚的样子。

而我想着，是否该去阳光下拍一朵在雨里也要盛开的花。

我喜欢每一寸生长，也喜欢每一寸努力向上的绽放。

## （二）

夏天，天蓝，云白，草绿，水长。

夏天，繁盛，丰硕。

夏天的夜晚最好，细细的晚风，慢慢抚平白天的燥热。

夏夜，去看一方荷塘。

周围那么静，一塘荷花无声地开。

夜的青辉洒下，荷叶、荷花、莲蓬，不摇、不曳，像一个个睡美人，别样的风致。

每一段时光都有欢喜！

# 七月，七月

七月，夏天就在窗外，枝头深深浅浅的红与绯红……

心在转，有记忆盘旋，不曾忘……

太阳斜照在枝头……

七月，总与某些场景有着特定的联系。比如，是层层叠叠的绿，是花叶间迤逦的斑驳光影，是清晨拂面而过的舒爽的风，是枝头叽叽喳喳的小鸟，是晚来那一阵微雨，是满满的日光，慵懒的午觉，是偶遇一塘荷花的惊艳。

七月，是红尘陌上花开千万里，绿意满天涯；是风吹起，花满天；是翠屏长，绿水来；是花开是你，花落也是你；是各种小情愫醇醇发酵、滋长的季节。

其实，一年四季，都有属于自己的深红浅绿，让你目不暇接，感慨万千。

比如，迎春花开了以后，桃花、杏花、梨花就开了。

茉莉还在窗外一朵一朵地散着清香的时候，后院小荷就露尖尖角了。

走在时光里，习惯在心上辟一个角落，为一些感慨而设。如同一本旧相册，风吹过，一段接一段的旧事，就在起舞的尘埃里熠熠生辉。

也许，有的腐化为泥，有的华丽转身……

走在时光里，谁的心事都是旧心事。只是有的不肯老去，也不肯掉落，就那么挂在心上摇摆。

又或者，也不是摇摆，而是在等待邂逅另一种遇见。

就像夏日炎炎去赏花，你想看的也许并不是"接天莲叶无穷碧"，也不是"映日荷花别样红"，你想要看，也许是那亭亭一枝的孤绝和旷独。

你说，来吧，今日有酒，坐看花开。

# 不如，学一片云吧

夏天，暑气越来越盛了，所有的生命却都在欢腾，夏天进入最茂盛的时候。

夏天是鲜活的、热烈的，也许会有人不喜欢。但你一定会喜欢夏天的花草、丽阳、蓝天以及绿荫。

诗人说：夏雨湿了绿柳，樱桃染了红唇，面壁一寸相思，对窗几朵闲云。

就在这渐深的长夏里，从热腾腾的日子里偷一段空闲，卸下一身的疲惫，赏花、看云、听蝉鸣虫歌。

敢问——谁，与我不谋而合？！

长夏来了，通透湛蓝的天空，一望无际，悠悠白云，灼灼骄阳，无论你在城市还是乡村，只要一抬眼，就能相遇夏云的美丽！

夏天的云，一般散淡而轻盈，婀娜的如绸似带，飘逸着，优雅地聚拢，又舒缓地散开。说不清，是对蓝天，还是对大地的一份牵扯，总之是一腔缠绵地眷恋在长天久久不散。

但是，夏天的云，又总是匆匆忙忙的。刚才还在天空舒展出万千姿态，一转眼就变化出另一种身姿，另一番情致，另一种味道。及至再看，又已经无影无踪了。

其实，细细地品味，夏天的云，更像是在向人间昭示一种生活态度：走过城市，走过乡村，走过山水花间，纵然日子纷繁，何妨散淡而过。

纷纷忙忙的生活，一如天空般宏阔，阳光、风雨皆有定数，不如，就学一片云吧，八千里路风雨，人间几度夕阳，轻勒时间的马，在一片轻盈的云下，打马而过。

# 我沉溺的不是季节，是岁月

## （一）

晨起，雨初歇，阳光微薄，清新的空气，微凉的风，吹过夏日葱茏。

晶亮的雨珠，还在花瓣叶尖上熠熠生辉，不歇的蝉唱和着脆生生的鸟鸣，成了雨后最入耳的乐音，最疗愈的药。

一家小小的咖啡馆隐匿在老城一角，走进咖啡馆，空气中弥漫着咖啡和烘焙的香味。在这样的角落，暂时抛开烟火味，悠然时光。

窗外，树影打在玻璃上，留下斑驳，时不时有市井的喧声传来……对面的小情侣互喂着小蛋糕，墙角那盆绿植后，隐约可见一个中年侧影……此时，这林林总总的小细节，真实，动人，有着不一样的人情味。

在平凡琐碎的日常里，能为自己创造点美好的小确幸，感受活在当下的美妙，是无与伦比的惬意。

感谢时光，半日的逃离，不长不短，而夏日且长，扯一缕夏日的霞，乘一片夏日的云，在这俗世的烟火里看一叶一花辗转光阴，风雨里与你一半相知，一半交错……

## （二）

行走岁月，我喜欢把四季的风花雨雪月、流水草木、蓝天白云，当作我的知己、情人和伴侣。

夏天的时候，我喜欢找一片树林漫步。

我会一个人徜徉，下意识，或无意识地走、坐——最喜欢林下阳光斑驳的样子。

抬头望，树叶缝隙间一小片一小片的天空，想想爱或已经不爱的人和事，想想曾经的青春、成长，甚至迷茫——其实，貌似什么都想了，又貌似什么也没想……树叶抖动情怀，影子融入树荫……

狗尾巴草也欢腾起来了，再就是黄昏迟迟地不肯走了。

我沉溺于季节。

紫薇花挤满街巷，指甲花开成了海，荷花也沦陷了。

风把黄昏一点一点吹走，知了破壳而出，在喧嚣的都市挤占一席之地。

青蛙在乡下唱着情歌，撩动了一村一塘的春心。

无论城市还是乡村，每一棵草都在疯长，每一朵花都风姿翩翩，云飘过最蓝的天空，我关上忧郁的门。

树荫下，风摆弄着光和影，一地的缠绵。

我看见了，那里面是时光，是远方，也是脚下。

其实，我沉溺的不是季节，我沉溺的是岁月。

因为慢慢明白，世界很大，人生海海，都在路上欢喜或悲伤。但终有一天都会流散，并在你漫长的日子里变得不值一提。

# 值得庆幸的是，我还有能力爱着这些

夏一日日深，阳光渐渐炽烈，绿风甩动衣袂。

鸟鸣一波接一波，叩响黎明，唤醒长夏。

仰望，夏风如潮，一遍遍吹绿脚下和心上的一望无际。

清晨的薄暮还未曾尽散，大门外翠竹上已有十数只鸟在鸣唱，它们轻盈地从这一株跳到那一株，呼朋引伴，紧密相随，抓一把小米放在院墙上，心花也就开了。

这个早晨，我们的欢喜，殊途同归。

初夏的风是温热的，吹过来舒服妥帖；

初夏的风是深情的，不知不觉就吹开了浓浓的绿意，风拂过，花叶婆娑、树影依稀；

初夏的风是调皮的，一忽吹过来，一忽又不见了。

可是你去看，树叶在轻轻摇摆，花儿、草儿，低头的低头，弯腰的弯腰。闻一闻，空气里还有泥土的气息花草的香，放眼望，层叠的绿意直去了天涯，和飞鸟们一起放纵着飞翔。

暖暖的阳光融化一地碎芒，白云穿掠晴空，绿的是生命，灿烂的是飞扬，和着鸟儿叽叽喳喳的热情，时光在流走，静静翻晒心情，穿透日子的怅惘。

黄昏，静坐，思绪和栀子花的浓香纠缠成缠绵，一如这黄昏，糅合着香味和烦扰。要歌唱你就歌唱，要惆怅你就惆怅吧，不必刻意追寻很多。

其实对于从前的光阴，总免不了有太多的惋惜。不是觉得重新来过，就一定会有更好的选择，而是遗憾在好的年华，却没有好的风景和故事匹配。

可以说，那时年轻，既无阅历，更不具备行走人生的才智。所以一边不自知地自以为是着，一边自以为是地从容自若着。更甚的是，懵懵懂懂地自以为懂得着。

而今，有了年岁，才一日日明白所谓的时间、日子，究竟是怎么一回事。而往时往事，也不免时不时泛起些涟漪和波澜。

所以喜欢着晨风温柔，阳光拂过发梢；

所以爱着风过河堤，绿柳轻扬草如烟；

所以眷恋着笔下那些沉默的文字；

所以感激着行色匆匆行过远山近水后的明朗……包括慢慢接受生活总有无能为力，都是极好的。

正如每朵花都在追求绽放的姿态，人也一样，我相信，谁都有自己努力蓬勃的方式。

看，春在去，夏在来。值得庆幸的是，我还有能力爱着这些。

# 花一定会沿路盛开

　　行走六月陌上，空气中总会有这样那样的花香，撩拨你的欢喜。眼眸所到之处，也总会有这样那样的葱翠和鲜丽，嫣然了你的心。

　　此刻，你不必刻意去写意、去描绘、去美化，六月，自会有无数的灿烂，生动人间所有的流年。

　　六月，天空以蓝色居多，天幕上飘着的云，较之其他季节会愈发的白。一朵又一朵，有些懒散，有些淡然，悠悠地在天幕上飘。

　　没有风的时候，云朵就那么睡着了似的，在天的怀抱静静地停靠。有风的时候，你不会有机缘看到任何一块相同形状的云，因为它早已随风变了形容。

　　扫一扫六月的尘埃，打开欢喜心肠，不言人生苦短，不叹花落水逝，放逐日子，放逐心情，看长夏灿烂流年岁月……

　　不过日子终归向前，一天有一天的风物世事。

　　所以，在这个阳光明媚的夏天，让心从日子的罅隙里穿紫薇，过蜀葵，穿过时涨时消、时隐时现的惆怅和消沉，走向远方。

　　因为心有多远，你，就能走多远。

　　所以，把眉间的川字展平，把一些不好的际遇隐藏，把一些昨日的事埋葬，开门，推窗，汇入生活。因为花一定会沿路盛开，谁脚下的都一样。

# 让自己尽量接近幸福

夏天的早晨被鸟叫醒的时候居多。

因为房前有翠竹，房后有大树，所以来栖息嬉戏的鸟格外多，鸟鸣也格外舒爽润朗。院下的翠竹旁，又种了三缸荷花，盛夏时，荷叶田田比肩几丛绿竹，简直妙不可言。

院里，沿墙角种了兰花、牡丹、酢浆草等，还种了一架凌霄。

夏天了，看一架凌霄从青青芽叶绿阴阴慢慢爬满半边院墙，再到开出灿灿的花，内心免不了欢喜层叠。

也拣了大大小小、形状各异的石头，铺在种了多肉和铜钱草的花盆里，最素朴的花盆生长出诗意……心上的满足是真实而妥帖的。

想说，人生不过是饥来餐饭倦来眠，好日子，坏日子，只要身在其中的你是快乐的，就是好日子。

我在时间里写小说、诗歌、散文；天气、节令、风景；青春、少年、中年；一个人的伤口、辽阔世界的疼痛。也看平淡的生活，在日出日落与花开花落的重复中平淡走过。

这起起落落的四季，有些风物你还来不及赞美、赏看，就物换星移了。可是你真的别去叹息，更勿彷徨，因为就在你叹息、彷徨的当儿，更多的风物就又过去了。

所以，人活着是一种况味，活成什么样子，是经历给你的。

年华限定，人生终是躲不过江河日下的老去，没有白衣胜雪，也没有以梦为马。有的，只是日复一日，年复一年，平凡到无趣的俗常烟火。

于是，养花，种草，旅游，读书，学习书法、绘画，力所能及地培养纷纭的爱好，让自己尽量接近幸福。

世事如风吹过，往事一层层折叠，模糊，淡去，最终如云烟散尽。只是在这场浩大的逝去里，人也渐渐平和淡然。

或许，这正是岁月所要赋予人的教义。

# 时间不是药，药在时间里

　　一夜雨后，万物清明，各色的绿恨不得把世界填满似的。

　　没了阳光，院里的花儿也不开了，只有缸里的荷叶依旧舒展开蜷曲的身体，展展生长。

　　夏天的雨，总能让人心安静些，无论是绿叶，还是开在绿叶丛中的花，甚至雨洗后的街道，都生出别样的清幽，连光阴似乎也少了几分躁动。兴致起时，雨里漫步，轻细的雨丝落在脸上，微微的凉，轻悄的欢喜或惆怅——这样的时光算得上美好吧。

　　也是，春夏秋冬，风雨霜雪，你方唱罢我登场，有人见尘埃，有人见星辰。

　　下雨了，阳光就可以打个盹儿，歇歇了。

　　像人，时不时地要虚度寸许时光。

　　因为生活总有它的忙碌和无奈，游走在日子的车水马龙里，我们追逐过虚荣，也看过所谓的繁华，在黄昏听风，也在黎明听雨，一些幸福像花儿一样开过，一些疼痛也在风里如影随形。只是时间流逝，那些曾经的沟沟坎坎，走着走着也就平了——时间不是药，药，在时间里。

# 你那里下雨了吗

## （一）

盛夏，不期而至的总少不得一场雨。

凭窗远眺，天上的云，不停变换着位置，树叶哗哗地响，整个世界暗淡下来——风雨欲来。

路上的行人，避着风，加快了脚步，鸟儿也徘徊低飞。

嘀嗒，嘀嗒，嘀嗒嗒，雨来了。

坐回桌前，下雨天，总是会有些寂寥的，听首歌吧，可以抵挡很多。

雨从昨天就一直在下，下雨天让人放松，似乎再急的事，都可以放下。

此时此刻，你只需闭上眼，循着雨声出发就是了。

雨会带着色彩，带着画面，带着记忆，带着曲调，带着不同生命的质地，带着一些遥远的词语……在窗外，在叶尖，在行人各色的伞上……在一片叶到另一片叶，在一朵花到另一朵花……在心底，在心上……

雨声盘桓耳际，心在雨声中释怀。

轻风更添细雨，天地几分柔情，窗下，听雨，看街道上来往的车辆人群。

这么多年，一个人走过的日子，不乏凌乱，不乏遗憾，甚至有些艰难，但却拭去了稚嫩，沉淀了自己，升华了阅历，让许多的许多变得风轻云淡。

而时间那么快，得到抑或失去又那么不确定，我只是明白，没有什么过不去，只是这世上谁也回不去了。

## （二）

夏天的雨有个特点，就是没有什么前奏，下得很突然，很热烈，说来就来。

不过，也说停就停，当然有时候也连续几天延绵不去。

夏天，每一个人应该都会喜欢下雨吧。

夏天的雨，总是痛快淋漓，无拘无束。雨来了，清润舒爽，将季节里所有的燥热郁闷一扫而光，让人感到胸臆酣畅。

雨落下来，在天地间开放成一朵朵透明的花；

雨落下来，心情渐明渐清，褪却了尘世的渲染，生出些生活的情趣，此刻，日子也褪去了苍色。

伫立窗前，夏雨敲窗，敲醒许多沉睡的意绪。

隔窗远眺，雨飘落在眼前，满目清幽，朦胧的远天，朦胧的花影树晕，像一幅氤氲的水墨画，连墨迹还未干。

走进雨里，一树一树的新绿被雨水滋润，绿叶更绿了，花色更艳了，翠色浓艳几欲滴落。

遥望雨后的城市，一眼繁华，一片喧嚣，突然间就远了。仿佛曾经的纷扰都不存在，又仿佛是雨把一切都带走了似的，原来，在有些时候，尘世的很多都可以忽略不计的。

比如就在这一场雨里，被雨打湿的花、叶、心事、都可以忽略不计，我相信它们一定有着我所不能触及的荒凉、悲喜，当然也有欢欣，但是此刻，我只愿看见欢欣。

此刻，我的城市雨依旧在下，雨里冥思，我只愿削去身体里多余的枝蔓，写雨落下的声音，写心在雨里的跳荡、出离和归来，写雨里点点滴滴的欢喜和遇见……

## （三）

这个夏天不太热，雨连绵半月不肯退场，我笔下写意雨的文字也就多些。我习惯让自己的文字跟着日子的脚印行走，也习惯带着自己的情绪去看季节。

对于夏天来说，若不被倾城的大雨光顾过几次，无论怎样都少了意趣和生机。

有微友给我发来微信：看见你笔下的雨，真的好想去感受。那一点属于雨的浪漫，就这样在隔空的对话里生出了丝丝得意。

喜欢雨，大多是雨带给人的意境和诗意，和曼妙的美好。

其实雨和雪一样，雨只是雨，是无数的文人用文字描出了雨的美。

尤其大雨初停。

雨初停，檐下依旧淅沥，自然什么都做不了，拿一本书闲读，听窗外滴滴答答，不一会儿就起了睡意，于是就停下来。停下来，也是假寐——其实日子里，我总是乐享这样的时刻。

因为这样的时刻总是轻易地就放任了自己的思绪，飘远，拉近；拉近，飘远……总觉得这种形式，让日子的烦扰和琐碎轻了，让心头的怅惘减了……哪怕书上的页面，从开始到后来，都停在那一页，也无妨。

寥落是一定会有的，寥落的时候，就散漫地想想。

当然，想什么不确定，只是让心在虚空里散散步，遛遛弯，走走神，于是，那些轻渺的空茫也就渐渐地散了。

想问一句：你那里下雨了吗？

# 光阴如水，一寸也不敢轻

## （一）

又是崭新的一天，天蓝得让人旷达。

站在花树下，风过，落花扑簌，我接住了两瓣紫薇。阳光密密麻麻织补着翠枝碧叶，墙角处，一枝横斜，簇簇落下一地旖旎。

行走晨昏，不时会因为一句歌词，喜欢上一首歌。也会因为一阵风、一朵花、一片云，喜欢上一个季节，某种时分。

比如，夏天。

夏天，整个世界都是明亮的，天空碧蓝，远山叠黛。

夏天，所有景致都可以书写，万物都鲜活，明媚，可爱，蓬勃着……

临窗，落字。一字一句，写上云烟，写上暖阳，写上想念，写上惆怅。也真诚，也渴望。

穿起文字的，是岁月琳琅，也斑驳，也明朗。

穿过光阴，可以清寂孤单，可以热烈奔放；可以绿瘦红肥，可以山高水长……季节定格，时光落在一朵花上，风动，灿烂在路上。

光阴如水，我该说些什么！

入夏以来，风吹绿了叶子，花呼啦啦地开，遇见深夏，生命更加旺盛。光阴穿过我的生活，一粥一饭，花开花落，日日淡，日日好。

其实能这样，就不必去奢望更多了。因为生活就是这样，一点一滴的，守着自己的小时光，做着自己开心的小事情。

自然，那些葱茏的时光终会渐渐淡去，所以，我小心热爱着，一寸，也不敢轻。

## （二）

喜欢听歌，因为歌词里，有每个人走过的足迹。

那些掠过季节，烙在心底的前尘旧事，从无尽的繁华逐渐走到荒凉。

慢慢地年龄大了，看得多了，懂得也多了，看透得也多了，快乐却少了。

希望接下来的日子里，快乐多一点，然后再快乐一点。

夏天了，春天里没有实现的愿望，我可以在夏的夜里陪着继续。

我还可以在荷花开成海之前，扔掉所有的羁绊，然后等着，等着一些离开或是归来走过来，微笑，寒暄，然后，喝一杯。

就一杯，无论是酒，还是茶。

一些往事，在五月的花季里泛滥。明白了，刻意地忘记，就像忘记关掉的那盏夜灯，于是，一整天它都亮着。

然而，正是那光，让你重新记起。

像流逝的岁月，让我明白，正是流逝的岁月，治愈了无数心灵，给眼睛和心带来安宁。

岁月里，告诉自己，快乐一点，然后再快乐一点。

# 记写夏韵待立秋

夏天是热闹的。不只鸟鸣、蝉吟、蛙唱，还有各色的花赶趟地开。

你看，紫薇轻盈，荷花清雅，木芙蓉苒苒盈立，虞美人娇艳欲滴……

树也在忙着，开花、落花、结果……

蜜蜂、蝴蝶也忙着，一朵花、又一朵花，一丛，一簇，一树，一片……

阳光就不用说了，哦，还有风，一缕、一阵……当然，还有雨。

一整个夏天，万物在应接不暇的繁盛里绽放生命芳华……

盛夏，午后，窗外蝉鸣。茉莉花细香缕缕。轻捻点点心绪，原来世间草木，其实都很美。

川端康成说：凌晨四点，发现海棠花未眠。

我说，如果可以，就请一缕轻风、几点细雨，哦，还有些许花香，一定要经过你小憩的窗台……

盛夏，风总是躲到傍晚以后，才姗姗而来，我想，它一定能吹散许多的不愉快吧……

记起早年的一句诗：你是一种感觉，写在夏夜晚风吹过的时候……

菊花茶与盛夏正搭，取一只透明的杯子，两三朵菊花泡上。选一本喜欢的书。不急，让花瓣在水中静静舒展，慢慢盛开。

一本书，一盏茶，将盛夏时光装点。

日子每一天都在重复，希望总有小小的欢喜给日子增添亮色……

大暑过后，就是立秋了，天地将掀开另一场狂欢。

面对季节变换，时光流转，无人能够左右。

我们能做的就是趁此刻风物尚好，且饱览夏韵流长，捧一怀好心情，静待秋高气爽。

# 流年，总是喜欢穿心而过

　　长夏，正从时光的缝隙里随风灌进来。在阳光斑驳的午后，树影婆娑的林间小路，长藤爬满记忆的古巷，或者随便什么地方，总会有一波又一波的往事，不经意地涌来——只是，我们已经从有故事的人，变成了讲故事的人。

　　我常循着日子的足迹，独步曾经的堤岸。

　　我看见总有云开的早晨，也总有霞飞的黄昏。

　　一路走来，吹过巷子口长夜的冷风，喝过远方朋友带回的烈酒，握不住的人也曾坐在对面，可是，终究我们还是会各自走上各自的路。

　　成长和历练从年轮里碾过，留下的总有感慨。

　　而人，也总是把最好的东西糟蹋以后，才开始感慨人生若只如初见。异曲同工的是，每颗心的成熟，都要蹚过寂寞和孤独。

　　流年，总是喜欢穿心而过。而且，总还会有那么一些流年，要在过去以后，才发现它已扎根在生命里。当然，流年里的很多事，也只有到此时，才能看清楚。

　　生活里很多道理我们都知道，却做不到。就像有些话，嘴上说的，跟心里想的完全不是一回事。日升月落，一些东西在无声无息里变得物是人非。而有些东西，会在岁月里沉淀出好看的样子。

　　所谓的生活其实就是如此，曾经的鲜衣怒马，意气风发，最后都终将平淡。拂去尘埃，人这一辈子不能真的看透。真的看透了，也就没意思了。不断新生的事物，新的遇见，会在日子里不断生长出来，经不住考验的存在，不过是一阵吹过的风，看淡就好。

　　其实，谁过的都是冗长的生活。日子，就像是一棵树，阳光下开花，风雨里成长，花季的旖旎，雨季的忧伤，随着年轮的增加渐渐弱化。渐渐明白，很多事，笑笑就好；很多人，知道就行；很多路，走走就对了。

# 用欢喜心，走欢喜路

## （一）

过了夏至，夏天的味道更浓了，花叶扶疏，有的已开满季节，有的甚至已经凋零了。

不过，这种凋零是没有伤感的。反而有一种老时光的味道，内敛，安静，沉稳。

就如我期待的日子一样，犹如这眼下的半夏时光，细碎温暖，素朴无华。

我知道，人生最好的程度，不一定是花满枝头，也许是光阴里的落雨飞虹。

院子里的花总是应时应景前赴后继地开着，清平的日子，我坐在凡花淡草里，守着柴米油盐的素朴，慢慢地，我看见几多尘事都凉了。

慢慢地，也习惯了每天揣一颗欢喜心，看阳光洒满庭院，看花开落在枝头，看雨抚慰大地，看燕儿在檐下自由穿梭——红尘里行走，也许最好的方式就是持一颗欢喜心，任该去的去、该来的来。

万物相遇于红尘，大多数的日子也无风雨也无晴，无关你珍惜，还是不珍惜，太多的故事都会在岁月里日渐圆满。时光，让一些情越来越厚重，也让另一些情越来越淡薄。其实，并非是那些人无情，而是每一颗走过山山水水的心，到最后想要的，都只是安详。

穿过岁月的悲喜荒凉，往事不言，却把一些浅浅淡淡的印迹，给醒在黑夜里的自己，感谢岁月没有让我的内心写满沧桑。

或许，尚有些痕迹，早已不似曾经那般清晰，然而所有的所有，都阻挡不了心的向往。有些人，有些事，有些情，也终会在人生里绵长。

想来，一切的好与不好，到了最后，都会在岁月的掌心里，蓬勃丰盈吧。

所以，就是那句话，用欢喜心，走欢喜路。

# （二）

夏天深处，读夏日的颜色，看流火的季节。

蝉鸣开启夏的寂寞，长日撩拨躁动的心。

日暖天高的季节，打开心扉，把日子里堆积的遗憾和潮湿，在炽烈的阳光下打开，晾一晾，晒一晒。

因为没有人知道，昨夜的风经历了什么，昨夜的花又经历了什么，你，又经历了什么。

有时候，总觉得日子就是一捧种子。种下阳光，便会开出明艳的花朵；种下温暖，便会遇见尘世的柔软。

当季节一如既往地轮回，改变的只是那些经历季节的生命。

日子还在叠加，即使世界纷繁浮躁，也会逐渐长出一张成熟的笑脸。

云涌过，风走过，那条春天的河，依旧会流淌繁华。

所以，就是那句话，用欢喜心，走欢喜路。

# 听　雨

昨日有雨。

风拥雨来，万千的雨珠跌跌撞撞地跌落尘埃。你看得见，又看不清。恰似一颗颗蹦跳的心跃出脉络，淋湿无数的思绪。

雨的姿态是鲜活生动的，雨的旋律也是。

雨是善解人意的。你欢喜，它陪你欢喜；你忧伤，它陪你忧伤。

书上说："我夜坐听风，昼眠听雨，悟得月如何缺，天如何老。"

一整个世界的雨应该都是一样的，不一样的是雨里的心情。

听雨，应该在黄昏，在夜深人静时分，或者在黎明将醒未醒之时。

有人说，孤独的人爱听雨。

我说，不尽然。

一个人只要在日子里跋涉久了，懂得生活了，都会喜欢。

不只喜欢听雨，还喜欢听花开的声音，听流云的絮语。而且，喜欢的还会很多。甚至，还有你想不到的。

听雨的时候，什么都不要做。闭上眼，听雨或绵密、或稀疏地走过心上，感受雨里的那份意蕴。

其实，喜欢的不是雨，是喜欢在雨里放开一寸寸思绪，解开一寸寸怅惘。

听雨，是一种宣泄，是一种抚慰。是把一点开怀、一点忧伤、一点怀念、一点无法说出的心语，一点点融入雨里。

让心潜在雨里，偶尔会有点点的酸涩卡在胸口，可是，我会笑着走过每一个路口。

下雨了，很多的思绪不必说出来，雨会冲刷去你心里攒下的万语千言……

夏天是多雨的季节，雨有多样，微雨、大雨、阵雨、梅雨……一场雨来，雨里的人，心境更是千差万别。

其实，听雨，抑或看雨，不必到山林，不必到澈水，凭窗即可。

窗外，雨落成帘，微雨霏霏，是些些的清欢；雨落萧萧，淋湿一腔思绪。

还有，只消一阵风起云涌，雨就噼里啪啦来了。也许只是那么几分钟，也许就缠绵不绝，连日不开。

但夏天的雨总是雨过天即晴，最为神奇的是，只隔一条路，却东边日出西边雨，让你不得不惊叹大自然的神奇。

有雨的夜晚，总是会无端地生出轻愁。

静静地听雨，窗外有着细细的花香，被雨驱赶起来的还有青草和尘土的味道。夜色下，丝丝的思绪和着细雨，阑阑珊珊飘出嗟叹。或许你听不清，或许你听得清，但内心的感知却会在一场雨里愈加明晰。

其实，雨下在哪里，下在哪一个季节，都是没有什么的，是人赋予了雨感情和情绪。雨还只是雨，只是雨里的人和心变了。


透过世事的窗棂，我看见即使岁月滋长，即使雨打花落，只要你的眼底足够明媚，心足够宽广，纵然有过沟坎，有过黯淡，有过风雨，即使风雨曾经勾起尘世无数的苍涩，也无妨，你依然可以穿过风雨尘沙，看见艳阳，看见雨过天晴。

# 夏天，夜晚，和风

## （一）

走在七月，无论天气如何闷热，都会有纷至沓来的美丽，耀花了你的眼。比如，荷塘里白的、粉的荷花，路旁深紫、浅粉的紫薇，一大片一大片深红、浅红的蜀葵……满目满眼叫得出叫不出名字的花，争先恐后地开着。当然还有铺天盖地的绿意，蓬勃成海，有风吹来，花叶重叠摇曳，分不清是花勾了叶子的手，还是叶子抚摸了花的脸颊。

可是，这一切的一切，都不若向晚的风。因为相对于其他季节，夏夜的风更是轻易就撩动了心上的很多、很多……

晚来，有风，把头发洗了，让它自然地散开在肩头。这时候最好有一把摇椅，躺上去，一晃一晃的，院子的大门敞开着，风徐徐地吹进来，院子里的花香被风吹得四下里弥散，一缕一缕地浸透夜色，浸入发丝。

夏夜的风，一缕就是一句好词，一阵就是一段最上心的旋律。因为，风总是轻易地就和心达成了共识，相约了一场世界那么大、随心去看看的浪漫之旅。而心，也会轻易地就选择了躺在摇椅上和风谈心，或许就一根老冰棍，或许就一壶菊花茶。可无论什么，心，都会惬意起来……

其实，我相信，世间的万物都是有情意的，也都有属于自己的灵魂和语言。

花开是欢喜，花落也有欢喜。

风来吹动万千，风去也吹散千万。

它们不说话，却总能让每一颗心向着四面八方律动、伸展。

走在七月的路上，细细赏读季节的万种风情，让每一缕都开出最美的斑斓……

# （二）

季节年年更替，夏蝉已改名秋蝉，太阳依旧热烈。回望，无数远去的年轮里裹挟着不想提及的故事。

风吹动身边岁月，岁月流散生命印记。一些孤独长成蝴蝶，在风雨里静静地飞。

所有的日子，像泛泡的啤酒，人在惬意中渐渐地沉醉。

我知道，没有任何的诗句，可以把日子里的万千烦恼，抒写成一抹云淡风轻；也没有任何的语言，可以把一地荒芜，安放为尘埃落定的归宿。

可是，时光可以。不信，你去原野看看——高天上旷远的湛蓝，开满了沟堤的野花，淬了一地的阳光，大朵大朵悠然的云……所有的风物去年如此，今岁依旧——一切，都很好。

或者，你再去岁月里看看——痛过的伤口开出了花，流过的泪泛成笑容，风雨冲刷日子尘埃，尘沙垫平道路坎坷——一切，都已在岁月里开化。

末夏的风捎来浅秋的气息，没有太多的寒暄，也没有太多的喜悦，墙头的凌霄依旧开得热烈。

浅秋的时光里，面对来路，回望去路，越来越相信，世间的美好其实很简单。

有多少故事在心上尘埃落定，就有多少美好在岁月里长成繁华。红尘纷扰处，我只需一纸文字写叙静好。

# 夏日散章

## 鸟

大门外有几丛竹子，由于前面的房子挡了些阳光，所以竹子长势不大蓬勃。

可是也年年时时地冒出新竹。

即便如此，这几丛不大葱郁的竹子却也不知道从什么时候起，就招来了一群一群的鸟儿，叽叽喳喳地在枝头飞来绕去。于是，小院里平添出很多的乐趣。于是，又切切地特意每日在窗台上撒些小米、玉米糁什么的。那些鸟开始是试探性地飞来啄食，不消人走到跟前，只略有响动就一下子飞散而去了。

后来慢慢地，大概懂了我的心思，也就不怕了，即使我在院里坐着，也一样飞来寻食。

个别的还会悠闲地在院里、窗台上闲庭信步，甚至就在我的脚边。

## 天　空

夏天的天空总是明净而辽阔，闲暇时光里，抑或有些小情绪的时候，看看天，看看云，思绪就会不由自主地辽阔起来。

偶尔会有风。

风总是不打招呼，就把一些喜欢或不喜欢的东西都吹散了。

## 河

似乎所有的城市边上都会有一条或大或小的河，城市的管理者也总会绕着河铺陈许多的创意。

比如公园什么的。

随之衍生出来的就是夜市。夜市上，最热闹的去处应该是烧烤摊。

只消近了黄昏，那些规模不等的烧烤摊就纷纷开市了。

烧烤的品种繁多，烧烤架子上炭火红红的，香味飘出去不知道多远。

来夜市的大都是年轻人，一群一群的，声音放纵，行为夸张，啤酒是成箱成桶地叫，也不用杯子，瓶口对着嘴就喝开了。

女孩也一样，还会有几个女孩也抽着烟。

偶尔会有几个中年人，上衣搭在肩上，不那么显眼地喝着。

这时候，会有几缕晚归的夕阳落在烤架上，顺着光线看过去，灿灿的，一派岁月静好的样子。

## 风 筝

风筝是夏天的标配。

公园里，每天都会有一群一群的大人带着孩子来放风筝。

风筝的品种也繁多，女孩们放的大都是蝴蝶、蜻蜓。

男孩们大致放些大雁、蜈蚣、飞机之类的。

我见过一个男孩竟然放了一支手枪在天上。

还有一个扎着大红蝴蝶结的小女孩，骑在年轻的爸爸肩上，放一长串燕子，笑声真的像银铃，眼睛像夏天的天空一样纯净。

## 夜 风

季节改变，关于秋的词语一股脑儿地都来了，世间的一切也都和秋扯上了关系。

夜晚，有风，浅秋的风，有了些惬意的微凉。

风蹭着肩膀、头发、脚踝、长裙。

有时是一丝，有时是一阵。走了又来，来来去去，缠缠绵绵。

河边有人在吹笛子，隐隐约约地传过来，有些忧伤的味道在里面。

## 夜 雨

晚饭后出来遛弯，赶上了一阵夜雨，短短的一阵，下得有些仓促。

在一处花架下看雨，我无法知道它们从哪里来，又到哪里去。

只是夜晚的雨比白天的有人情味，让人可以享受雨里的安宁。

而且，我比较喜欢夜雨，因为只有在这些安宁里，才能将一些东西整理成册。

# 夜　歌

夜晚，听一首老歌，宛如品一盏好茶，斑驳的思绪会在歌里平静。

其实每一首歌应该都刻满了故事。

喜欢老歌，缘由非常简单，或许是怀旧，或许是曾经的经过，或许是心累了，或许是想在日子里找寻一些诗意。

人生不易，我喜欢带着诗意赶赴沧桑。

# 过好每一个当下

## （一）

时光飞逝，岁月如梭。人这一生，知交也零落，日子也坎坷，都是常态。认真地想一想，因工作、生活，或不同的追求，渐渐改变了初心，也是常态。

记得一段话，大意是人生匆匆，都逃不掉孤独的疲惫；豪情万丈，终不免遍体鳞伤。

是啊，成年之后，我们忙于工作，疲于生活，时间如流沙，苍老了风华。

其实这是书面用语，真实的原因，是世间万事万物都逃不脱岁月的洗涤。时间流转，白驹过隙，人与人、与事物之间，多了利益，多了考量，也多了虚假。

而人到了一定年纪，心里便会不再有很多期待。你看，万物有枯荣，年年岁岁花相似，岁岁年年人不同，人与人、与事物，得失都是路上的风景，得到的未必会恒久，失去的也未必不是确幸。

世间万物，草木尘埃，所有的岁月里都会有些路，无人可以陪你走，但你应该看到的是，云天依旧，关键是未来还在。

## （二）

夜半，雨敲窗。其实，喜欢这样的时光，万籁俱寂，无边的夜色和着雨水，一声声敲醒些轻浅心事。

雨敲窗棂，滴答有序；声声入耳，滴滴撩心。

夜来风雨声，花落知多少。人生半世，似水流年，终是懂了，生命最终的归宿是自己。

都说人生的"重逢"是最堪感动的，可事实是很多的重逢未必值得欢喜。

　　因为，你满心满怀期待的人或者事，若干年后，可能不是你期待的样子了。

　　烟雨中行走，难免会沾染上风霜薄凉，余下的岁月里，我愿你永远有远方。

　　喝一杯不放糖的咖啡，抚慰一些小情绪。

　　世间什么都在失去，过去的已过去，现在的还会过去，终究什么都留不住，所以过好每一个当下。

# 周末日记

## （一）

又下了两天的雨，可以感受到植物们欢畅的笑，与太阳花并肩的那盆石蒜也更优雅俊秀。

雨从天上来，一万棵花草摇头致谢。

放下世俗行囊，任风拂雨过，让疲惫的身心休养生息……有些倦了，云在天空闭户，我在一场雨里小憩。

敢问，除了时间，谁能把岁月席卷？

谁都不想承认光阴无声无息的侵蚀，可到头来却都不得不接受。像我，按下内心波涛起伏，任盛夏步履匆匆。

三毛说，不做不可及的梦……尽可能不去缅怀往事，因为来时的路不能回头。

我说，经年之后你总会明白，不管时光给了你什么，都是你用来成长的阶梯。

沐浴大雨，风开眼前花，雨越心底事。

所谓的人间烟火，就是这时而温暖，时而冷薄，时而黯淡，时而明媚的世界——只是这一抹冷薄与黯淡，愈来愈不影响我前行的脚步。

## （二）

潮湿，一只雀落在院墙上，跟我对视了一会儿，然后飞走了，祈祷它的心事和我的一样，能被风声、雨水、阳光读取。

喜欢一些行走，诸多的行人，与我无关。

窗外的雨淅淅沥沥，我的碎言碎语，没有彩排，更不需要强说的忧郁……光阴并肩季节的妖娆，我只素履而往。

梅雨占据日子，我想提一篮清风，去遇一池烟画荷塘，落落莲语，声声寄风。

云更低了，收拾不好的情绪，想想遥远的城市，想想悠长的往事，忽而，会对某个人、某件事，生出些怀念。

昨夜的雨很大，花期终有尽，落叶自飞舞，周日安。

# 风起别长夏

　　立秋后的节气，就是处暑——处，终止也。终止，是一段故事的结束，也是另一段故事的开始。

　　处暑，又称"出暑"。离离暑云散，袅袅凉风起——秋，实实在在地来了。

　　一夕处暑至，万木浮华落。

　　想人生万物一理，到后来亦不过如此吧！

　　昨天下了暴雨，雨洗过的树木花草鲜鲜亮亮地泛着油光。正是，几场风雨敲窗过，几缕凉风袅袅来，暑去秋来，带给人别样的欣悦和情怀。

　　想来，每个人心里都有个心甘情愿沉入的季节吧。即使夏天酷热、冬天酷寒，只要你心爱。

　　而我，心爱秋天。

　　"出"了暑，秋天就开始着意了，一丝，一缕，一寸，一脉，在天地间铺展秋光无限。

　　你看，天朗朗，风徐徐，地阔，天高，云淡。夕阳给云朵涂上色彩，晚风吹散夜的燥热。

　　尤其傍晚，夕阳余晖的映照下，云朵镶了金边，晚霞似锦，绵延千里。

　　岁月以相同的方式经过每个人，每个人却以不同的方式经过岁月。

　　迎风而立，秋思如潮，天高云淡处，涌动着岁月和生命的从容美好——夏天，去就去了，不必再去想夏天的事了。

　　像日子，过去了就过去了，永远不必着意在过去里。

　　我相信，所有夏天里的遗憾，一定会被款款而来的秋天化解。所有曾经的不好，也一定会被漫漫岁月的尘烟淹没。

　　好了，你准备好了吗？风起别长夏，秋至万叶红，一起迎接最美秋天吧！

# 每一寸欢喜都是日子的亲人

今日立秋，貌似是不知不觉的，秋天就启开了门闩。

你去看，虽然暑气还没有完全消退，秋天就打开了怀抱，从南到北，从东到西，从日升到日暮，繁花在四野热烈地开，小而明艳的，大片的，或是丛簇的。再去看葱茏的树，竟然一下子就五彩间陈了。还有那些即便绚烂一日的牵牛花，也灿灿地怒放着，把八月围得水泄不通，竟然也不肯辜负哪怕这一线时光。

浅秋的阳光较之夏天会温润很多，抱着小小的孙女，也像抱着阳光。她太小，听不懂我说话，可是只要我跟她说话，她都会把目光转向我，纯稚的笑跟阳光一样明澈。屋檐下，一绳的小衣服在暖风丽阳下飞扬，每一件都那么可爱。我不说话，心里是欢喜的，这样的欢喜里，我那么真实地存在着。

我的城市很小，却也安放着错综复杂的生活，所有的季节，无数乱糟糟的夜晚，有人兴奋地走向光明，也有无数明晃晃的白天，有人寂寂地走向黑暗。

当夜晚来临，城市里渐次亮起的华灯，明明灭灭地将繁华和喧嚣融为一体，心会恍惚，面对触手可及的夜，将自己彻底打开，孤独的人想着孤独，欢喜的人想着欢喜。那一刻，心上的光阴也如同这浅秋，所有都开始温润如水了。

汪曾祺说：人总要待在一种什么东西里，甚至沉溺其中，苟有所得，活着才有意义。

我喜欢静坐冥思，虽是静坐独思，其实心上一定是浮想联翩的。我还喜欢把自己放进文字里，咀嚼着文字想心事。于是，一些故事、一些人、一些颜色、一些遇见抑或重逢，就会在眼前逐渐清晰、生动起来，这样就能落笔写些文字了。无论是记述生活长短，还是描摹风花雪月，总觉得是文字才让一地鸡毛的日子显出些味道来。

也许，与文字结缘的人，大多有着别样的情怀吧。你看，花草树木皆能成诗，山水云月满眼是画。漫步文字，每一根发丝都是自由的，这种自由常常让人欲罢不能。

或温暖，或柔美的小文，熨帖着内心真正的纯粹。平淡的文字，行走在平淡的日子里，细细玩味，其中的意义早已超出了文本语言的表达，只剩下惺惺相惜的贴近，在文字里与自己合二为一。

自今日起，夏天会渐行渐远，秋天会愈来愈深，气候开始怡人，又可以在秋天里单车骑行了，或寻一处水色风光，或古镇小巷，遛遛转转，流连不肯归家。你看，云来，雨落，晨歌暮曲，晚霞在风的肩上跳舞，雨在云的怀抱嬉闹，季节的交替轮回中，总会有风物撩动人间的深情，而这些都是我喜欢的。

我还想说，时光里，其实每一寸欢喜都是日子的亲人。忙忙乱乱的生活里，我们不能把所有的美好都尽收眼底，但我们可以尽可能深情地爱着点什么，喜欢着点什么，像花木之于季节，像白云之于高天，像欢喜之于光阴……

# 秋天是最诗意的季节

## （一）

日子里行走，带着喜悦，也不乏怅惘，天真着，也世故着；通透着，也失落着。甚至不乏难过着。

生活在都市的人，对于季节的感应，远不如一丛草、一朵花、一片叶、一渠水。它们知道什么季节该发芽了，该开花了，该结果了。而人们，只是从它们的色彩、荣枯上，才知道，哦，春天了；哦，夏天了；然后秋天了，冬天了……

周末闲步，路边长椅歇脚，椅上、脚下落了一层细碎的黄。

讶异！

栾树已经开花了吗？

一阵风来，又一层小小的、碎碎的黄花落下，疏疏落落，铺了满地。

细细打量，竟是真的，八月未央，栾树已然开花了！

其实每年都是这样，先被栾树落花惊觉，才发现高高的枝杈上，已结满了花蕊——不，是结满了即将盛放的明媚！

行走一小游园，遇一丛风雨兰，惊艳。

粉红，内敛，素雅，甜美，蓬勃，秀色空绝。

风雨兰，一如它的名字，"风雨"，是一场任重而道远的跋涉；"兰"，是它的品性和风骨。

正开在秋天，正合了季节的品性。

感慨，太多时候，我们总是在纷扰的日子里，走得慌忙，却忘了在它的罅隙里，到处盛放着你喜欢的花和明媚。

其实也是越走越明白，生活，不需要一味地"行"，把脚步放缓、放平，让生命沐浴自然的光泽。

还是那句话，我愿意相信，你要的好光阴，一定会来。

# （二）

有人说：冬天让人想喝酒，秋天让人想生活。

时节仅是立秋，风却已经温柔，落日斜晖脉脉，山远天高渺渺，水边芙蓉开彻。

得闲的时候，急不可耐去旷野走走，感受丝丝秋意、缕缕秋情。

上班经过一条路，种的是小叶国槐，树已繁茂，枝叶从路两侧伸过手，互相牵着。

槐叶底下，漏下来斑驳的光，阳光好时，叶隙间透下七彩。

木心说：晴秋，随便走走，不一定要快乐。

其实我觉得，走着走着，就快乐了。

立秋不久，不冷，也不太热。闲逛，沿途有扬着喇叭的牵牛花，骑着赛车的少年，穿旗袍走秀的老年艺术团，趴在阳光地里晒太阳的宠物狗。

水边，池水清透，鸟儿掠过水面飞向晚霞的方向，"落霞与孤鹜齐飞，秋水共长天一色"，说的应该就是此际况味。

浅秋的天幕下，辽阔，疏朗，宽广，让人心怀大开。而这，大约就是"晴空一鹤排云上，便引诗情到碧霄"的场景了吧。

想说，秋天是最诗意的季节。

一花一叶，一山一水。秋天，还有很多事，值得慢慢去做，比如看云卷云舒，看倦鸟归巢……

比如往深秋里走，看红叶映红天际，看秋风吹彻万里远方……

当然，还可以等某个人来，一起说说秋天里的那些事……

# 秋天那么美，我要去看看

## （一）

九月的风不经意地吹过几天，人间就开始着锦了。

路边的栾树梢头开满了金灿灿的小花，风一吹，簌簌地落了一地。人行道深红色的地砖，衬着栾花的黄，雅致、古朴。

人走在树下，花扑簌簌落在肩头，像冬天里雪花扑入怀袖，诗意又唯美。

也有几棵早早结了果的，一嘟噜一串，橡皮红的果，悠悠地挂在秋风里荡，养眼又养心。

公园里，美人蕉继续红的热烈，黄的纯粹，枫叶也悄无声息地红了。

草地上，有黄叶儿零星点缀着，各色的小草花这儿一片红，那儿一片黄。

大树下，大片大片的葱莲，洁白、清雅、恬静，风一吹，就像游移浮动的花海。那花瓣，一朵朵，兀自鲜活，兀自丰盛，将寻常岁月点缀得如诗如画。

红叶黄花秋正好——此际，远方、当下，都在心上欢喜、雀跃……

忽然，很想问一些有关秋天的事。

加缪说，秋是第二个春天，此时，每一片叶子都是花朵。

秋天就这么缓缓来了，枝头苍绿，偶尔红黄，即使是失了些夏天的热闹劲儿，可绿意意犹未尽，红黄欲语还休。

歇了伏的酢浆草，再次盛开，清芬温婉，让人心一下子就柔软了许多。

风里，还有盛开的茉莉，花朵清雅，郁香逸远。

刚泛红的几枚叶子大约是因为颜色太艳，所以藏着躲着，可终究是醒目了。

接下来，秋色会愈走愈深，那些浅埋在时光里的秋事，也都会撑着暗香，摇曳而来。

其实无论浅秋，还是深秋，心里不免会一惊，会有那么点轻愁。不过，值得欢喜的是，还会有更多的欢喜和情怀到心上来，多好呀！

季节交替，过往辗转，捡一枚秋叶做纸，掬一捧秋水做墨，把秋风瑟瑟、秋雨绵绵、秋叶翩翩、秋声阵阵，统统收入秋天的画卷，在岁月的山水里释怀，享受秋天的清欢和浪漫。

（二）

时光如水流，转眼已秋分。

秋分过后，凉意渐浓，天高云淡，露冷风清，凫雁高去，桂蕊飘香。

较之初秋的清爽，晚秋的繁盛，秋分有静美，有绚烂，有浑朴；也丰腴，也肥美，也厚重。

秋分，仿佛一夜之间，万物就变得畅快宜人了，天空通透清爽，抬头一望，就能直达心怀。哪怕只是在路边随意那么一站，即使忽而吹过来一阵凉爽的风，也可以让人瞬间觉得，仿佛所有的美好都如约而至了。

你看，天空干净澄澈，空气凉爽舒适，秋风悠悠，放牧着秋叶、野菊、白云，貌似连心头也洁净了。

空山新雨后，天气晚来秋。落霞与孤鹜齐飞，秋水共长天一色……月落云开，秋光正好——这都是描写秋光的句子，唯美，静好。

秋天里，万物一层层萧疏，秋阳洒下斑驳光影，枝头的花叶窃窃道别离，最喜人的还是那一枚枚羽化成霞的秋叶，在秋天里见证了生命最美的蜕变，那是光阴丰美的物证。

走在秋天里，剪一朵流云的清幽，携一缕清风的自由，放逐日子的苍白和空茫，享万物有情，细水缓缓深流……

白落梅说，喜秋日庭院，轩朗明净，水木清华，天光云影任意徘徊——试问，这样的秋天，谁不喜欢？

秋色里，慢慢走。早晨，轻雾微风着曦，黄昏，夕阳晚霞织锦……红红的柿子挂在枝头，像一个个红红的小灯笼，空气里除了桂花香，还浮着菊花的香。

从一排枫树下走过，火红的枫叶落下来，掉在身上，好像被秋天砸中了……

秋是第二个春，此时，每一片叶子都是一朵鲜花。

　　多好呀，时光至此，你大可以放弃日子里不必要的琐碎和细节，也放弃看起来的热闹和繁华，更不必去追怀什么逝去的时光和事物了，就在一年最美的时光里，安然、静心地走走。

　　你，可要去吗？

# 却话巴山夜语时

## （一）

一场秋雨一层寒，果然不假。

绵绵细雨，慢条斯理地下，从黎明下到黄昏，黄昏下到又一个黎明。

其实立秋过后，一早一晚便渐渐生了凉意，再加上几场秋雨造访，秋，转眼就深了。

尤其这一周，天总是阴沉沉的，就连绿树也生了水意。而雨，更是说下便下，缠绵不肯离去。

其实每一个季节里，人间万物都随节令消长盈亏、繁盛退败，也风雨交加，也流云万里，也明月三千，就这样年年岁岁，岁岁年年，循环不止。

书上说，愁因薄暮起，兴是清秋发。秋风习习，秋雨潇潇，众鸟高飞，孤云远归……时光里，寒暑暖凉，除却季节使然，便是唯心所造。

汪曾祺说，逝去的从容逝去，重温的依然重温，在沧桑的枝叶间，折取一朵明媚，簪进岁月肌里，许它疼痛又甜蜜。

好吧，一滴雨朦胧了青天，一片云收敛了夏色，潇潇雨声起，凛凛直到秋，且祝秋安吧！

## （二）

凉风有信，一叶知秋，几场绵绵的雨，人间顿时入了深秋。

好在秋雨让人平添了些惆怅落寞以外，也让心上生出些许喜欢——毕竟秋天天性如此！

毕竟也多了端素，连茶，连酒，连诗，连裙角，都生出秋光潋滟，秋意款款。

毕竟空中的云，越发分朗；吹来的风，越发润爽。

走在林荫道上，时不时落下一枚又一枚红黄的叶，让人在惊怵时光飞逝的同时，也不免感慨秋时、秋光之美。

曲身捡拾几片落叶，一年一秋色，一岁一枯荣——但我更愿意想到的词是：辽阔，静谧，恬淡，深远、绚烂……

时光向前，枫叶会火红，银杏会黄透，秋色会更醉人，尘世的浮华，时间的脚步，会将日子的沉渣沉淀，蜕变成云淡风轻。

好吧，愿此秋心可生沃土，愿光阴向前，日子温良，你我皆安！

## （三）

重阳前后，秋雨数日连绵，气温骤降，雨敲窗棂的夜，打开某扇心扉，一些往事，在薄凉的夜里流连，一些沉睡的风景次第醒来。

只是一场雨，整座城市就冷了。

风携着雨，冷一寸寸蔓延，仿佛连细胞都生了寒意。

十里桂花，零落满地，雨打芭蕉，桐叶缭乱，思绪随西风卷舒——深秋，终是有薄凉，有清寒，有沧桑。

一场秋雨，释怀的更释怀，上心的越上心了——感慨，光阴荏苒，总有些风景黯然落幕，总有些事故变成故事，总有些人也来，也去……

站在一场雨中，有人说秋雨生愁，有人说秋雨生情。

李商隐说，何当共剪西窗烛，却话巴山夜雨时！

我说，雨只是雨，是心事赋予了雨情绪和色彩。

步行道上，地砖缝的青苔葳蕤繁盛，蹲下身，变换着角度拍照，路过的人看过来，听懂了他们的潜台词——不管了，各色人等眼前过，开心快乐是生活！

# 看，秋天的花

## 格桑花

格桑花是一种生长在高原上的普通花朵，秆细瓣小，看上去弱不禁风的样子。

格桑花藏语叫梅朵，是西域最美丽的花，也是高原上生命力最顽强、最普通的一种野花，它的寓意很多，但大都和吉祥与幸福有关。

在西域高原一带，人们借格桑花表达抒发美好的情感，也作为一种精神存在人们心中。它美丽、娇艳，同时因其不畏严寒，不惧艰苦，也是女强人的代名词。更鉴于它的美丽，人们将它移种到各个地方。

别看格桑花外表柔弱，生命力却是强大的。你甚至不用刻意去播种，只要这里曾经有过一株，或者是风，或者是脚步带过来一些花籽，那么，第二年她就生根、发芽、开花，繁衍子孙了。

格桑花也叫"五色花"，通常有黄色、粉色、红色，也有青绿色、粉白相间的，单层花瓣形状。

花有八瓣，中间是嫩黄的花蕊，细长的茎擎起一朵朵花，红色、粉色、白色、橙色、粉白、橙红，交在一起，向着蓝天，向着太阳，向着辽阔，向着高远。

但凡阳光明媚的早晨，或者午后，阳光下花瓣透出淡淡的微光，晶莹剔透，每一片都生出透明的纹理。

有诗云，只许云天分野艳，不同梅李竞香尘。

正值秋高气爽，风姿飒爽的格桑花儿如期而开。叶简静，茎清秀，花恣意。阳光下，秋风里，轻盈飘逸，缱绻多姿，正应了"你若盛开，清风自来"的风雅——当然，只有身临其境，你才能感觉那种肆意风流的美。

格桑花的花期很长，直到下霜她们还能够凌寒开放，也总是用那单薄的身躯迎接冬天第一片雪花的降临。

秋天，格桑花盛放之际，路畔，草丛，水边，一片片，一枝枝，纤细的茎举起一朵朵简单的花，向着蓝天太阳，恰似把红色、粉色、白色、紫色的热爱，一起献给白云，献给苍穹，献给辽阔，献给远方。

而我喜欢的，除了格桑花自身的美艳以外，正是她这种万花纷开，我自成景的风骨和姿态。

而人的情绪、心情，也往往会在美好事物的影响下，豁然开朗，美好，明净。

不信？那就跟我一起走吧，去秋天里看看格桑花开。

第一次见到格桑花，并不知道它的名字，却一眼千年似的刹那为花动容，迫不及待地问询花名——格桑花，听到这个名字时，莫名就有一种缱绻深情，在心上弥漫开来。

查过百度，格桑花生长在遥远而广袤的大草原上，它的花期很长，从春天一直到下霜，还凌寒开放。

格桑花是西域独有的"高原之花"，后来，随着它美名远播，再有园艺人的精心培育，格桑花也告别了西域独有的辽阔，倩姿丽影遍布所有的城市、乡村。

记不得哪一年了，在离家不远的公园闲步，花带旁零星一片花开，摇摇曳曳，艳色纷呈，惊异竟是我朝思暮想的格桑花。

自此，年年秋来我都会去看它，哪怕只是零星几株。到了今年，它竟然被一片葱兰替代了，心上遗憾丛生。

好在因为它的美丽和魅力，格桑花已经成为日常常见的花了，城市乡村、街角路边，随处可见它飘逸、秀美的容样。

说来我对格桑花，真是莫名地情有独钟。

我不知道别人如何，但我与它面对时，总会有一些莫名的情绪，莫名地来去。一些，会莫名地被融化，也会有另一些，莫名地被点燃……

站在格桑花前，我终于相信了一句话——总有一种美，会惊艳了遇见，惊艳了时光！

陌上花开的时节，格桑花盛放的日子里，我会寻着它的丽影，把它们写进文字，留在相机里。

我祈愿我的文字可以流云赋笔，让格桑花花香永固，让心上，也常驻这一份清雅、喜悦、恬淡、美好，然后像格桑花的传说一样，心中有爱，人生常春！

# 葱 兰

入了九月，秋天的门就开了。

秋天的门开了，葱兰也开了。

齐崭崭的，一片白色的海。

纯洁，温柔，安静，冷冷清清地红红火火着。

夏末秋初，正是葱兰的盛世华年。

葱兰的花不是纯白，是青白，更显一种冷冷的清雅和孤高。

纤细深绿的茎，花生于顶端，茎中空、肥厚，六角的花，黄灿灿的花蕊。

不开花的时候，丝毫意识不到它的存在；开花时，花朵晶莹淡雅，悠悠雅雅地在风中摇曳，把俗世烟火和仙韵幽芳完美结合。

葱兰，又名葱莲，玉帘，白花菖蒲莲，多年生草本植物。是一种极普通、极常见的草花，路边绿地、花坛林荫下随处可见，唯气质若兰，这大约也是它花名的由来吧。

葱兰的叶子，是那种墨绿墨绿的颜色，肉肉的，从土里直接伸出来，密密的一大丛，直直地向上伸着。茎就是叶，叶也是茎，开花时坦坦荡荡地平展着花瓣，金灿灿的花蕊点睛一般光彩夺目。

葱兰的花期很短，只有三天，可是你不用担心，三天后，又一拨儿开了。

我总觉得葱兰其实还有点像水仙。当然比不了水仙的优雅，但最动人的恰是这"葱"字的人间烟火，和着"兰"字的蕙质雅韵，才让这最不起眼的小花，有了最动人的韵律情致。

其实秋天里任何的花，任何的花开花落，都格外容易让人动心动情，这也是季节使然。

九月半，秋亦半，翠减草黄，转瞬满坡枫红。

又一季秋风起，把一些心绪，还给旧时光；一些日子，交给曾经。

学一朵秋花吧，在风雨霜露中，安静，淡雅，即使孤芳自赏，即使凋谢，也独自成景——一任秋风蹁跹过，何妨芳意落天涯！

# 红 蓼

出差，在住宿的宾馆附近闲步。其实我是听前台的小姐姐聊天，知道这附近小公园里，有一种叫不上名字的红花特别好看，潜意识中觉得是红蓼，才特意来看的。

走在路上，路两边一树一树的银杏纷纷黄了，金边勾勒出扇叶的形状，一个红衣服的小姐姐，正拿着手机为这几许秋色镌刻身姿，我不忍打扰，只远远地望着。天际下，这一树树烂漫的温暖令人心动。这一刻，貌似天地悠悠，风雨缱绻，人间所有的温暖都停驻了。

再看脚下，草依旧是夏天的模样，还有月季花，黄色的菊，成片成片的格桑花，粉白红紫，当然少不得红蓼，都在风里妖妖娆娆地飘摇着——是秋天的味道啊。

再走下去，就看到了一大片红蓼。

其实第一次见这个花并不认识，我是用了手机的识花程序才知道它有个好听的名字——红蓼，一般长在河滩水湄，一丛或是一片，红艳艳的。听说还有个土掉渣儿的名字叫"狗尾巴花"，但并不妨碍我对它的喜爱。

它第一眼打动我的，是一枝独立清秋的孤绝高傲和清雅万方。

还有，就是这个名字。

红蓼，听起来就文艺得与众不同。若是你从未听过、见过，一定以为它师出名门，高贵典雅如大家闺秀。

其实它的生命力极强，并不是养在深闺般的娇弱。秋月的风一吹，就更加明艳、动人了。红红的穗尾在风中一摇一荡的，荡得人心都痒了，醉了。

秋天，水边行走，时不时就会遇到三五株红蓼，临水而居，在秋风里与芦苇遥相呼应，美得惊心。

"红蓼滩头秋已老，丹枫渚畔天初暝。"

还有"数枝红蓼醉清秋。"

听说掐一枝插瓶，是极好的。

你看，三分寂寞，七分可人，秋水，红蓼，真的特别与众不同。

你不来一枝吗?

赏齐白石大师笔下的秋色，浓郁而绚烂，烂漫而深情，一扫秋日的枯寂、落寞与萧条，将一个缤纷多姿、精彩动人的秋天，呈现在我们面前。正像偶遇的这一片红蓼，在一池秋水旁灿烂明艳地带我步入秋天的深情。

邂逅红蓼，不能不说是一份惊喜。站在盛开的红蓼旁，仰目辽阔高远，俯身清新明亮。

　　感慨，能在萧疏的时节里，不彷徨，且从容，懂得生命中的另一重美丽，绽放独特的芬芳，活出洒脱和自我……从春到秋，一生风雨在途，依旧美丽丰饶……多好呀！

　　窗外，云也淡，风正好，一株红蓼就这样精描细画在心上……

# 桂　花

　　单位院里有一大棵桂花树，隔着窗，就能看到她巨大的树冠，伸展四方。在阳光雨露的滋润下，枝叶繁茂。

　　每到九月初，桂花从冒出嫩黄的小尖芽，到蓄势待发，再到开得满树灿烂金黄，大概有一周左右。

　　每当那浓郁甜蜜的香气溢满整个单位大院，人们的心情也变得欢愉舒畅。彼此见了面打招呼，都会欣喜地说：“桂花开了，多香啊！”

　　有的人会走到树下，屏息闻香，我总会折下一枝，插在办公桌上的瓶子里。

　　“叶密千层绿，花开万点黄”，桂树开花，细细密密。尤其金桂，花开时金红万点，浓香远溢，堪称一绝。尤其是仲秋时节，月华之夜，桂花怒放，清香扑鼻。

　　中国栽植桂花历史悠久，文人雅士植桂更是普遍，吟桂蔚然成风，为后人留下了许多美妙的诗篇。

　　“人闲桂花落，夜静春山空。”

　　“桂子月中落，天香云外飘。”

　　“广寒香一点，吹得满山开。”

　　都是绝句，把桂花描绘得令人心旷神怡。

　　桂花很小，远看状如米粒，一团团、一簇簇。站在花树下，轻摇花枝，就会有无数小花纷落。

　　“暗淡轻黄体性柔，情疏迹远只香留。何须浅碧深红色，自是花中第一流。”

　　桂花在秋的篇章里，是不可或缺的一笔，它还有一个美丽的名字“月桂”。

　　相传嫦娥居住的广寒宫里，就有一株桂花树，所以桂花的香又称“天香”。有了这样的渊源，桂花不觉间就沾染上了仙气和诗意。

　　桂谐音“贵”，有着吉祥美好的寓意，更为世人所喜。

古人就讲究在门前左植翠竹，右植桂花，意为"主贵"。

所以，桂花凭借自己的芳香与美好，妥妥地成了秋天的花神，不是没有道理的。

无论是丹桂的橘红，金桂的嫩黄，抑或是银桂的莹白，都与秋日里深沉稳重的绿互为映衬，顾盼生姿。

走在石板小径，风吹花落，恍然不觉间，桂花已落了满肩，抖落一身花雨，衣角还留花香。

家里西墙下那棵桂花树，不大，亦不茁壮，但只要到了季节，满枝桂花朵朵如橙色暖灯，即使坐在二楼阳台看书，也能闻见酽酽的香。

阳光下，花色更诱人，说不清是橙红橘黄，反正连一日日沉寂的秋色也因此鲜活和温柔起来，就连逝去的秋光也显得不那么可惜了。

"独占三秋压众芳，何夸橘绿与橙黄。"

院子里种一树桂花，就是种下一个美妙的秋天。阳光里，月色下，甜香萦绕，让人觉得平凡的日子也饶有情韵，幸福丰盈起来了。

# 我愿意相信，花开即是美好

## （一）

终于在这个假期出了趟门。

一般情况下，即使节假日，我也是盘桓在日子里，局促，窄狭，平淡到庸俗。其实不免时时厌倦着这无味的重复——好在我也在这无味里不停深刻着"千帆过尽"的新一重境界。

院子里那盆瑞香，早些天独独地开了一朵，醇香如故。

瑞香是开在冬天的花，不知道今年为什么。不开花的瑞香，一样静静地生长，枝条长了，花头多了。

我想它大约也驻身在"千帆过尽"的时光里。你看，也经历风雨，也经历火焰，也经历冰霜，大约连经脉都已经透明了吧。

小城最早展示秋色的，当数梧桐。

薄凉的秋风一起，梧桐叶就三三两两地红了，黄了，很耀眼，也很招摇，一片片悠然摇曳出秋的模样。

我生活的小城是个古城，尤其老城区，古房古巷、古城古墙、古码头，逶迤占去了半个城池。

走过古老的步行街，脚踩在青石板上，足音回荡在巷子里，风过，落叶贴着青石板溜过，意境甚是幽远，更添秋之况味。

但午后，若赶上秋阳正好，碎金一样的阳光，就会从梧桐叶缝隙中泄漏下来，照在树下长椅上、人身上，斑斑驳驳，映出人生的安暖。

下了零星的雨，桂花和月季一同开着，香气氤在雨里。

这个假期去的是以前去过的城市，曾经的风景深深烙在记忆里。可满怀期待地奔赴而去，眼里却已不是曾经的风景。

失望之余，感慨丛生：原来世间所有的重逢，都不一定会是期待的样子！

一直以来，人们总是习惯在这一种生活里，妄想着另一种生活，也总会赋予另一种生活无限的美好——风景也一样！等有一天真的置身其中，你会发现，它真的不一定是你想象的样子……

好吧，这样好的杲杲秋阳下，我愿意相信，花开即是美好，阳光下草木生长，希望里充满阳光。

我也期望，在这寻常的光阴里，即使你有失望，有遗憾，有寻而不见，觅而不得，我依旧希望每一个人都能够相逢不一样的温暖和美好……

## （二）

信步秋天的巷陌，抬头天高云淡，低眉一墙一角一隅，秋风生潋水，落叶漫街衢。

小巷深处的秋，是老墙上暗绿郁郁的苍苔，是顺老墙垂下鲜红、褐红、砖红、苍红的爬墙虎，是一架又一架掩了窗棂的凌霄，是一扇又一扇油漆剥落的木门，是纱窗帷幔里隐约的弦声戏语……

小巷的秋，是一两株摇曳于门篱旁的菊红菊黄，是三两棵无声于院角的指甲草，是爬满了一整面屋墙的地锦……

李家老屋旁的那棵桂花，每到金秋都繁茂得不像样子，密匝匝金红的花蕊，四里飘香；

刘家门前的石桌上，又晒秋了，有时候是辣椒，有时候是豆角，有时候是萝卜条，有时候是芥菜丝，也有花生。

晒秋的时候，总会有三几个人停下来寒暄，刘家奶奶就会用小袋子随手装上些所晒食物送给说话的人，还热心地嘱咐吃法。

而晨光或者夕阳，也日复一日地在小巷里升起，落下……

闲步秋阳里，洇漫于小巷的秋日烟火，感慨，即使流年风起水漫，小巷却几十年一如当初，慢慢叙述一场尘世深情——深邃、幽谧、沧桑、醇厚，写意着秋的底色，书上有一句最应景的词——年年风吹，风吹年年，慢慢即漫漫……

好了，秋要深了，你不来小巷里看看吗？

# 心欢喜，日子就欢喜

## （一）

网络上读到一句话：秋天让人想生活！

感慨，是什么样的情愫撩动了心，才有如此一份深情？

其实秋天有时候稍纵即逝，甚至刚买好心仪的秋裙，秋，已在归途了。

其实秋天多好啊，热咖啡，糖炒栗子，烤红薯，枫林霜叶，河畔倒影，夕阳晚霞……银杏叶一片一片落成厚厚的一层，捧一把抛向空中，叶子洋洋洒洒地落下来，就连猫猫狗狗，也跑进落叶堆里打滚。

还有红叶一山一川的红，和着仿佛一夜间弥漫的桂花香，以及禅意满满的枯荷。

更别说循着秋的足迹，融进秋日金灿灿、明晃晃的耀眼里了……那远远近近的红黄，在原野，在河流，在树林，掠夺性的光辉，穿过高山尘土，穿过深水涟漪，涂抹四面苍茫，映射八方辽远——书上说，生活不应只有尘俗喧嚣，繁忙堆积，还应该有人间风月，诗意画情。

感慨，生活，的确应该如此。

尽管风里也蔓延着疑惑和欲望，还飘着些伤感和悲凉，我依然愿意相信，人间值得！

我还祈望，岁月可以许我格外的深情，许我能够站在一个小小的高度，在沉淀的光阴中树立起自己独有的精神，去缝补一些憔悴的缺口，然后愿岁月更好，人生无恙。

# （二）

秋晴日，阳光煦暖。

经过秋色的晕染，繁茂了一春一夏的绿，变得艳红，变得金黄，变得黄中带红，红中带黄，变得如火，如荼。

蓝天白云下，绿，黄，红，橙，白，光耀秋天。

静静听，听风吹落叶。

隐隐约约，一缕叹息，一丝悲凉。

微微的，不惊尘世，惊的是心。

深秋，红叶乱了世界。

如火，似霞，浮在眼前，栖在水间，热烈，多情，斑斓，悦目……

时光漫卷，秋色将青翠演变成绚烂，更迭无声无息，安详，静谧，入眼，更入心。

云淡，风轻。

天净，水阔。

叶红，草黄。

日子好坏，心欢喜，日子就欢喜。

一寸年华，几许嗟叹，这世上总有些物事让你辗转反侧。

打点心情，奔向温暖。

因为这尘世终究百转千回，不应该让一些不值当的东西肆虐、泛滥。

# 秋光好，风景旧曾谙

秋光好，秋意缱绻，喜欢在这样的时节闲步。秋光里，一草一木幽静着，也热烈着，秋光烁烁，惹人心动。

秋野里，五彩绚烂——原来秋天是一点点醉染的：春的新绿、夏的苍翠、秋的鹅黄与嫣红交织，风起时，沙沙作响，摇曳生姿，偶有几片耐不住寂寞的叶，投入风的怀抱，与风共舞翩跹，然后铺成一街的斑斓。

顺着小径望去，一弯回廊和木制亭桥迂回在一汪湖泊里，水草与荷叶交颈亲吻，有黄色或红色、粉色的一两茎花插足其中，随风而动，惹得心间醉怜。

偶有几只鸟雀，落在不远处的芦苇上，嬉闹欢愉几句，又遁于远处，不见踪影。

漫步竹林小径，竟遇一只小泰迪嬉戏其间，忍不住逗它，它朝我跑了两步，我也忍不住向它靠近，能摸摸它的小脑袋可真是好啊。

只是，没等我走过去，就被主人一声呼唤给叫走了，我也只能微笑着看它随一个袅娜的身影走向远处的秋光里。

竹篱旁的长凳，有落叶休憩，丝毫不怕会有忽然而至的雨打湿了身子。

其实我对这种遍布公园的长椅，总有一种别样的感觉，总觉得某种场景下，这长椅就是温暖和依靠的代名词。

你看，它们四季如一日安然沉默于春花秋月的更迭里，随时随地等待着疲惫的某个人、某颗心、某个身体，在它的怀抱里偎依成人间最安暖的模样。

继续前行，心情和脚步愈发轻快了。

原来大自然里藏着满满的治愈力，一草，一木，一缕风，一片云，在某些时刻对某些心和灵魂来说，何尝不是一场慰藉，又或者不是一场救赎呢！

秋天也是多思多感的季节，一个人走在秋野，可以藏起，也可以生长许多思绪。

风过，敲打我走过的街道。

站在旷野，我要对欢喜保持热爱。

我要把秋的悲凉努力写得温暖。

当清晨的风吹落花上露珠，我还要对阳光保持热情。

因为人生总是在逝去，所以，我要始终对欢喜保持热爱，也要对阳光保持热情。

其实，在喜欢的时间，用喜欢的方式，做喜欢的事，是我一直想要的幸福模样。它们一直在时光深处，花开未央，也在霜风的空隙处，斑斓的沧桑里，明灭不肯离去。

好吧，西风一夜雨，叶凋万山空。独步，我要努力把阳光写进字里，把爱凝成诗章，让季节的暖阳来抚平生命的惆怅……

# 晚　秋

## （一）

闲步秋天，粉红黛子草一夜老去，凉了心上切切的欢喜。

秋风撩拨漫野的树，对钟情的百般爱抚。牵牛寂寂开在枯藤上，华年覆了苍色。

秋已向晚，栖身秋岸，蒹葭苍苍，些许思，些许念，些许叹，就冒出芽尖。

行走秋天，相遇阳光、芦苇、天鹅、红叶……浅喜深爱如风，穿越浊世红尘。

其实用文字和镜头渲染光阴种种，也是在寻找一个出口，以把人生种种过滤。

若，岁月如篱，愿篱边花下弥漫的，都是温暖。

站在晚秋，感谢给我温暖的人。

一秋一秋，季节染霜；一年一年，苍了年华。

时间之风吹过，途经千山万水，愿点滴温暖可融心上江海滔滔、红尘嚣嚣。

时光有痕，在老去的时光里，愿所有感官，无间隙地贴近岁月温良，然后在寻常日子里长乐长安！

## （二）

很久了，总在凌晨醒来。

凌晨，最宁静的时段，最纯粹的思维，无人惊扰，阡陌分明。

时间风雨，来去聚散，得失了悟……

岁月的叶一层层剥落，无边落木萧萧下！敢问，哪一片曾为你驱散惆怅？哪一片又落在案头，抚慰感伤？

岁月薄凉，慢慢翻阅吧！你若参得透，无味也是五色十光。

在书上读到一句话，再明朗的人，也需要陪伴！

感慨！

是啊，人生短短几十载，芸芸众生，鸡零狗碎，每个人都活得不容易，经不完的坎坷，阅不尽的无奈……谁不需要陪伴呢？

无论你曾经过了什么，若能得知己一二，茶余饭后聊聊日子琐碎，青山绿水吐吐不同烦闷，或者约一些绿蚁新醅酒，或者约一些新茶正好时……都是最好的，都能给日子些抚慰，让日子透出光明的样子来。

大约是为了应景秋天所谓的薄绪轻愁吧，昨夜毫无征兆地下起了雨。连小雨也不算上，稀疏得很，半天才听得到一声嘀嗒，凌晨时了无声息。

好吧，无论这个秋天你过得怎样，我都祝你在接下来的时光里，心上有喜，日子有光，所得，终所愿。

# （三）

雨下下停停，持续了一天。窗外的树，被雨一遍遍洗刷，苍绿里，透着季节的苍凉。

昨夜的酒还未醒，此刻的雨，很秋。

远道而来的风，撩动无从言说的心事，寂寞清晰而又模糊。

也许是感觉的缘故，总觉得立秋过后，倏忽之间，夏天就删繁就简了，秋意就葳蕤了。

淋沥的雨，浇灭盛夏火焰，让秋意随雨蔓延。

石榴树上青果匿迹，红果惹人垂涎。

葡萄架上，黄叶参差，青提晶莹，红提夺目，紫提粒粒饱满。

枝头新开的月季水色潋潋，娇艳得不成样子。

真好，其实日子真的需要一些时刻，让脚步慢下来，让心放开些，观风景，闻花香，尝果甜。

当然，也欢迎来跟我聊天，聊聊寂寞，聊聊孤单，聊聊浅喜深欢，最好聊聊秋天，聊聊新秋的希望和梦想。

# 如此静安

## （一）

晚上七八点钟，忽而落雨，街头的人车明显稀少了。

院里的花倒是不介意，兀自在雨里开着。

听着雨声，陪小孙女玩耍，倒也惬意。

新买了两条丝巾，是最钟爱的孔雀蓝和红色，挂在墙角的衣架上，舒目舒心。

心底深爱的东西，总是每时每刻都让心生出欢喜。

昨夜的雨，把今晨的空气洗得更静洁舒爽了，还不到落叶纷纷愁脉脉的时候，桂花、月季、紫薇，各色的菊花，也兀自簇簇地开着，葱兰雪白的莲瓣，经了雨，更加楚楚动人。

新开的指甲草也一改枯水时的模样，喝饱了水分的花，一朵赛一朵的鲜妍盈润。

凌霄落下几朵残红，兀自橙黄橘红地伏在藤蔓上，戚戚不肯老去。

不知道什么时候，院角的花池里长出了两棵牵牛花。不是我种的，我希望是鸟儿衔来的种子。

牵牛花又叫夕颜，有紫色、粉色和蓝色三种，朝开暮合。

我还种了两盆紫色的酢浆草，酢浆草的特点是晴天才开花。

其实昨夜的雨只下了半夜，今晨，酢浆草的花就又开了一层，牵牛也开了，是那棵我喜欢的紫色。

廊檐下捧一杯牛奶慢慢地喝，静静感受一场秋雨带来的盈润与沧桑，感受一叶知秋的意味，忽而对岁月生出又一层敬畏。

平淡日子里，我希望人人都有草木之心，那就是无论风怎样来、雨怎样去，该生长生长，该开花开花，这是季节对光阴和生命的情意。

## （二）

一入秋，世界总是猝不及防地生出无尽的美好来，其中最美妙的莫过于在窗下看秋雨潇潇了。

或者夜晚，或者白天，总不时地会有一场场雨不期而至。一般都是小雨，雨丝细如牛毛，却密匝匝的，有着细细的温软，些些的幽凉，就在天地间肆意地蹁跹。

这时，你无须撑伞，就那么自由地走在雨中，心，会随雨起落，融进一曲雅致静谧的秋歌。

依着窗台，捧一杯热茶，看雨不疾不徐、簌簌地下，听雨声沙沙，清脆而不聒噪。远处，天地如同披上了一层白纱，近处，花草在雨里摇曳舒张。淅淅沥沥的雨里，感受身心的片刻静安，忽然领悟了"不以物喜，不以己悲"的平静安然。

都说一场秋雨一场寒。

我想，如若秋天没有秋雨，这秋就断然少了几分姿色，少了一些味道，也难以入心入情。

"卧迟灯灭后，睡美雨声中。"在幽幽的秋雨里，任一场好梦带走所有的牵绊与惆怅。悠悠的秋雨里，任心或者心事在雨的清影里，翩飞，盘桓。

把心放置四季的怀抱，用自然素朴的情怀面对岁月，不急于奔跑，也不停下追求，欢喜看见花开，也不忧伤看见花落。笑对雨来，乐送风归。如此，静安。

# 日子庸常，却一定有些东西让人莫名欢喜

## （一）

秋渐渐地深，走在路上，不时会有叶子落在肩头脚下。不知为什么，我总会觉得该有一两片是秋天写给谁的信。

秋天，天地舒朗辽阔，人间风物华美。

其实我很想给秋天写一封信，不必刻意说什么，只说，秋天，你好！

书上说，日子有毒，且没有解药，但止痛片很多。比如，风景，音乐，美食，醇酒，咖啡，茶，抑或故人。

细细地品，的确如此，你觉得呢？

秋渐深，栾树细细碎碎的小黄花时时铺满途径。

入夜，也常常会有一场突如其来的雨，淅沥短暂。

我坚持相信，尽管日子如此庸常，却一定会有些经过和物事，让人莫名地欢喜。

比如，风从千山之外，带着秋木和野草的探问，一点点走近。枝上，有的叶子开始着色，有的开始褪色……

比如，咖啡冲好了，盛在精致的玉色杯子里，玉的温润加上咖啡的醇滑，浓香诱人。

再比如，下了几场沥沥淅淅的雨，天气就凉了起来，格外清凉新润……

不过，也感慨丛生，原野、院下，花木依旧盎然，不知道它们还可以经得起几场风雨。

你看，秋天，西风、霜天等字眼，给我们的是一个失落、惆怅、忧伤的秋天。

其实我更愿意秋光潋滟，秋阳和暖，所有的日子都温暖得宜，明媚可人。

走吧，去散步，带上我的格子披肩……

初长的秋光里，就该多些小情怀，遮挡落尘。

# （二）

双节长假。

早上在窗外鸟声啁啾中醒来，自放假开始下雨，今天天晴了。窗外唱和的该是几只麻雀。

想起来小时候，冬天最大的乐事之一就是捉麻雀。因为雪一停，这鸟儿就该出来觅食了。

我们常常是找一节尺许木棍用绳系在一头，拿一只筛子（竹编，状似平底锅，只是大些深些，农村拣筛粮食用的）支起一边，然后撒一把粮食在筛下，人就握住绳子另一头远远地趴着，待鸟儿三五成群地钻入筛下抢食时，猛拉绳子，或许就扣了一窝的鸟。

这鸟的肉也非常香，我们那时候抓到了鸟，就随便用什么叶（最好荷叶，清香）把鸟包了，外面再裹上泥巴，在地上挖一个洞放进去，然后堆上木柴焖烧，待熟了，扒出来，即使无油盐作料，那香味也是令我们至今念念不忘的——不过现在不能抓了，麻雀成了保护动物，这美味也就尝不到了。

好了，只顾想，耽误起床了。

其实昨夜睡得很晚，是因为刷手机时翻到表妹不久前发来的一张照片。照片很久了，远得我已经忘了，乍一看到，疑惑半天，居然有种恍如隔世的感觉。

感慨：那样的眼神和笑，和清纯，和年轻，怎么也不会有了！

感叹：它们早已随时间隐入了日子深处。

其实，我们谁都是自从明了了世间种种，就逐渐学会了隐藏和改变。隐藏爱，隐藏恨，隐藏笑，也隐藏泪和不堪，慢慢忘记或者改变了之前自己的那个模样。

当然，也变得刀枪不入，学会了兵来将挡，水来土掩，懂得了用最便宜的办法与自己、与日子相处。

这个长假没有出门，窝在家里带小孙女。一直下雨，颈椎和腰执着的疼痛提醒我，天真的冷了。

一周了，盘桓在一模一样的日子里，真的有点累了。算了，不想什么了，且收拾冬衣吧，看是否也需要给自己添几件新的。

想到这，心情莫名就好了，仿若有了动力一般，不觉兀自失笑——难得，这么肤浅的打动，竟然也让人欢喜满满。

回忆起小时候，每逢年节，总是提前半月便欣喜雀跃，期待不已。现在虽已不会那样了，但生活中，依旧有无数微小的欢喜打动着心。

因为明白了，生命中有许多非常重要，却一点也不紧急的事，就隐藏在平常的事物中，只要用一点心，凡俗无趣的日子就欢喜、可爱、有滋味了。

像每天愉快地吃一顿饭，尝一杯新茶；像随意地闲步，听雨，赏花，看公园里老人闲话，孩子玩闹。

或者，就像我现在，去逛街，买几件新衣服……

# 便纵有千种风情更与何人说

## （一）

秋雨，是秋天不可或缺的，想来每个人心上，都经历过些带着情绪的秋雨吧。

回首秋雨里那些迥然不同的故事，心思怅惘。

秋风萧瑟起，梧桐叶又黄，秋雨渐渐沥……景无情不发，情无景不生，而人，也总在某些个年纪后，忽然就懂得了某些道理。

正是，秋雨敲窗，淡酒不敌晚风冷，秋思未知从何诉——便纵有千种风情，更与何人说？

秋雨飘，秋叶落，秋花零落秋恨起。秋如此缠绵萧瑟，不知寄托了多少薄绪轻愁！

词人说，何处合成愁？离人心上秋。又说，纵芭蕉，不雨也飕飕，都道晚凉天气好，有明月，怕登楼。

是啊，揣一腔心事的人面对着飒飒秋风、潇潇秋雨，实在是不胜秋意，那堪秋来了。

如果说春天是花儿的世界，那么秋天就是叶的世界了。但我总会觉得时入秋天，那一树一树的叶，哪一树不招摇成了花？

想说，草木的摇落对于每一个人来说，感受都是不同的，有人几乎无感，有人却遭逢一片落叶，就怦然心惊了。

这个时节，看着转瞬即逝的年华在眼前越来越沉郁，越来越匆急，人的心情也跟着摇荡。

木叶纷纷落，俯仰皆是秋。

敢问，谁不是被一度一度的秋风吹老的？

又是一年秋草黄！

草是自然界的卑微者，有说"生如草芥"；草也是自然界的强者，有说"野火烧不尽，春风吹又生"。

秋天的草，也正如普通的你我，即使平凡，但只要活出自我，一样艳丽无方！

有诗说，"光阴容易去如驰，望远蘼芜有所思。""伊谁怀旧寻幽径，看我争新在转年"。

漫步秋野，慢慢走，静静看，一片叶，一滴露，半声鸟鸣，一丛芦花……嫣红的、金黄的、葱绿的，都竭尽缤纷华丽，在这个秋天里盛如春天。

好吧，秋天既有这千般动人模样，哪堪耽搁在愁绪里？不若去秋天里吧，尽情享受这迤逦秋光。

## （二）

秋深了，秋风赶着去远方。

落叶隐入泥土，光阴又老了一季。

大雁排空，像在天空写诗。

眺望远方……很多话，说出来就没有意义了吧。

沉默，美好就在心里。

秋色浓，你寄我一枚红叶，我送你一朵朝霞，追逐温暖的路上，我们都在。

我相信，一份温暖，可以穿越山水风雨，穿越八千里云和月……

行走晚秋，听草木絮语，在内心修山造水……看光影斜在窗外，鸟掠过老旧屋檐。

自古逢秋悲寂寥，我言秋日胜春朝！

你看，青春，在岁月里失了桃红；青丝，在岁月里染成斑白。回首，时间虽掩了峥嵘，却也掩了沧桑。

还好，四季的罅隙里，总还有许多人间美好可以随心捡拾，如这秋日，经风沐雨后总会迎来成熟的丰美。

就这样，看日子在日子里流逝，看好日子在一粥一饭里潜滋暗长……秋风赶着去远方，我也一样。

# （三）

一入秋，雨就三日一大场、五日一小场缠缠绵绵、淅淅沥沥地下。总觉得日子，抑或书柜里的书似乎都开始泛潮了，就连藏在日子里的情绪，似乎也有了湿气。可大街小巷、树梢院墙，仍然有艳丽的花，一朵一朵郑重地在雨里开着。我想，这应该是阴雨霏霏的秋天最美的样子吧。

就像窗外的树叶，黄得正好。秋雨连绵抑或秋阳烁烁里，我望一眼，它就黄一层；再望一眼，又黄一层。真的就是季节刚刚好的样子。

我承认，我不喜欢雨。但我喜欢雨里的感觉——当你驻足或者漫步雨中时，能够把所有的心事都捧给大地，倾给细雨，然后，你开始在雨里自由地呼吸。

总觉得，无论是微雨的寂寞迷离，还是大雨的肆意滂沱，那都是一种叫作释放的美。如果说，寂寞迷离是静静的思念，那么肆意滂沱，就应该是由衷的放纵了。

秋雨连绵的日子，世界会变得安静，会只留下一些细碎的声音，寂寂地敲打心窗——而这似乎是秋天的标配。

也许，越不越过这个季节，有些感慨都会渐渐远去吧，还是那句话，便纵有千种风情，更与何人说……

# 秋天是最有灵魂的季节

## （一）

总觉得，四季之中，唯有秋，是最有灵魂的季节。

秋来了，天地绚烂，是落叶和色彩的海洋。最好的画家也画不尽秋的颜色，最美的歌喉也唱不出秋的韵律。秋把天地都染上色彩，秋天里，抬头皆是美好，低头尽是斑斓。

秋像一条河，带着岁月的刻痕叫人领悟生命和成长，让人禅悟静远安详。

秋的悲喜里，藏着满月圆月，藏着落花流水，藏着云影云霭，藏着细雨和风。

秋是藏在时光里的诗意，是开在岁月里的梅兰竹菊。

秋是真实的，从来不回避生命的凋零，坦然笃定地面对生命的来来去去。

其实，再美丽的生命也都有暗伤残缺，所以，不必慨叹什么失去和伤口。因为，花开花落间，流年，总都在枝头缓缓老去。所有的生命也必须经了风、见了雨，承受了霜雪侵袭，才能够花开澎湃，清香辽远。

所以，感谢秋天，感谢秋天带给我们的失去抑或得到，感谢秋天让我们看见那些属于灵魂的深邃和醇香。

而我，愿意执手一颗秋心行走岁月，从眼前到远方，从身体到灵魂，任凭时光飞逝，无论盛大还是残缺，都要走出心的澄澈和丰盈。

## （二）

秋渐深，下班的路上，拐个弯，河湾里采几枝野菊插在车篮，欢喜像流转的彩云，对视的刹那，开出一路欢颜。

我喜欢春天的早晨，也喜欢秋天的傍晚；喜欢微雨的轻柔，也喜欢秋露的盈润。你去看秋后的花叶，露珠盈盈，倒挂在花叶尖缘，微微一点动静，就颤巍巍滴落下来，就那么一瞬，内心蹦跳出丝丝的美好。原来有时候欢喜是很简单很简单的事，一滴轻露，便是一个春暖花开。

隔壁家的院墙上爬满了丝瓜藤，认真地看，藤很壮，叶很密，花很多，可接的丝瓜却很少，但每天从瓜藤下走过的欢喜一点没少。我愿意相信，丝瓜花一定是捧着一颗虔诚的心，把所有的希冀藏进花瓣，一定是在酝酿一个别样丰硕的晚秋。

护城河的河堤有一段是没有护坡的，人可以直走到水边。水边长着各色的水草，也有芦苇。但我们这里的芦苇，大约是称不上真正的芦苇的吧。因为我每每拍出照片配发在文章里，总有很多文友质疑，往往弄得我自己都不自信了。可是，我明白一点，即使不是芦苇也没什么，因为当秋天一到，当你看到云朵从水岸飘过，一株株、一片片叫得上叫不上名字的水草在风里摇曳，在水岸起舞，你的心会不自已地泛起微笑。我想，这样就好，你笑了，日子就明媚了。

# 栾树花又开

我生活的城市小，小到没有什么特色，说是古镇，也不过是老树刷新漆罢了。但说到小镇的秋天，倒是那随处可见的栾树，让小镇生出无限风情来。

栾树和桂圆、荔枝是一样的种属，树形高大美观，花型奇特，而且花分雌雄。每年九十两月，都有一场盛大的怒放。

不过，栾树的花期很短，花也很小。因为树高大，花的位置也很高，生在树冠顶端，朝着天空伸展。栾树的花不是一下子就全开的，而是一条条金黄色的细小花柱，层层舒展，依次在枝头粲然开放。如果是雨后，花就更艳丽了。细细地看，黄灿灿的小花边缘，有着一抹金红，衬得栾花娇俏美艳。

如果想要欣赏栾花，就只能到树下徘徊。你去看，一地细碎的金芒，如同铺了一层地毯，让人总不忍心踩踏。秋风掠过，明黄的栾花洋洋洒洒落在肩头发上，心就不由得亮堂起来……总之，秋天最美的树，非它莫属。

栾树花落后，会结出一串串形状奇特的果实，三瓣又薄又脆的果皮围拢成三棱形，像小灯笼一样的。刚结的果浅绿和粉红渐变交映，随后变成深浅不一的深红酒红，一嘟噜一串地挂在树梢，让你过目难忘。即使到了冬天，万物萧条，栾树稠密的叶子也已凋零，只留下光秃秃的树干，果实也枯了，可果实依然不落，就那么挂在树梢，坚韧，孤绝。

其实我读过蒋勋在《此时众生》里写的栾树，我的感觉与蒋勋是相似的，常常是看到一树树深红悱恻的果实，才惊觉错过了栾树的花季。好在，现在单位的篱笆墙外就是一排高大挺拔的栾树，坐在办公室，足不出户就能看到栾树怒放，所以，这几年我倒不曾错过栾树的美。

所以，就在这个秋天，如果你来，我就冲一壶栾花茶，陪你看栾树花开秋满城……

# 秋天，十万精灵也会起凡心

## （一）

有时候总是会想，秋色是从天空漫向大地，还是从大地漫向天空的呢？

你看，远山流放着白云，秋水浣洗杲杲秋阳，秋空铺开灿烂画帛，秋天一到，不是风景的风景也迷人了。

都说一颗欢愉的心更容易遇见美好。秋风起，秋思长，捡拾一地阑珊，吟一帘秋色，谁在倾听一叶知秋的美丽？

时光是一捧流沙，荒芜许多繁华，逝去许多灿烂，连悲喜也变得单薄。忽然醒悟，不止秋天，世间一切让你心动的瞬间都是美妙的。

比如此刻，坐在广场的长椅上，看对面古建筑山墙屋脊的灰砖黛瓦在夕阳下熠熠生辉，抑或去旷野里看一蓬秋草风里舞蹈。

或者，突然地想念一个人。

四季在人间轮番上场，城春草木深，秋天，连小草也疯长成诗。

绿叶画出沧桑的容颜，在尘埃里落体成花，捡拾一片落叶拍张照，就像留住了岁月。

闭上眼，秋风舒展如玉的手。展眉，旷野如画。静静地，十万精灵也会起凡心。

## （二）

秋风入帘，目光所及，盛不下的明黄嫣红，艳艳地在阳光下招摇，如水的思绪，踏风而来。望一眼无边的秋色，盈盈在握的烟火，渐离渐散在光阴里，不必追，很多的情绪适合丢在风里。

　　秋色的美丽，宛如岁月的沉香，雨侵坏瓮新苔绿，秋入横林数叶红。世间有一种美，是与你共赏一场秋色。

　　秋来，总会有些惆怅纷乱悠长，原谅我，不再和盘托出埋藏在叶脉中经年的故事。

　　在这个清寂的午后，我只打开窗帘，让阳光进来，对着那束倾泻在案头、灿烂温暖的光，静静述说生命里的些许忧伤。就这样，时间慢慢滑走，蔓延的心思在安静的时光中渐渐美好。

　　散步的时候，会路过公园里一段没有路灯的小径，夏天的时候，会有虫鸣陪伴；秋天的时候会有各色的花香。这样也很好，喧嚣的世界里，一个人能够安静地走一段路，安静地在自己的世界里不被打扰，这本身也是一种美好。即使有寂寞，也只是些微的，不影响我一笑而过的心情。

　　挽住秋风的臂弯，告诉它，你来，我用温暖为你锁住秋天。

# 诗人说，那是我的流年

## （一）

站在辽阔的秋天，连绵不歇的雨，加快了秋寒的步伐。

瑟瑟的雨声里，怀念阳光灿烂的日子。

廊下，独自听雨的人，心事绵长。

绵长的心事里，一滴雨水的浩荡，足以写满一个季节的忧伤。

漫步雨中，沉默无声，唯有雨落的声音，荡漾而来。

或许，原本就无须说些什么吧。

是什么挤进了秋雨？

先是一滴，悄无声息，静静地滴落。

继而，又一滴，惹得另一滴，无数滴，大胆地应和，汇成雨季。

暮色凋零，瘦骨嶙峋的草，寂寂摇曳，写意一幅深秋清寒。

一场雨，也应该是一场秋事吧。

细细的线条，织着人间暖凉。

秋雨落在叶上，诗人说，那是我的流年。

雨说，告诉你吧，我是那个想要与你一同赶路、一起来看看秋色的赶路人。

秋雨落下，风雨氤氲，岁月在一滴雨里折叠，不说恣意，不谈酣畅，只来共一场秋意阑珊。

## （二）

接连几天的阴雨之后，天空终于放晴。窗外的光开始耀眼。秋天，露出了它的温暖和惬意。

尤其是秋阳杲杲，天地开始恢复它独有的诗情画意。你看，流云散淡，蓝天下自由聚散；清凉的风轻摇枝叶，也拂过身心；万树枝头，五彩浓酽了一整个季节。

此刻，不想多说什么，醉入秋天，是最好的。

其实，在我的世界里，快乐总是显得简单。

一朵花，一幅画，一卷书，一杯茶，一片艳阳，一池水……

总觉得，如果心有花香，再平常的事物，也可以寻到最纯粹的美好。

比如，这阴雨连绵后的晴好。

此刻，不必去听草木说些什么，只寻一条人迹冷落的路走走，就可。

阳光洒下来，一个人走过斑斑树荫，想或者不想些什么都可，静静地走，像是走过了心中明明灭灭的悲喜。

秋天，一路从山间走到阡陌，走入城廓，走上高天，走上大雁的羽尖，走上每一棵树梢。

看啊，凉风有信，满目芳华。

这一刻，黄叶金风，饕餮朵颐，我看见所有的失去，正以另一种方式归来。

独立秋阳，内心明净，湛然朗朗，人生五味，在这一季都有了不一样的意义。

# 我在风中独特的飘摇

## （一）

　　我看着风一波波地掠过草坪，我看到草在风中低伏又直起。然后，风掠过这一片，往那一片去。眼前和远处的草低伏、直起，直起、低伏，一波接一波。我站在那里，能感觉到心在风中跳荡，一波接一波，感慨无边。

　　走过秋天落叶的树，我总会不自觉想起年少时光。小时候，秋一深，姐姐就会给我准备一根细长的铁丝去捡落叶。一头带尖的铁丝不用弯腰，可以直接扎起叶子，穿满了一串就撸在篮子里，很方便。于是，一整个晚秋，我就在落叶中穿梭。几十年了，每每走过秋天的路，我似乎还感受得到遥远的风，以及风里簌簌的落叶。

　　秋阳暖暖的午后，阳光醇厚，我喜欢在秋林里漫步。响晴晴的时候，我喜欢干脆躺下来，树更高了，阳光投下来，云在树梢和天上缓缓飘移。想起那年秋天你的模样，缓慢平静的声音，微微的笑，眼神温暖和煦，像搭在身上的那件灰色外套。

　　秋天，最好的休闲方式是一个人闲步，没有目的，不定方向，路边全是彩色的树，风过处无数落叶如一场雨落下，心里总会有些诗句抑或美好涌上心头。

## （二）

　　深秋，夜如此安宁。读一读喜欢的文章，写一写心上的文字，感觉秋夜打开了一扇安暖的门。

　　想象自己是一株秋草，落日余晖站在远处眺望，我在风中摇曳，散发独特的飘摇。草木如是有情，秋草应该是一种遗世独立的存在。看，落日的烟尘里，染出一片秋光灼灼。可惜，你在远方，看不见。

有空就陪我去水边吧，芦苇开花了，秋风吹荡，我看见万物脆弱且美。我给芦苇写一首诗：无论你在岸上，还是水里，吹开你心扉的，一定是风，和往事。

黄昏，河边的空气冷下来了，些许的夕阳还在水面上映出粼粼波光，我却觉得时光静美。我想，一定是夕阳的光线把水底的动荡遮盖了。

<h1 style="text-align:center">（三）</h1>

一树树，一朵朵，花瓣离开花朵，叶子离开枝头，飘过眉弯衫袖，烟火人间，落向肩头，落在心口。花开在心里，花谢也在心里，我在它的飘零里聆听，它在我的聆听里飘零。

秋风起，我不躲避，我努力站成一棵大树，任内心落叶纷飞。

偶有几只鸟儿飞来，在落叶后有些单调的枝杈上寂寥地闲步，像树上绽开的花朵，又像在树的耳边低语，诉说对叶的依恋。

很久了，触摸光阴，感叹日渐走远的青春，仿佛只有一箭之遥，却又相距甚远。细细梳理一个个走过的日子，痕迹贴在光阴的墙角，写着生生不息。

秋深的时候，张望窗外，落叶蹁跹如蝶。仰望秋天，听见细微的叹息，心中泛起层层说不清的涟漪。

有人问起你的消息，我说，左不过在那个灯火辉煌的城市，感受着不同的温暖和悲喜吧。

时光牵着岁月的衣角，行色匆匆，那些适合在秋日翻阅的书卷，适合回味的往事，总会趁着这个季节斑驳迷离的光影，满满地充盈我的眼、我的心、我的思想。

人人解说悲秋事，不似诗人彻底知。

斟一杯菊花酒，题一首枫叶红。行走秋天，花不会因为你的悲喜来年不再盛开，纵算叶落成空，天涯西东，终会有人前赴后继倾听一叶知秋的美。

# 红叶，红叶

## （一）

我对红叶的独钟，大抵是缘于杜牧的《山行》诗的影响，每到深秋，石径、白云、人家、红叶构成的山林秋景图便时常萦绕心头，久久挥之不去。

很多天了，手机总是被各处的红叶美景霸屏，真的很美。

其实秋天是万物凋零的季节，总会有些深深浅浅的惆怅结在心怀。

有了红叶就不一样了，那火一般的灿烂，为季节扮上彩妆。

极目远望，叫得上叫不上名字的树木，红、黄、紫、绿，各色混杂，将金秋的色彩渲染得灿烂斑斓。一片连一片的红黄，犹如人间仙境。若刚好晴天，光线从叶片的缝隙中穿过，映射出云蒸霞蔚的绚丽。置身其间，会不知不觉地放下所有牵绊，只留一颗心，欢喜异常。

看红叶最好是去山林，树树嫣红，川川斑斓，无尽妩媚，无尽妖娆，一枝一叶，一色一韵，醉了阡陌那一颗颗秋心。

红叶红了，酽酽的红，是这个季节最抢眼的存在，与周围的植物形成强烈的反差，看过去，如同一幅幅火红的画。

风吹过，艳艳的红在阳光下恣意流淌，金黄的银杏和火红的红叶竞相飞扬。犹如彩蝶，又如火焰，唯美了一整个秋天。

红叶的红，如同赤诚的心，在秋色里反复浣洗，直到捧出最纯粹的模样。

花开成海初相识，红叶向晚终相守！

秋阳之下，秋山上像是画家打翻了手里的调色盘，红叶满山满川，如同落霞，阳光在地面上播洒斑驳的光影，每一片叶子似乎都在向你招手，每一个经过的人都情不自禁，眼前远方，红色一波波的荡漾，分明一幅动画的画卷。

碧云天，黄叶地，秋色连波。阳光透过叶隙落在身上，星星点点。脚下厚厚的落叶，踩上去飒飒作响……

秋愈深，叶愈红，相思漫远。趁火红的红叶正好，来烂漫一回吧！

## （二）

走进晚秋，天高云淡，此时的秋天最让人迷醉。

这个时节，有最斑斓的色彩，和最浪漫的画面。

这个时节，无须刻意，入眼即是风景。

这个时节，谁都会想要住在此间。

奔赴吧，必不会辜负。

一路走来，红了枫叶，黄了栎叶，每一片叶子都是秋天的点睛之笔。

晚秋里行走，你自然而然地就成了画中人。

尤其天气极好的时候，日光冉冉，阳光下所有的所有都带着光泽，在眼前熠熠生辉。

风吹过，树叶欢快地歌唱，拿起手机，随手一拍，便是一幅精美的丹青画卷。

当你雀跃于枫树火红的时候，还会欢喜银杏的金黄。

一夜秋风过，满城尽是黄金叶。

银杏的叶是心的形状，又像扇面，一柄一柄的，看到它，总会无端地想象一幅画面：一位古装美女，裙裾飘飘，一柄团扇半遮面，袅袅娜娜，迤逦而来。

晚秋时节，风拂过，银杏叶纷纷而下，就像是一只只金黄色的蝴蝶在空中飞舞，倘若落叶不扫，随着人们的脚步起落，隐约响起薄如蝉翼的窸窣声，衬着秋日的天高气爽与秋阳的和煦温柔，这是宛如天堂一般的秋天。

深秋的晴空，在长天的尽处，还会绵延着无边的芦苇，夕阳里坐听风摆芦苇，目送月升日落，感受岁月轮回里，一切繁华终将逝去，也终究永恒的深刻，将是人生一场难得的领悟和看见。

# 读 秋

## （一）

采摘一些熟透了的思想，放逐远天；研磨一支岁月的歌，唱开秋阳。

云朵聚来散去，写下串串诗行。跳荡的光线，舞动秋日丽阳。回眸，告诉自己，秋来了，把脚步放慢些，去秋里走走，读一读秋。读一读秋的心事，品一品秋的况味。

都说秋天是有情致的。

你看，云在闲庭漫步，天在日渐深情。万物枝头，绿减红添。夜晚的月亮越来越圆，越来越清朗了。一些小情绪追随着秋的影子，由浅入深，由淡渐浓，越来越有韵味了。天上的太阳，向晚的风，着了凉意了，枝头结出果了……又或者，一个曾经鲜衣怒马的女人，渐渐地有了苍色了——这，就是秋天了。

小的时候，总觉得秋天是属于土地的，属于收获的。长大了，渐渐明白，秋天是所有人的，是世界的。

而我肯定是热爱秋天的——你看，一入秋，草，在结籽；花，继续开放；人在欢喜……

秋，是万物在热闹喧嚣过后，给岁月注入的一脉抚慰，犹如潺潺流水，涤荡岁月的情怀。敢问，谁都曾站在秋的路口，爱抑或被爱。

执意这秋的明净悠远，触摸季节的温情，哪怕你身心疲惫，哪怕你满目疮痍，都无所谓。暂且把身心寄予这个秋天，放慢步履，放开心怀，放手羁绊，放眼高远，感受一下秋日静好——就读书，就写字，就在林荫下任意徘徊，就任秋无限深远……

# （二）

秋风起了，搁置已久的欢喜，一点点走回枝头曳荡。

其实，多少惆怅，也有欢愉，早已被光阴磨破了边角，这种缓缓入骨的侵蚀，细碎而明亮，一个不小心，就会露出一些砂砾。

秋风起了，我看见河水不歇地流淌，花也在角角落落开着。

云朵飘在天空，天空明澈，好多年了，我一直试图接近。当然不是接近天空，是试图接近天空的高远。然后试图让一些东西在这里发芽、抽穗、开花。

我在心上想象，有一条河，清浅、澄澈，几只鸟在附近采风，而时光温婉。

如果这时，秋色刚好落在眼眸，秋风也正好把一些你喜欢的东西，吹到你喜欢的位置，那么，你一定不要忍着。

来吧，来秋风里，风会吹散无尽的阴霾。

何况还有花、草、籽、叶，齐聚旷野。还有青、绿、红、黄，纷纷陈香。

还有林泉、水泽、山野……

来吧，来秋风里。

# （三）

这应该是入秋的第一场雨，缠缠绵绵地下了三天了，昼伏夜出，去去还来。果然是一场秋雨一层凉，雨里的行路人瑟缩了些许。

傍晚时分，雨又来了，一场急雨，喧闹的街道没多会儿就静寂了。城市半空升起一层白雾，远处的高楼有些海市蜃楼的味道。就只是那么一会儿，空气潮润而清新。雨雾蒙蒙，雨声清朗，路旁的树木和花草，显出些诗意来。

秋天的雨，似乎总有着些微的轻愁，望雨而立，思绪也便在雨里盈舞。

较之其他季节，秋雨总是清爽的无与伦比。少了春雨的缠绵，夏雨的躁动和冬雨的阴冷。秋雨总是利利落落地下，连空气都清清爽爽的。

很好，望雨而立，一任秋的风致铺陈天地，采撷精灵般的雨思，轻轻叠放，任时光变迁，季节流转，将秋雨落花拢入笔尖，用墨香点缀时光苍茫，让一脉素心在一纸墨韵里涓涓成流。捡一枚雨中落叶写意心绪，看一场秋雨，涤荡心尘。

浅秋如画，秋雨如歌，徜徉秋的怀抱，我只将一脉静秋紧握，捡拾路途上欢愉深情，以文字的形式藏进生活的诗行，用以打扮岁月如流。

# 来吧，爱你所爱

从秋天的第一枚叶落开始，秋意便绵绵不绝地向我们一步步走来，这场最深情的奔袭，一下子就击中了人们多情的心坎……窗外的秋凉触手可及。秋，把一份浓艳的情意投给大地，投给红尘。一支素笔赋秋色，秋自心来情自浓。人间清秋，流年，烟火，红尘，永远是人生最易动心的篇章。

## 小日子

我，已行至中年。人到中年，不是生存的节奏慢下来了，而是看生活的眼和心慢下来了。开始了所谓的修篱种菊，开始看见一粥一饭的滋养，开始看见平常即是永远，开始不再羡叹外面的世界。护城河边小公园里一阶一亭、一树一花，早已烂熟于心，却依旧欣欣然时不时去转一转，乐此不疲。

## 黄　昏

秋天的黄昏有一种凉凉的静美，和挥之不去的浅淡忧伤。月季花的花期繁长，一茬一茬赶趟似的开，粉的、白的、深红浅绯的，花朵硕大，三五朵开在一个枝头，蓬勃的像春天。紫薇也是，一排排开满了大街小巷，深红浅白，挥洒着无尽的秋韵。路边的石榴和柿子果实累累，金黄灿红，有的已咧开了嘴，一副让人馋涎欲滴的样子。在这样的黄昏里闲适地走，找一首歌单曲循环，听得久了，仿佛到了歌中的意境，成了曲中人。

## 秋　菊

各色的菊花，朵小小的，也有大的，以小的居多。但花朵很稠，一朵挤着一朵，各自暗暗地努力着朝向阳光，一丛丛，一簇簇，一排排，无声无息芬芳了大道沟渠。摘一朵，别在衣襟发髻，总有游丝般的细香缕缕不绝，像想念一个长久盘踞在心底的人，时日不尽，相思就经久不断。

# 荻　花

有一种花，独开在暮秋初冬，这便是荻花。

很多人分不清荻花和芦花，常会认成同一种花。其实荻花就是"蒹葭苍苍，在水一方"里的"蒹"，而芦花便是"葭"。只不过荻花的花穗是扇状，且具有自然垂悬的飘逸美，较之芦花更精巧、清丽、秀美。

荻花是荻草老去的标志。荻草生于池塘、荒滩，或是杂草乱树之间。春日发芽生长，暮秋时叶黄秆枯，顶端开出长长的条状扇形白絮，称为荻花。

初冬一至，荻花就开始在风中赋诗、做画了。

夕阳西下，落日涂金，荻花以最绝世的姿容、最飘逸的形态，一丛丛、一簇簇，飘摇着、舞蹈着，画就秋日最独特的风景。

# 残　荷

秋深，冬浅，风过处，一池残荷。

一段老去的时光，也孤独，也清欢，也寥落，也风华。

留得残荷听雨声！

枯干的叶，萎落的身躯，褪色的容颜，敛去了旖旎，埋葬了张扬。空枝，寂影，一枝迢迢余脉脉，光影渐变的时光里，残缺的美，述说人生最禅意、最清寂的深情。

# 蝉　鸣

蝉噪三两声，夕阳醉人，来不及全身而退的盛夏，有人释怀，有人热情不再。纷纷扰扰的生活，包装一下看着也不错。只不过，日子，一天天旧了……

好吧，日子在窗外的阳光里，偶尔明媚，偶尔斑驳，偶尔笑意盈盈，偶尔阴雨霏霏。其实，日子见过你开满花朵的枝丫，也见过你所有的伤疤。曾让你的爱，抚过日子；也让日子的爱，抚过你所有——不过现在他（她）们说，这都是曾经的事了。

# 寻找下一朵盛开

## （一）

人生路上，有些人，有些事，我们总以为不能忘怀，无法放手，可是忽然有一天，就在一个什么点上，你突然懂了，原来什么都会过期——所以，日子漫长，你要懂得寻找下一朵盛开。

还有些时候，有些风在心底吹拂后，一些炎热或冰冷会隐身而退。想说，人生大部分时候不必桃之夭夭，也不一定灼灼其华，因为拙朴和平淡更让人踏实、笃定、心安。

逝水般的时光里，人、远方或是什么，都不是我们想留就可以留住，想要就可以抵达的。

站在秋天，看繁花绿树各自娉婷婀娜，看生命经历后的那些此起彼伏，渐渐在岁月里尘埃落定，我终究是在那些芒屑和车水马龙里，慢慢懂了人生。

阳光退去，天色转阴，时光的循环往复里，内心的一些火焰越来越暗淡。

但我知道，它们始终没有被扑灭。它们依旧在心底，披红装，冒青芽，跟着我的蓬勃蓬勃，也打扫我的枯萎、凋零，乃至芬芳。

我努力对这些做到心无芥蒂，也努力把经过的河山、清晨、人群，当成日子里的花，花开了赏花；落了，就去寻找下一朵盛开。

## （二）

红日升，晨风徐，草木碧。

文字也在绿染的旷野里疯长。

感慨，人生海海，时光匆匆，朝夕往复里，所有物事皆已蒙尘，却也渐渐长出了温情。

最是黄昏莅临，日落向晚，天际蒹葭苍苍，脚下草木葱葱——原来，有些寂寞，比喧嚣更贴己；有些沉默，比倾诉更抚慰。

其实人一生中，很多时候不妨停下纷扰的步履，在光阴里小坐。

把各色的心事写在风里，而风从远方吹来，温润，静好。

原来，这世间，青山迢迢，星光杳杳，风漫漫，雨沥沥，都不若你有一颗旷达明朗的心。

原来，尘埃落定之处，所有都是生命的点缀。

## （三）

有人说，最理想的生活是，在大城市挣钱，在小城市生活。这话听起来不够现实，却着实实在。

小城市里，交通便利，生活成本低廉，生活节奏平缓，日程也简单，一辆电动车哪都能去，一碗面十块。

清晨，遛弯的时候顺便就买好了新鲜的蔬菜，红辣椒、紫茄子、青萝卜，还有水灵灵的青菜；

不想做饭了，提前二十分钟出门，喜欢吃的，想吃的，顺路就吃了，然后十几分钟就到了上班的地方；

下班了，可以尽兴去发展兴趣爱好，让生活多姿多彩；

到了周末，就睡到自然醒，高兴了来一场大扫除，不高兴了随意去逛，超市，公园，沟渠河汉；

有心情了，邀请三五好友来家里吃饭，也可以去别人家串个门，喝茶说说陈年往事、家长里短，到了饭点浅斟慢饮几杯，人生的好全都来了；

黄昏了，带上家人，找个烟火气满满的地方，香喷喷的小吃可以吃上一路。

这就是小城市的生活，过滤掉了生活的紧张劳顿，留下快乐的细节，在平淡无奇的日子里，塞满最踏实的幸福。

好吧，日子不易，愿你平安顺遂，心有想，终有成！

# 可不，貌似什么都一晃似的

## （一）

窗前看雨，雨下得恣意、洒脱，一点不顾及枝头盛开的紫薇、木槿、月季。

风也一样。

季节里，总感觉只是不知不觉地几次伫足低眉，风，就凉了，秋水就开始和着云影，渺渺荡荡了。

陌上时光啊，看似漫长，其实不过须臾岁月。

转眼又一秋啊。

年龄越大越喜欢草木了，草不言，花不语，却给人抚慰。

孤单的时候，和花、和树对坐，相顾无言，却又万语千言——比人强多了。

四季光阴来去，岁月有增无减，草木依旧长青，只是我们不再年轻。

四季更迭里，季节重复往返，人间故事如此，世事也如此。

奔波于俗世，慢慢明白，世上有两个桃花源，一个在陶渊明笔下，一个在我们心上。

目视秋野，百味纷纭而至。

蓝雏菊小小的蓝，松果菊厚重的金红，丝瓜花一架一架的明黄，美人蕉红黄明润，格桑花粉白娇艳……还有数不清的，叫不出叫得出名字的，都在浅秋里肆意盛开……连狗尾草、玉米须，都在秋天里恣肆成童话。

折几枝入怀，仿佛整个秋天都收于怀抱，心境瞬间清明尚达起来……

## （二）

其实景色在每个人眼中都是不一样的。欣赏大自然，只与个人的心境有关——

所以，一千个人眼里，同样的风景，却有一千种形象。

黄昏时起了风，又下了雨，雨住风停之后，路上水渍不退，枝头尚有雨滴落下，冷不防落在脸上、颈项，突兀的凉，惊心。

我不喜欢这样的场景。

我喜欢在秋天薄暮时分看夕阳，暗蓝的天空，金红橘黄的霞彩，朦胧的树影，美好得不太真实。

我还喜欢去太阳底下，听周遭人恣意的谈笑，看老人和孩子阳光下闲散玩乐；去热闹有生活气息的地方，感受市井喧哗的人间烟火味道——那样的氛围能让人散去心上孤独。

不过也会听到有人说：你看，一晃似的，又秋天了。

或者是：一晃似的，二十年了……

是啊，一晃似的……认真地回味一下，可不，貌似什么都一晃似的……

可是再认真地想一想，一晃似的又如何？只要你走向越来越好的人生，有什么呢！

# 光阴是渡船，渡己也渡人

一季秋深叶落，青阶之上凌乱着匆匆的光阴，光阴之内的我们，终不能随心而行。

其实人生过半，无论手里的日子怎样，谁都多多少少能听见些日子划过时间的声音了。

我喜欢在季节里看树梢掠过的风，看原野盛开的花，看天空散步的云，总觉得这都是岁月给予我的慈悲。

其实时光飞逝，心里的田园，早已渐渐接近暮秋。即使如此，我依旧喜欢迎着光出行，尽量让内心接近繁盛。尽管岁月不曾许我圆满，我还是要在苍色里尽展欢颜。

就如现在，借着秋阳的光芒，借着草木弥散的温柔，把心上的土翻翻，重新长出新鲜、绵远的欢喜。

其实谁的生活都一样，都是走着走着就变了形容；都是很多的一定，变成了不一定；很多的多联系，变成了不联系；很多的执手，变成了松手。

可这又有什么呢？

因为这世上"只是"的东西太多了，时间，空间，世道，人心……所有的一切都在改变着一切。

蓦然想起一句诗：寒塘渡鹤影！

还想起另一句话：光阴是渡船，渡己也渡人！

一年又一年，故事走在光阴里。

连续的阴雨天，温度是已然入冬的感觉。

上班路上，走在高大的行道树下，树叶虽已落了不少，还是瞬间生出些对高大事物的依赖感。

　　我喜欢的秋天是明净、高远、辽阔的。遗憾这个秋天总是下雨，感慨还没有尽享大好秋光，而秋天就要归去了。

　　也感慨日子一天天更新，季节不断更替，不同的风景也交织出生命不同的感动。

　　一笺秋凉，一场离殇，风拂枝头，雨洒大地，黄叶跌落，落红荼蘼……秋深岁暮处，花影疏落。

　　想说，每个人都有陈年的伤。

　　你要相信无须找人倾诉，时间终会将其慢慢抚平。而你也终将在光阴中把自己修炼得也枝，也蔓，也柔韧，也坦荡，也从容。

# 暮秋走笔

秋将尽了。

晴窗下，哼一段戏，越剧也好，京剧也可，感受才子佳人的悲欢，恍若隔世的倾诉，有一种温情，绵厚的韵味，像极了晚秋时光。

前几日公干，晨去夜归，来回途中，看车窗外或晨雾漠漠如烟，或夜色氤氲如梦，路两旁飞一样后退的秋色抑或霓虹，忽而领悟什么是遗憾，什么是远去，什么是人生苦短。

或许，只有经过了风霜，人生才看得到生活的真谛，懂得日子的美好和圆满。

行走暮秋时光，落红细碎安静，红枫正妖娆着，野草也在坚持，还有菊花，也开得如火如荼——人生一世，草木一秋啊！

天宇下，默默感受自然界万物的泯灭和重生，感悟人生之秋与岁月之秋的沧桑厚朴。

真的，也许岁月不曾许给我安暖和静好，但我已经不再埋怨什么。我愿意在时光里慢慢走，慢慢懂得，许给自己最贴己的温暖……

走吧，一日偷闲也好，去迟暮的秋光里走走，觅一份心的安恬静好。

去看红叶吧。

没有看过红叶的秋天不算秋天，就像没有深爱过的人生一样，寡淡得很。

去看夕阳吧。

它和我期望的一生很像，总得有一缕是暖的！

去看云吧。

秋天的云，聚散淡远，悠然，恍如人世的浮沉。

去公园吧。

各色各样的花海海地开着，转一圈，生活的灰暗就褪色了。

其实进入秋天，酝酿了不止一趟远行。

可连绵的雨总不放晴，季节仿佛一下子就从夏天跳到了深秋。

查看着每天的天气预报，听着夜来的雨，大大的失落。

感慨我最喜欢的秋，居然短暂到近似没有，那些新买来还不及宠幸的秋衫秋裙，未及招摇就被打入了冷宫……

好吧，用欢喜心，做欢喜事。远不远行，秋天，都是好的。

落日，晚霞，飞鸟，落叶，秋花，秋树，秋水，秋雨，秋云……都是手机随拍里最美的素材。

人间，有风霜雨雪，也有五味杂陈。时光从春夏到秋冬，光阴的脚步来来去去，星月依旧，愿我们都能在风雨兼程里，尽量过好每一天。

# 所有的灵魂都有自己的味道

## （一）

之于落叶，树是回不去的故乡。

之于生命，春天是最温暖的床。

之于云，蓝天即是天堂。

四季里行走，有时通往寂寞，有时通往欢愉。

有些时候，寂寞和欢愉完全是两码事。

可有些时候，寂寞和欢愉也是一码事。

咖啡，抑或红茶。

大火煮，文火熬。

可抵秋风寒凉，可愈人间薄幸。

临窗听雨，雨是心上星辰。

把酒临风，酒是心底大海。

风也是。

天空辽阔，适合牧心。

所有的灵魂都有自己的味道。

爱也一样。

我开始听喜欢的歌。

做喜欢的事。

后来，整个世界都宽阔起来了。

# （二）

霎时起风，顷刻成雨。

一些下在眼里，一些下在心里。

下在眼里，是风景；下在心上，成疾。

下到痛处，旧的感慨，新的思绪，汇成河。

雨水落在每一条河流上，水面宽了，水流急了，或者，汹涌了。

静静聆听雨的跫音，穿过雨雾，感觉到疼痛才会领悟。

雨里，推不开的孤独，盛开。

诗里说，风总是吹落花瓣铺满脚下，也散落天涯。

雨总是下在别离的小巷，也下在心上。

好吧，凡是曾经的，总泛滥哪怕萤烛之光。

凡是沉醉的，总越不过记忆的栅栏和护墙。

想说，那零碎的光芒，曾经都是仰望啊！

只是渐渐地千山暮远，江湖辽阔。

好吧，愿七月的风吹开你的笑容，也吹开我的；愿七月的雨润泽你的天空，也润泽我的。

雨没有情绪，绵绵地下。

有情绪的是心，给雨披上悲喜。

暮色起，雨笼罩一整个城市。

倚窗听雨。

有人说，雨是歌，也是诗。

我说，雨是酒，也是茶；是寂寞，也是清欢。

静静地听，雨声潺潺，或许，这正是一场万水千山的奔赴！

听雨，用心听，能听见时光。

认真听，能听见自己。

# 心里藏有花季的人，什么时候都是好看的

时光流逝，季节终会离去，就如这几天的天气，阴晴不定，温度却明显低了。大街上的落叶总也扫不净，一层去了，一层又来——渐行渐远的秋啊！

至此，关于秋的文字已写了整整一个季节，秋天若就此老去，也不算虚度。

站在树下，看秋天一点一点归拢着自己的行装，就这样，渐行渐远。

不得不承认，秋天，总是让人生出太多的伤感，但秋天也让我们懂得时光的温良。

心里藏有花季的人，什么时候都是好看的，即使花谢了，也有可观之处。

这话我从来都信，可伤感时间太快也是真的——经年啊！吹着小城四季的风，踏着小城日升月落，早已不是曾经的少年，发际添霜，心事染沧。

置身西风秋水，遥望天际苍茫，感慨，原来一切都在身边，一切又都在离去。

细想，人生万物，莫不如此。都在一路的所知、所遇、所感里，一边缓缓绽放，一边悄悄逝去……

从初春走到秋天，浮光掠影，斑驳陆离，都回不去了。

其实不想时光就这么苒苒而去，也不想留下什么遗憾。可事实上谁都是一边感叹时间逝去，一边又只能任其逝去。

风绕过长水山峦，把一朵朵花儿次第吹开。岁月的河道里，有多少心事，就有多少叹息……回眸，要怎样的一生，才能不负韶华不负爱？

所以，时光与世事，深爱或浅遇，流年辗转，时光明灭，不管你经过、遭逢了什么，季节依序更迭。

你看，云天正辽远，秋水正泱泱，桂花余香在，菊花正芬芳，秋去秋来平常事，只要你我能在四季的风雨里，快乐行走，幸福安暖，就足够了！

# 丰满的心不会太孤独

昨天读到一句话，释放了心，才有可能释放灵魂。

感慨颇深。

其实我一直认为，一个人最好的样子，是虽然遭逢风雨黯淡，却依旧阳光明朗。

所以，工作、家务之余，我坚持按照心的走向去生活，读喜欢的书，做想做的事，去想去的地方，因为顺应了自心，所以更快乐。

与此同时，喜欢写东西的我开了自己的公众号，写生活日常，也编文学故事，也发自己拍的照片，自己的东西不断被肯定的感觉让人乐此不疲。

通过这些，我对生活、对人、对事物的态度也慢慢改变，觉得这世上万事万物没有绝对的对错，只是不同的两面罢了。而快乐，微笑，欢喜，自在，也不应该是日子或人的盔甲，它该是生命和生活最本真的样子。

你看，木叶在秋天打坐，岁月在四季浓淡，我们在岁月修行……世界很辽阔，也很狭隘，我们不可能走过所有的地方，也不会遭遇所有的薄凉，当然，也不可能遭逢每一寸温暖。

纷扰琐碎的日子里，谁都像书上写的那样，一边厌倦着，一边坚持着；一边兵荒马乱着，一边在心上修篱种菊。

日子里，你过你的桥，我修我的路；你薄凉着，我温暖着；你喝茶，我喝酒；你种草，我养花；你钓鱼，我码字……就这样，泰然迎送每一段或寂寥、或热闹的时光，用自己诚实而温暖的文字，用那些平凡的故事、灵性的语言，抚慰焦躁烦扰的日子。

我相信，这世上一定不乏孤独却丰满的心，我更愿意相信，一颗丰满的心，怎么也不会太孤独。

像我，经营着一个公众号和一个头条号。

喜欢摄影，公众号文章插图全是自己拍的——手机拍哦。

喜欢戏曲，京剧、越剧、黄梅戏，还有我们河南的地方戏，曲剧、豫剧、越调、坠子，都能唱上几段，只不过唱得不敢恭维罢了。

喜欢旅行，也走了不少地方，我希望的是可以走千山万水和万水千山——其实很难实现。

喜欢的日子是左手柴米油盐酱醋茶、右手琴棋书画诗酒花，可事实是日子重复，一天又一天，有趣的、无聊的、苟且的、不堪的——大约人人如此吧。

有很多不切实际的想法，比如偶尔犯神经病似的不那么循规蹈矩一下，比如不止一次地想仗剑走天涯——但在长大后的天涯里，半次也没成行。

是个定性不强的人，兴致来时闻鸡起舞，心志坚定；有时候又随波逐流，随遇而安——想来，这就是人生吧。

经历岁月，我明白了俗世的快乐，花开着，天蓝着，身体健康着，手机有电，兜里有钱，没有那么多刻骨的烦恼纷扰，很好了——你说呢。

光阴，都不容易。

但我记住了，一定向这个方向努力，你呢?

# 轻寒正是可人天

## （一）

出差，遇秋雨肆虐，心绪，生出荒芜。

闲步街头小园，结籽的草，高大的树，开花的菊，静立，沉默。

与秋天同居，情绪在心里游荡、起伏。

晚来，窗下看雨，耳边雨沙沙，眼眸霓虹成片，手中清茶尚温。感慨流年匆匆，光阴一寸寸挪动，每个人都在一点一点地变化，万物又逢秋，黄叶荒芜了，谁的岁月静好？秋风扫落了，谁的旧梦依稀？

我用秋天埋葬所有不如意的心事，愿你可以走过长长的路，丰盈从容。

雨，下下停停。三天了，说不准时刻，一会儿瓢泼，一会儿淅沥，秋凉不时起。想起杨万里的句子：秋气堪悲未必然，轻寒正是可人天。

秋凉，意味着盛夏的终极。日渐短，绿已瘦，菊已黄，光阴里的一些等待，在无声的牵念里，寂然老去。

去公园一角，看那片怒放的松果菊。

其实大部分已经开始凋零了，从花尖上，花瓣一片片剥落，渐渐只剩果核，顶一层绒毛与风洒脱共舞。

喜欢这种况味。

花已开过，叶已绿过。春去秋来，泰然自若。

走吧，不去管落花寂寞还是清风惆怅，平常的烟火日子，能平平常常地平安打理，就是人生福报。

## （二）

最喜欢秋天的早晨，清新，惬意，舒爽。牵牛、凌霄铺展攀援，月季、紫薇摇曳生姿。

护城河里，秋水还未瘦，有落叶逐水而去，让人生发出"小舟从此逝，江海寄余生"的意象。

秋天的天空，高远得无从估量，云朵转眼就变了形容，留给看云人的，有三千寂寞，也有三千清欢。

凌晨的风吹过来，已些许有些冷了，裹上那条格子披肩坐在廊下，凌晨，城市还有着寂寂的安静，这安静与心的安静交融，像开在风里的紫薇，美好自然而然地流淌。

其实四季更迭，美总是不同，却从不会消失。一叶入墨是风景，一花入画是心情。

总觉得秋色之美，是用生命着色，用心情感知，用风雨做笔，用霜露做墨的，有了灵感就能动笔了，浓墨、淡彩、留白、渲染，都在心意之间。

其实，秋就像一张最喜欢的老照片的底版，一直在某处存着，只等秋天一来，就能冲印出来，无论几经轮回，不会褪色，也不会遗忘。

我相信，每个人心里都有一个秋天，秋讯一动，秋风一吹，最美的颜色就都苏醒了。或许，这美中带着几分清寂，可这份清寂，无论如何品鉴，都一样漂亮、美好。

人到中年，不妨学学秋天，不慌不忙，跟着岁月经风经雨，喜欢着，热爱着，老去的，尽管老去；新生的，尽管蓬勃，让沧桑也发光，零落也璀璨。

## （三）

去访一位故友，小巷窄长，旧砖，老路，好在阳光一样照进来。

老墙上绿植披垂，太阳光斑驳明灭，像极了逝去的故事，晴暗起伏。

午后，门口小花园闲步，乏了，长椅上晒太阳，心绪绵软。

感慨人生意义到底是什么呢？过得富足一点，开心一点，自由散漫一点，遗憾少点，这就是最大的意义吧，一点也不复杂。

午饭，鸡丝拉面，细面，辣椒油，山西陈醋，碗底卧两颗挺括脆爽的小白菜，面上卧只卤蛋。

柴米油盐酱醋茶，人间烟火也有趣。书上说，人间烟火味，最抚凡人心。可荣华富贵谁不想要呢？

我年轻的时候，女孩子们要有什么糟心事了，大家都会不约而同地选择换个发型，或者买身新衣服，说是换个心情。

半辈子过去了，再遇上糟心事，还是会选择换个发型，或者买身新衣服。

可是我一直奇怪，那些糟心事明明没有过去呀？

现在明白了，人生一辈子，过不过得去，都得过，重要的是你得学会"过"日子。

让生活有滋有味，让日子活色生香，靠的不只是嘴巴，关键是要有一颗浸透人间烟火的心。

我觉得，很多时候，日子的意义就在于能从每一个看似平淡无奇的日子里，感受诗意与美好。

# 秋天笔记

## （一）

我的办公室在四楼，兼着档案室，朝阳的窗户，阳光充足，视野开阔。

我在窗台上养了十几盆绿植，有蟹爪兰、酢浆草等，芦荟居多。开始只有两三盆，经繁衍生息，现在已分不出谁是谁的子辈孙辈了。有时候下乡工作阳光晒得多了，就随手折两片擦手脸，很有效。

还有两盆口红兰和一盆水瓶兰，水瓶兰身姿优雅，口红兰媚态可人。尤其是水瓶兰，竟然可以开出绿色的花来，甚是奇异好看。

办公桌上，一个玻璃瓶，一个塑料瓶，是我喝饮料留下的，也算资源再生吧。这个季节，一个插着几枝丹桂，清香馥郁，冬天的时候会换成蜡梅；另一个水养着吊兰，疏落几枝，四季常绿。

对了，办公桌上还养了盆铜钱草，是下乡工作时弄回来的苗，也四季常绿。

养铜钱草的白瓷蓝花的笔洗，是小兄弟送我练字用的，因为懒惰，字总也没上手，拿来养铜钱草，倒出奇的般配，办公室也因此雅致多了。

九月的午后，阳光依旧灿烂，偶尔加班时会在沙发上小憩，阳光穿窗而来，照在地板上，也照在我蓝色旗袍裙上，干净，安闲，温暖。

这大约也是一种时光静好吧，过了半辈子，悲欢经历过不少了，剩下的，都是淡然。

平常的日子里，抬头，妖娆随处可见；低眉，日子里有风有雨也有晴。

当然，有时候，心情也会不好不坏也不爽，也常常惘然找不到合适的表达或者安放方式，但也从来不影响我从短暂的失落或忧郁里抽身，继续笑着走下去。

好吧，在这秋水长天里，邀一缕清风、一线暖阳，偷得俗世半日闲，享受这安恬时光。

## （二）

昨天姐姐打来电话，说八月十五了，哪天去舅舅家走亲戚。

按老家惯例，大型节日一定要探望长辈。可是因为诸事忙乱，回姐姐说节后也可以，亲人吗，不拘太多小节。

姐姐立刻表示不同意，那已经过了节了，失去意义了。

我连声答应，然后趁中午时间，赶去舅舅家，舅妈早准备了丰盛的饭菜。放下饭碗，舅舅着急忙慌地往车上装东西，新磨的面粉、新打的花生、花生油、老倭瓜、新红薯，自家菜园种的辣椒青菜，后备箱装不下，直接放在后座上。

这就是亲人吧。

## （三）

准备再婚的闺蜜给我打电话，说心里纠结，因为钱的事闹了些不愉快。

我果断地告诉她：不舍得为你花钱的感情就是耍流氓。

可能有人会说这太俗，可是敢问，有几个人能靠情怀过活……

天阴了整整一个下午，雨还没有下，空气里却弥漫着潮湿的味道。

坐在窗下，能看到远处的高楼和树木，也能看见街上的车水马龙。

广告车极具煽动性的广告语，一遍遍麻木了听觉……

算了，这样的时候才适合用情怀感知生活。

我选择追剧，你呢？

# 关于"秋天的第一杯奶茶"

前日，下了场秋雨，气温急转直下，秋风习习，秋雨沥沥，秋凉瑟瑟。

朋友圈里，"秋天的第一杯奶茶"，如秋风骤起，毫无征兆刷爆朋友圈。

愕然。

跟前些时微信的"拍一拍"功能一样，愕然之余不由得生出"廉颇老矣、江河日下、明日黄花"的伤感。

接受教训，赶紧上网科普这个关于奶茶的梗。再看朋友圈里晒出的奶茶红包、奶茶照片，确实温馨极了。

远方的友人也发来讯息说：知道你不爱奶茶，只道一声秋安！

感慨。

友人当然不会发什么奶茶红包，自言也都早已不是收发这类红包的年岁了，且本人素来不爱奶茶。中午下班，做了最普通的酸菜肉丝面，面是自己和面擀的（地方传统），一番操作下来，再配上辣椒油、界中醋，一小碟腌糖蒜，吃得风生水起，烟火味十足。

静下来，细细咂摸这"第一杯奶茶"。

想来这跟那首"绿蚁新醅酒，红泥小火炉。晚来天欲雪，能饮一杯无"，和"你那里下雪了吗"，以及衍生出来的"你那里下雨了吗""你那里起风了吗"一样，都有着一种共通的异曲同工，殊途同归的直抵内心的共情力量吧。

你看，言短情长，词简味深，一声温情轻唤，给予人的是无穷的温暖和无尽的相思。

其实，生活中，越是朴素，越是简单，越是日常的很多生活细节，却也是最容易让人生发美好和温情的土壤。

那个晒"秋天第一杯奶茶"的女孩，怎么也不会想到，就这么一条朋友圈，会爆屏，会上热搜。

我相信，千年前的诗人，也一定想不到他素朴的"能饮一杯无"，竟有着穿透千年的力量。

我的理解是，这历经千年之遥和这"第一杯奶茶"所传递的，是相似的爱，和温暖，和期许；我相信，这种期许会是人们永恒的追寻；我还相信，无论世事如何变迁，人生海海，总有一份温暖不期而来。

好吧，秋渐深，天渐凉，我也来问一声：在吗？秋安！

# 在秋天安一个家

## （一）

秋天来了，秋风也就来了，秋雨也来了。还有秋天的闲愁薄绪，灿烂旖旎，都来了。

风，掀开过往，记忆就长出轻盈和翅膀；

雨，打湿长路，无边的苍茫就碾过心脏。

回望秋天，以及有你的日子，都是心上最快乐的时光。

其实，总想在秋天安一个家——

就在那一片片绿、一丛丛绯红、一地地金黄里，放肆地活着。也任一些颜色，洇染另一些颜色；任一些味道，入侵另一些味道。然后把岁月调出缤纷的样子，让生命变得厚重——而我，

就在秋天里安营扎寨。

其实你知道，光阴不是说走就走，说留就留的。细读岁月的诗行，风里，雨里，风霜年华里，很多的东西都在渐渐地薄凉，唯有思想日臻丰满。种下明媚，就收获欢喜；种下秋天，就看见斑斓——而我，只想在秋天安一个家，与你，与秋天一起，栉风沐雨，不去问繁华还是凋零。

## （二）

半庭秋风，半庭秋过，秋意浓，西风凉，念未央。

荏苒，不觉秋的脚步已踏上将老的秋衢。

边走边看，边写边说，边笑边忧伤，总有些经过，无须注解，已浅淡；总有些牵绊，无须刻意，已弥散。

　　一路风霜，我们不得不在光阴苦短里感悟悲欢离合，云淡风轻里咀嚼云卷云舒。

　　描写秋天的文字太多，总是稍不留意就撞了别人的词句。可秋天是一个生长写意的季节，总会引起无数人的慨叹。

　　我亦然。

　　总觉得写别的文字时会觉得语言贫瘠，章节散乱，独独秋天不会。无论是从花雾瘦水，还是淡雨轻烟，随便的一笔就文思涌泉，圆润而丰满。我给秋天写了一个定义：你是无意风动，偏引我眉梢惊鸿。

　　秋无言，静静地，就抚平了季节里无数的浮躁和靡丽；秋无语，悄悄地，就给凡尘撒满清欢。

　　秋，在天地的舞台上舞蹈。秋的脚步，在落红纷飞里蹁跹；秋的眉眼，在层林尽染里舒展。流连于半秋时光，心情一半在秋里明媚，一半在秋里偏安。不去问叶归何处，花散何方，给自己留一份诗意和霞光，放逐胸臆。

　　秋已半，循着秋的足迹，旖旎前行。放开心怀，就在半秋时光里，张开心上的第三只眼，随秋风放逐自我，执手旷远。

# 穿林打叶在心间

## （一）

昨夜，雨穿黄昏悄悄飘落，沉寂的夜被风雨敲打，夜，不能成眠。

雨似精灵，拨动心绪。

雨夜，丰富的安静。

静静聆听，雨淅沥，夜与万物静默。

雨淅沥，直下了一夜，晨起，风拂面，轻轻凉凉的轻寒。

街道上安静如常，鲜有人来人往，倒是鸟儿一如既往，在枝头鸣唱，欢快的调子不知是为什么。

"屋檐听雨雨淅淅，耳畔拂风风沥沥。"

多少人喜欢在静静的夜晚，静静地听雨敲打窗棂？

不知道——但我喜欢。

听风，听雨，听歌，不同的经历能听出不同的情怀、不同的人生感知。

年华淙淙流淌，雨声所敲打的除去岁月的回响外，还有俗世中对悲欢离合、起起落落、形形色色的感知。

阴雨天，百事辍罢，闲居室内，听觉、嗅觉、触觉越发敏锐，耳收雨声，心无旁骛，闲淡中生出百味，正应了心清则明的道理。

一帘夜雨在窗外，穿林打叶在心间……

## （二）

行走秋天，我总是会相信，内心有光的人，一定能在烟火时光里看四季如诗。

风来雨落，夏去秋来，日子如同一场场花落花开，有多少春花满枝，就有多少秋叶琳琅。

流年、烟火、红尘，来来抑或去去，总有你值得回味的一笔。

若有灵犀，我愿与所有共酌一壶秋韵，对饮流年。

浅秋，陌上，蓝天仿佛触手可及，却又那样高远空旷。不知，该用怎样的笔墨，才能尽书秋韵流觞。

时光牵着岁月的衣角，浸入草木孕育清欢。逝水光阴里，每个人的心底都会藏着一些如烟时光吧？

只是，时光越久，往事越轻。独处，独行，支配这份孤独，随遇而安；享受这份孤独，饱满而不寂寞……

在浅秋里打坐，删繁就简，轻失去，简相守，当时光渐渐模糊所有，我选择在往后的岁月中逐渐丰盈，纵然是水逝花落，依旧不减风情万种。

## （三）

总觉得这世上最恣意任性的是往事，它总是毫无知觉地就横穿过岁月，用它自己的深或浅在你的日子里调色，或在风中飞扬，或在日子里着陆生根。

其实，经过时光，所有的所有都会褪色，但往事，毕竟是曾经绝美的烟火，所以，即使经岁月腌渍，色彩淡了，浮夸的秀色也剥落了，失却了浩浩荡荡，却依旧有着沧桑掩不去的瑰魅，就那么在人生的河床里明明灭灭。

书上说，人生的好滋味，都是在苦与乐中调出来的。

在浮华的尘世欲望里，在生活的打压下，在踽踽而行的岁月间，日子总会生出些猝不及防的事件，连命运说不定也会转弯，可日子总还要继续。于是，人就在其中挣扎浮沉，慢慢地就走出了清醒和看见。

这世上，无论什么道理，如果你没有经历过一些事情，你就不会理解。这世上也总会有那么几件事让你瞬间长大。

电影《霸王别姬》里有句台词：人哪，得自个成全自个！现在的书上说：做自己的摆渡人。

我说，红尘漫旅，此去经年，既然人生的好滋味都是在苦乐中调出来的，那就不必沉溺什么，让该来的来、该去的去，你只管看见日子安暖就是了。

# 谁人心上无秋天

## （一）

午后，连绵的雨又开始了新一轮的闲步。

窗下，看书。

看书中的人或事缓缓而来，情深且长。

现代的人们读纸质书的应该不多了，这不仅仅是现代生活方式的原因，更多的是浮躁和欲望占据了心灵，从而使看书成了奢侈。

我不喜欢说"读书"，总觉得一说"读书"，就要严肃一些，正襟危坐一些。而我喜欢闲看，不给自己设置什么，就闲闲地看，有感触就随手写在段落处，然后好看就看久点，不好看就翻篇儿。

而看书最好在下雨天，滴滴答答的雨声总是更容易让人沉入书中，好像自己已然成了书或者雨的一分子一样，而且，总觉得没有雨声，书就少了灵气；有了雨声，书就多些清雅似的。

案头闲看，沉浸其中，伴随着窗外琳琅如玉的落雨，心可以在故事里搁浅，也可以在故事里悠远、清宁，仿若尘世的纷扰与我无关。

## （二）

秋风起的日子，落叶就丰盈了天地。

秋风穿山过川，层林就尽染了。

秋风托起南飞的雁翅，就生出"云中谁寄锦书来"的感慨。

秋风纯净，总容易穿心而过。

你听，秋风一路踏歌而来，无须预约，如期而至。

我就在窗内，细细清数点滴的流年清欢。

敢问，"谁家秋院无风入"？

时光悄然，匆匆流年，岁月悠悠秋意浓，秋天，每一个细节都会让你怦然心动！

## （三）

漫漫秋夜，银白的月光是你无论如何躲不过去的风雅。

月朗风清的夜晚，月色朦胧和着桂花的幽香，丝丝缕缕，想赶都赶不走。

沐浴在月色里，陶醉在一片广阔的夜空下，感受清辉幽幽，你会慢慢融入到夜里，似乎连灵魂也会悄悄出离，心境会变得旷达而静谧。

余秋雨说，成熟是一种明亮而不刺眼的光，一种圆润而不腻耳的音响……一种无须声张的厚实……我想，这应该就是秋月的写照吧。

而我，愿以此生做长卷，凝心、安神、研磨、调色，看故事在生活中生长，生活在故事里流转，偶尔，留一些小片段陪我，以微笑的姿态，在流年里从容安宁。

## （四）

秋风叩门，秋雨敲窗，这一场秋雨久不散去，飞落的雨弦带来空冷的清寒。

其实，坐在窗下看雨，是一件很惬意的事……

一场秋雨一层凉，我穿上了长袖衫裙。

窗外的松树被秋雨摇落一地松针，松针落下时，不知道是叹息还是欢喜。

平行的时光，任凭四季更迭，一程风雨后，秋天更显出些诗意来。原来，白草、红花、黄叶，凭心去感受，也会有千百种味道。

步入秋天，总是不知不觉，秋已在心上。一枚黄叶，一场秋雨，一地落花，支撑起秋的诗篇。

漫步秋天，披一身秋色在最美的季节里坐下，与秋，与远方，一起感受，敢问，问语秋天的不止我一人吧？

秋来，如果夜太凉，可以煮茶、赏月，或者思念，总之，会有一种暖是你心底最妥帖的抚慰。

秋天，一场生动的遇见。你看，秋正缓缓路过人间。

　　其实，不管是眼里的还是心底的秋天，都一样，都不是一下子就红黄斑斓起来的。而是一点点、一缕缕，经过春夏的润色、铺垫，慢慢地浸润、渗透，然后才呈现出一个多彩的模样的。

　　而人生也是如此，走过的日子、日子里的故事、风景，也都如同秋天对世界的润色一般，一点一滴，一丝一缕，慢慢地浸进时光的年轮，从青葱到成熟，一路顶风雨，过坎坷，然后才开始在你的岁月里五彩纷呈。

　　你说，谁人心上无秋天！

# 每一刻都是好时光

深秋临，秋意浓，不可辜负。来吧，一起选一个朗朗秋日，去看看秋天。

秋天，最美处在原野，一个人慢慢地走，细细地品。一山一水皆成景，一草一木都含韵，大自然用独特的力量，给世界披上新装。一片片、一丛丛的花无限妖娆，轻盈飘逸的叶儿，从树梢坠下，从容地偎依大地怀抱，静静孕育来年的绿和美。

秋天像极了打翻的调色盘，把秋的色彩遍染人间。从高山到峡谷，从旷野到山林，天被架高了，阳光有了色彩，秋色瑰魅得让人词穷，又灿然得使人惊艳。秋天如同舞台上的群墨粉黛，是景象也是梦幻，是幻影也是霓裳。

秋风中的芦苇，用柔软的手臂，扬起纷纷扬扬的风，殷殷地召唤路过的人。被深黄、艳红簇拥的山脉高低掩映，四周灿烂的层林疏密相间，秋光秋阳透过林隙，构成一幅绝美的秋日长卷。

老舍说：秋天一定要住在北平，天堂什么样子，我不晓得。但是从我的生活经验去判断，北平之秋便是天堂。

我说，哪里需要住在北平呢？秋天一来人间，世界就是秋天的。走进秋天，眼里心上就多了诱惑，多了情调，多了韵味。感知秋天，身心就会沉醉；触摸秋天，灵魂就会飞扬。

走吧，一起去看看你身边心上的秋，撷一缕秋风，揽一抹秋意，去看看秋天吧。

试问，秋的心事，可有人懂？

秋日来，落叶飞，当季节染上霜色，你可还会在清秋的早晨掬露为墨，执笔成行？

秋意自高天生成，在树的枝叶上着墨，穿过朗朗旷野、丛丛野菊，穿过青石小路，桂子飘香，抵达人间。

只是这个季节，总是容易想起所有的尘缘，爱恨与喜忧，聚散与离合。

秋天里，喧闹的秋色悠然萦绕，夕阳下，秋菊醉卧暮霭，枫叶染红秋心。蒹葭苍苍，杨柳风扬，偶遇的小花，远处的背影，一切都是美好的样子。

季节转换，总有些微妙的情绪萌动。即使是同一条走过无数遍的路，收入眼底的风景也会有不一样的感触。

就如秋天，你若伤怀，四周弥漫的便是秋之萧瑟；你若淡然，四周便是秋之怡然。

有时候在忙碌之后，就连洗个澡，吹个风，吃个水果……都会觉出日子的美好来。

很多人说我应该是骨子里就装满了文艺细胞，我笑而不语。但我依旧对周围的一景一物，甚至车水马龙、雨打花落，充满深情。只要某一处令我动容，我都会不自觉地打开手机，拍下那美好的画面。

我想，我只是懂得了在忙碌而枯燥，甚至一地鸡毛的日子里给自己找些欢喜，尽量用自己喜欢的状态去装点日子，因为这总会让我觉得生活美好，人间值得。

# 秋天的咏叹调

## （一）

人在年轻的时候，谁的心不温暖有光？谁不是觉得这一生都会山明水秀走天涯？当人生经过百味杂陈，才明白，其实这一生最容易凋敝的就是温暖和光，最容易错失的就是山明水秀和天涯。于是感慨：如果光阴可度，我愿是肩头的清风心底的月，吹散尘埃，照见欢喜。

其实，人都是跟着时光的步履，将自己、他人的故事，糅进风雨间杂的日子，慢慢走向夕阳，也慢慢明白，总有些树林会将叶落尽，也总有些月光铺满你来去的路。

秋一天天的深，我看见秋风吹落了叶子，落叶，却开成了花。

光阴似箭，习惯寻一些小欢喜装点生活。

小欢喜是岁月缝隙长出的绿意，是冗长日子里惊鸿一瞥的美丽，不盛大，却足以温暖日子薄凉。

站在秋天，秋意缱绻，我在秋光覆盖的原野，倾听秋声，叶子荡出金色的音符唱响枝头。

其实我还是喜欢在光阴里展望，展望远方一抹明丽，展望生命落笔时一份斑斓，展望有生之年一定会有我想要的幸福。

生活在继续，昨天已是过往，明天总在走来，风雨兼程的路上，雕一朵心花过秋天，在自己的世界里柳绿花红。

## （二）

与晚秋并肩，凝眸秋色，思绪在秋风中摇曳，人生一路，百味杂陈，一步有一步的风景，一程有一程的感悟。

于我而言，生活，有烟火，也要有诗意。因为我相信，不论时光如何流转，终有些东西不会改变。

我喜欢与流年对话，也喜欢执笔写一些薄念。

黄昏，坐在夕阳下，看秋天一半贴近地面，一半在高天游走，心绪和暖。

又一些叶子落下来，像一些情绪。有几只小鸟从树上飞起，感慨，世间万物真好。慢慢明白，人生不是来日方长，而是越来越短。

趁秋光正好，去秋天里放纵吧，让心开花！

## （三）

我一直喜欢下午的阳光，无论春夏秋冬，它让我相信这个世界的宽厚、温暖和美好。

时间不停留，深秋的气息正浓，举目远望皆是红红黄黄的灿烂。

思考岁月，时间带走了纯真；时光苍老了容颜；阅历成熟了心智。

时光静静地淌，春去秋来秋又去，捡拾一片落叶，入怀一抹秋色，当叶子的华美落尽，生命的脉络才历历可见。

其实，总有一些时光，要经年后，才突然发现它深刻的美。

于是，走过某个街角、某个路口，蓦然想起，独自不经意地微笑。

其实，人生的际遇，就像窗外的雨，下了，湿了，晴了；也像窗外的云，聚了，散了，远了。

而人生，只能走向明天。所以，像喜欢下午的阳光一样，把日子里够得着的美好揽在怀抱，留于心底，将暗淡和苍凉置于脑后，放逐远方，与阳光一道温暖，明媚。

## （四）

秋近了尾声，雨也赶来送别。秋风伴着秋雨，轻叩晚秋门扉。

月夜独坐清幽，一缸残荷盈盈立秋间。月辉般朦胧的记忆，荡响那季花开的心语。

秋雨敲窗，也敲打心头万千。窗外，霓虹闪烁，氤氲夜色。

捡拾一段清幽岁月，袅袅时光深巷。万端思绪，无从细语，道一声天凉好个秋！

秋天的沧桑与浪漫，似乎总是在霜降后尤为撩人。风卷清云尽，空天万里霜。

秋夜恰逢秋雨烟蒙，总感觉晚秋的雨，怎么样都会带些轻愁。也有人说，秋至人心就是"愁"。

在秋天，文人总会手不由心地写出些让人怅惘的句子。是啊，从来岁月如流，新月何曾照旧眸？凝露成霜是季节使然，秋去冬来是自然规律。如同人生，人有来去，心有近远。

漫过子夜的雨，在晚秋的清寂里敲击窗棂，淅淅沥沥，磨磨蹭蹭，你说停了吧，它还在星星点点地下着；你说下吧，它又若有若无。可是，下着细雨的夜晚，又是别有一番风味的。

算了，摁下雨里疯长的虚无，且来听雨吧。深夜里，所有的声音应该都发自内心。像雨喊着雨，自己喊着自己。

书上说，黑夜里最容易听清自己的心。

好吧，行走秋天，心总是容易五味杂陈，人生在世，也总会有许多的不如意，唯有放下己念，才能随喜安然。就放开怀抱，让心在最后的秋天里，领略时光最美的芳华。

# 走夜路的时候请唱歌

## （一）

当陌上的风霜浸染万物，大雁展翅南飞，来不及多想，秋将尽，冬要来。

感慨，美丽而从容的秋啊！

通透澄澈的天与大地相连，让所有狭小、细屑的空间，都变得宽广。

秋思，秋韵，秋情。

总有那么一份独特在尘世间挥毫泼墨。

往事无言，流水光阴也不过是光阴，无数的世事早已与我们擦肩。

四季更迭里，春与秋置换，阴与晴交错，雨从檐下落，风在窗外行，花事已过，许多的许多终将归于流光。

如水的岁月，如水的光阴，命运给每个人同等的安排，经营则在于个人的心性。一个见识过岁月深浅的人，才会看见生命如同枝头的花朵，有些落得早，有些落得迟。

也会说，原来一些沧桑收藏久了，也会生出美好，那些岁月烟火的故事，那划过掌心的美好抑或疼痛，终将被时光默默收藏。

时光飞逝留不住，风物长宜放眼量。

旷野里，浩荡的长风不语；高天上，来去的白云不言。愿只愿岁月虽如水，但你我皆如故，即使挽不住流水落花、长河落日，也还是要在喧嚣的尘世里尽量深情地活着。

让我们对岁月许下善良，让心在未央的秋光里干净明媚，愿尘世常安宁，日子有欢颜。

# （二）

打开秋天，辞藻艳丽，月光丰富成最艳丽的一轮，赤裸裸地与日子对视。

夜微醺，如清酒。一路向北，夜更凉了。

轻轻敲开时光的门，不踩疼它炽热的情怀，和岁月的痕迹。

目送一些离去，感受它翻过篱笆的艰难，找寻秋的一脉深情。

秋的夜，总是愈来愈长。也愈来愈明白，有些夜晚，即使灯火阑珊，你也不必等。

而人生，总是容易不经意的，在错误的时间、错误的地点，遇上错误的事件。

日子说，前面的路还不平坦，你可能会哭。可在这个世界，一定有一个安静的角落，让你去留恋，去驻扎。

而人生起落无常也是必然，翻阅过的光阴都不可能重来。

日子里，曾经让你执着的往事，有一天也真的会不值一提……

可这些浅显的道理，除非你亲身经历，又如何能领悟？

其实，时间是完美的魔法师，人在它的手里，无声无息地成长。

生活说，生命原本孤独，我们必须坚强。

而我说，不必怅惘，走夜路的时候请唱歌。

# 很好，正是日子最好的模样

有时候会无端地感慨，觉得人这一辈子犹如季节，无论怎样走过，都会留下遗憾。

诚如这个秋天，阳光明净，玉宇澄澈，可是秋一日比一日深了，天就一日比一日冷了。

我决定，从今天开始，不再躲避任何一缕阳光。因为，从今天开始，每一天的阳光都比前一日珍贵了。

犹如时光，犹如年华。

走在深秋，四季常绿的树，即使华冠依旧，也开始有黄叶飘零。我知道，这华冠终将逐日褪去光泽，变得暗淡。

像天际的云，即使此刻依旧湛蓝，也终归会慢慢走进苍色。

犹如时光，犹如年华。

我们总在说，寻找心灵的依靠，可是，谁能真正的马放南山？

日子一天天过，犹如大浪淘沙，到头来，繁华或者寂寞都将走回轻烟袅袅。爱过的，恨过的，想过的，念过的，都如落英，缤纷满地。被秋水打湿的诺言，也终将在秋阳里次第风干。

举目，落叶渐满的陌上，谁能数清潺潺时光？

书上说，南方以南，是我无法抵达的长安。无边的秋色里，荒芜的总是过往，剩下的只有风在摇唱曾经。

那么，就在每一个黄昏，放下一天的历经，不再去想白天所有的喧嚣，捧出心底里最静好的时光，让心灵自由呼吸。

想说，给我阳光的人是我的太阳，给我温暖的人是我的亲人，给我依傍的人是我的生命，给我希望的人是我心上的人。

一路行来，我不再去担心道路窄宽，不再去忧虑季节晴寒，我把凡是能触动灵魂的存在，都当成故乡热爱。

我希望，我是空旷的山野，没有纷扰，没有喧嚣，纵使很多的很多，覆盖了秋霜抑或尘沙，我依旧能够在落红里歌唱。

走在秋天日渐萧瑟的风里，总会有游丝般的怅惘和浅浅的悲悯从心上滑过。我明白，其实这无关经历，也无关身后的故事，这只是岁月使然，走过的人无一幸免——好在，我已渐悟，不会陷落抑或迷茫。我只注重每一天的暖阳和风，还有那些能够填满日子罅隙的点滴美丽。

下班回家的路上，还没有完全凉下来的秋风是最贴身的伴侣，路边，栾树的花落了满地，停下来，就有那么几瓣落在了肩上，深深浅浅的红、粉、白，蓬蓬簇簇，一股脑儿堆在那，衬得秋色浓郁动人。这是拍照不用滤镜的季节，随便什么都很美。

深秋，向晚，打理好一天的家务，披上那件格子的流苏披肩，走上街心花园。小径，落叶在脚下脆脆地响，夕阳在天边优雅地走，秋花也开着，一径篱笆隔出一方净土，抚慰渐冷秋天里的生命。

护城河边上蜿蜒了好几个大小不一的园子，很多的人闲庭信步。不时的有野生的花三踏五步，奕奕地开着。几丛野菊，极小极小的花，细细的躯干，在风里孱弱地跳舞。低下头，细细地嗅，细细的香气丝丝盈盈。

午后，把平日积攒的橘皮，一瓣瓣摊开在阳台上晾晒，小小的孙女就在那张小小的藤椅上坐着，晒着太阳剥着橘子，满世界都是橘子的香味儿，有几盆应季的菊花就在旁边热热闹闹地开着。

周日登山，微凉的天气抵消了登山的燥热，抬头，万树千色，世界斑斓。山路上，熟不熟悉的人都在互相鼓劲加油。登上山顶的人，开始亮开了嗓子喊山。在一块青石上坐下，四顾，野花还在开着，山溪淙淙流淌；山间，远远近近的笑语喧哗，很好，正是日子最好的模样。

# 关于秋天

秋渐深，寒渐重，关于秋天，我已经写下一整个季节的文字，总觉得还有无数的美好未曾记录，于是，我就在深秋里回望，期望把最美的秋天凝结在笔端。

晨起，浓香的小米粥在锅里煮着，我开始浇花。凌霄、月季、四季桂、绿竹还有墨竹，都是不用每天浇的，其他的就不同了。我的花没有名贵的，甚至就是一些草花，但开得都很好，一朵朵在秋阳里璀璨，那棵自己长出来的牵牛花，说蓝得发紫，抑或紫得发蓝，都贴切，阳光下优雅而唯美。

行走旷野，我能看到草在风中低头又挺直身躯。想起很多个秋夜，落叶纷飞，小径幽幽，月光很亮，天空很高，夜空空明。恰好的温度，远处的山影渐渐遁去，流水的声音更清亮了。其实，一个人的秋夜是可以很美的。

一个人走在路上，总是喜欢唱歌，当然是在心里默默地唱。慢慢走下来，即使是忧伤的歌，也慢慢变欢快了。水、云、街灯，一草一木一花，所有的细节都在歌声里呈现出欢颜。其实，万变不离其宗。那些慢慢变换而来的画面，正是你心灵深处的颜色。

秋天，恰如人生的中年。年轻的时候，我们总喜欢寻觅身外的灿烂，中年以后，困惑的东西渐渐少了，开始喜欢挖掘内心的清香，和属于自己的灿烂。而秋天正是人生最好的写意。漫步秋天，秋对人生的解语不仅在眼眸，更在心上。

总觉得秋天的傍晚是最好的时间段。夕阳恢宏地洒下来，暖洋洋的，醇厚柔润，折射出五彩，透过枝叶的缝隙，闪闪发光，晃得人眼前五彩纷呈。夕阳下，逆着光拍照，拍什么，都会很美。

秋天的夜晚，天空总是很高很高，尤其是夜里两三点，月光清冽冽地照着，天上人间寂寂无声，天高的好像要脱离人间似的。可我总会觉得，院里的花草一定和我一样，会在那么几个夜晚，清醒地醒着。

晚秋，适合一个人在黄昏时分独步，从夕阳西下，直走到暮色降临。就在一个人浅浅的、薄薄的、些些的怅惘或者忧伤里，体味、感知、思索抑或看见什么，渐渐地，放空自己。

晚秋还适合去逛一座老城。一水儿的飞檐斗拱、灰瓦红墙，豆腐脑、烤面筋、炒凉粉、冰糖葫芦的叫卖声此起彼伏，算卦看相的幌子在风里晃荡。买两串冰糖葫芦或者烤面筋，慢慢地在青石铺地的古街旧巷里边走边吃。路边一家做工艺葫芦的小店挤满了人。大的需要讨价还价，小的不必，五块钱一个，童叟无欺。进小巷的转弯处有一个糖炒栗子的店，进去的都是年轻人。边上还有一个卖炒花生的老头，铁锅里放了洗净的沙子，现炒现卖，去买的大都是中年人，满街巷都是炒栗子和花生的香。

晚秋，也适合写几篇日记，不必写什么深刻的、重大的，也不必遣词造句地费心力，就信笔而写，流水账似的记下你看见的、感慨的，或者就记下那朵让你惊艳的花，诧异了一街两行的那件绣花风衣，足矣。

# 有谁的梦，才算是好梦呢

## （一）

独坐雨里，感受秋雨的寂寞和清凉。秋雨霏霏，飘飘洒洒，交织成网笼罩着最后的秋天。无论白天还是夜晚，仿佛什么都安静了许多。

细细碎碎的雨，滴滴答答，洒遍角角落落，像是絮絮的低语，落下无尽的诗意。从点滴细雨，开始悟出人生的很多滋味。

就在一场秋雨里驻足，雨声滴出了最美的意境，滴出了点点清欢。

打开一盏夜灯，书一页心底的夙愿，字里行间缀满光阴的渴望。

将喜爱的事物，从一场秋雨里抽离，手心向上掬一捧暖阳，驱散秋雨的寒凉。

其实，人都是在冷暖凸显的转换之间，才会对岁月有更深的看见。

比如，一场雨。一场雨会冲走很多，一场雨也有无数新生蠢蠢欲动。

日子匆匆走过还是流过，都不重要，重要的是将一路途经的温暖妥帖收藏，然后许一份四季轮换，而你我，都无恙。

## （二）

喜欢秋天的夜晚。微凉，静谧，有着深邃和空灵。

在夜里，卸下一天的喧嚣，望一望天幕上月华如水，听一听虫声唧唧，秋夜，轻浅的像一条小溪，思绪如同一尾游动的鱼，一波一波的涟漪穿过梦的城廓，在心的嘈杂上栖居，思绪辗转反侧，时有风声飒飒在窗外踱步。

"好梦留人睡"——这样的夜晚适合有梦。可什么样的梦，有谁的梦，才算是好梦呢？

其实，不再年轻了，似乎连做梦也成了件奢侈的事。这也许是生活里日渐平淡的欲求的缘故吧，才让梦也平淡到几欲无痕了。

无梦就无梦吧。因为无论梦长还是梦短，好梦还是惊梦，总归是要醒来。如同人生，苦还是乐，你都会慢慢看清楚。

（三）

一片叶子，由绿变黄需要时间，而人的成长需要岁月。岁月无声也无形，却是个奇妙的存在。跟着岁月的脚步，你开始身不由己地抛开很多，开始戴着面具游离在生活的角角落落，开始觉得人生漫漫，又经不起消磨。一路走下来，几乎所有的人都不再是最初的样子了。

有时候就觉得生活跟读书有着一样的道理，读书是边读边悟。而生活就是每经历一些人和事，穿过一些黯淡，踏平一些坎坷，你就会经历一次不一样的涅槃。

书上说，落在一个人一生中的雪，谁都不能全部看见。每个人都是在自己冷暖自知的角落里欣喜悲欢。快乐来了，最快乐的是自己；苦难来了，最苦难的也是自己。一个醒悟了的人，应该是能够从累累的伤痕里自我疗伤，而后平静而安谧。

四季交替，时光不语，慢慢明白了，所有的成长方式里，经历是最好的伴侣——没有其他。

# 得尽欢时须尽欢

褪去了夏的浓烈，万物日渐饱满，有了岁月沉淀的模样，蝉鸣的聒噪逐渐换成秋虫的低吟浅唱。望远山层林着色，看窗外云纤风爽。

碧蓝的天空，阳光澄澈而透明，小草结着籽粒，落叶铺满路衢，大地舒展。秋天，你来了，我便生出满心欢喜。

收拾好夏天所有的忧闷倦怠，放逐所有的愁绪轻欢，等世界一点点斑斓，开始抒写新一季的故事。

其实，岁月是个很神奇的东西。

岁月无声也无形，却总会让我们看见时光易老，岁月惆怅。

其实，这偌大的世界上，没有人无所不能，谁都是竭尽所能地在风里舞蹈、雨里追寻。不信你去看看，也许你等的人，你想要的，也正在另一片秋空下徘徊成歌。

我想，四时里，大多数人应该是偏爱秋天的。

不语花犹落，无风絮自飞！说的就是秋天。这一种悠然又有哪个季节能够媲美呢？

都说秋天代表成熟，代表收获，所以，叶多黄，色多浓，都会令人一见生喜。灿烂秋阳下那一抹金色的铺展，才是万千生命历练到成熟的完美收官。

季节深处，我常与花草们小坐。凌霄花缠绵而深情，总是不经意间就爬满了一整面墙，艳艳的花开得如火如荼。吊兰虽然不常开花，长势却不容小觑，一丛丛、一簇簇茁壮而碧绿，娉娉婷婷的枝条从阳台垂下来，勾起人无限的感思。

马德说，有味道的世界，是有趣的人营造的！

是的，窗外，湛蓝的天缀满了棉花糖般的白云，暖风和季节一道，不管不顾地热烈着。红的耀眼，粉的妖娆。薄风微漾，有紫薇的花影婆娑在窗棂，一两枝就繁华了盛夏的光阴。

此刻，一杯白水在清透的玻璃杯里静静地看着世界。一朵云从眼前飘过去，须臾，又一朵云飘过来。我相信，无论过来还是过去，终究不会是同一朵了。

我想，这应该就是日子的容样。日子就像是天际穿梭的云影，永恒地流动着。跟人生是一样的，其实也是一场永恒的流动。

书上说，日子最小，又最大；最深，又最浅；最轻，又最重；最浩荡，又最不动声色。

还有一句话，说，花开即是远方。

读到这些句子，总觉得很好；透过这些句子，你可以看见辽阔、宽广和深邃。

其实，愈来愈笃信了，每一个领悟生命和生活的人，都会在岁月里看见小溪的深邃，也看见长河的清浅；看见花开是风景，花落亦是风情。唯有如此，平淡的日子才终会显出味道。

# 最·秋天

## （一）

喜欢秋天，胜过任何一个季节。

包括秋天里会勾起心上寂寥的落花、落叶，以及枯草残枝。

甚至，风吹过大地和旷野的微凉。

喜欢在秋天抒写心情。

写一晃而过的半世光阴。

写尘世里悲喜欢愉。

写窗外的风雨落叶覆盖旧事如梭，

写那个失之交臂的人。

或者那一场遇见或者重逢。

常常会想——秋天，究竟是一场凋零，还是一场盛放呢？

算了，秋天已经来了，已经来不及思考，我必须醉入秋天。

因为，我喜欢秋天胜过任何一个季节。

无论明媚还是忧伤，我都要捕捉它的光芒，一些放逐长天，一些放在心上。

诗人说，一片落叶，就能敲开秋天的门；一缕月光，就能让人想起远方；一阵风，就能带你游走天涯。

我说，一丝秋的气息，就打开了欢喜的门。

落霞孤鹜，秋水长天。

不必鲜衣怒马，只需一缕清欢。

只需一缕清欢，我，就醉入一整个秋天。

# （二）

岁月是一场无声的轮回，人在交错中了悟生活百味。其实，每一个季节，都有自己的盛大和琐碎。

比如秋天。

我想，生活大抵如秋天一般，一半在时光里盛放，一半在轮回里凋零。

走过纯涩年华，也蹚过璀璨沸腾。山水的故事自有山水懂得，秋天来了，秋天还会再去，无论盛大还是静寂，都一样书写岁月的春华秋实。

叶落而知秋临——秋走近大地，季节的脚步变得金光灿灿，茫茫原野都是秋洒落的热情，全然不怕辜负。

伫立在秋的门楣，无语，却怦然心动。我的欲望，沉入一季浓墨重彩的秋天。

其实，在时光里行走，时光总会对你讲述生命之轻以及生命之重，我看见十指无论伸开还是攥紧，很多的东西都会流走。于是，总会截留些时光与心邂逅。透过心的罅隙，也总能看见一些沧桑抑或光影。

我想，它们应该是故意留下破绽的，它们让我看见，心不老，岁月亦不老。如同这个季节，总有逝去匆匆如流，总有新生期期生长。

# 给秋天写一封信

秋的身手是很快捷的，你看，刚刚才过了中秋，好像只是那么一眨眼，秋天的韵味就又厚了一重。四野里，只消随便走一走就会发现，秋天，只一眼，它就一变。又一眼，又一变。

当秋天渐深，就逐渐显出了它的沧桑和厚重，那是一份不再需要繁华点缀的洒脱，一切都在灿灿的秋光里辽阔。

秋天里，你不必走太远，只要怀着一颗明净的心，就有秋光无限。

甚至，就是院角的那一树桂花，或者庭前倾泻的月光如水，又或者一条最普通的乡间小路，你只消走上去，就能在心上走出无尽风光。

秋渐渐地深，早晚的温度越来越低了，可四季轮回本就是常态。所以，别在夏日怀念春天，也别在秋天渴望冬雪！

我喜欢我曾经写过的一句话：日子怎么来，我就怎么爱！

其实，这世界，都不易。

你的喜乐，你的哀愁，都需要自己慢慢看开；你的孤独，你的寂寞，都需要自己渐渐释怀。

滚滚红尘里，谁的心都不简单，谁的执着也都不一定换来想要的结果——世界，哪能那么如你所愿！

瞧！凋敝的花还走在圆满的路上，生命，更需要一种姿态：阳光好的时候，泡一杯茶，无论什么茶，最好是轮换着喝，菊花、茉莉、玫瑰、柠檬……

而我们，最好就是把自己放在阳光里……

好了，不说别的了，见字如面！

# 万象风物只在自己心上

## （一）

习惯在夜色里漫步，在黑暗处眺望城市的灯火，总觉得冥冥中有着另一个我，不断地提问回答着。一些关于生活抑或日子的驿动和跳荡，也总会透过岁月的窗棂挤进心隅。于是，那些走过的路、喝过的酒，以及日子里的风霜尘沙，都一股脑儿地聚集起来，堆砌出一个繁盛抑或苍凉的模样。

万物在冬天蛰伏春天生发，生命在四季里各有归宿，一些物事在流云流水的日子里，来或者去，这应该就是时光的警示——谁都不能置身事外。

这世界没有一种方式，先让你明白，然后开始生活，也没有足够的空间，去容纳你所有的欲望。更没有办法让谁说拿起就拿起，说放下就放下。谁都是爱的同时也在恨着，笑的同时也在哭着，憎恨也宽恕着，不舍也遗忘着。

日子，如同一方漩涡，生命在里面沉浮、起落，你终将在生活里看见，日子终无往昔可翻，你终须接纳、相信，然后与之握手言欢。

## （二）

每次坐在广场边上，不管是蓝天白云，还是阴雨霏霏，都有不一样的风景。广场上的音乐喷泉只在周六晚上才开，广场上的音乐一天更换一次曲目。恰巧有了喜欢的歌，心情无端地就好起来了。每到夜晚，广场会聚集很多的人，每个人都沉浸在自己的世界里。广场在城市边上，没有了高楼大厦的遮挡，但凡有风就显得很大，仿佛能吹走很多糟心的事。

最难过的时候，就坐在人烟稀少的小河边，多坐一会也无妨，难过够了，再回去。想想，人生都有"坎儿"，总能跨过去。

也喜欢晚上的时候一个人去桥上，吹着夜风想些事情，看看来来往往的车，远处的灯光像会行走的星星，很好看。或者就吹吹晚风，你会发现，其实很少有人在意你在干什么。

上班经过的那条路上，两侧都是高大的树木，绿荫几乎覆盖整个路面，骑单车从中穿行而过，抬头看天空、云朵——内心宁静，这未尝不是一种快乐。

每次感到特别累的时候，就会找个咖啡厅坐坐。买杯咖啡，坐在那，阳光透过玻璃窗照进来，很温暖。窗外人来人往，他们或开心或忧伤，或忙碌或悠闲。然后就觉得自己的很多事也不算什么事。还有，咖啡厅的沙发是绒面的，抱枕也是些绒毛的玩具，靠着沙发，或者抱着抱枕，都会觉得特别暖和。

一般心情不好，又不愿多想的时候，就去街上闲逛。一条街一条街地走过去，随意进出任何的大小店铺，然后再随意买些东西，一块钱的就行。一块钱！能买些什么呢？左不过是些小女孩的小玩意。回家的路上，再买个烤红薯，或者甘蔗、冷饮什么的，边走边吃，倒也真的开心起来了。日子不急不缓地走着，世界很大，也很小，谁都需要个地方抑或形式放置心灵。

## （三）

落雨，静静坐在夜里，雨落成花。

其实雨是成不了花的，雨是下在心上才成了花。可雨是自由的，疲惫的身体也开始在雨夜自由地伸展。

雨，不只能洗刷尘埃，也能洗净心尘，仿若可以清除嘈杂，推开日子的喧嚣和浮躁。

静静地，打开心的闸门，任许多思绪在雨里跳舞。

总觉得夜雨会比白天的有味道，总会触动一些心情抑或事物的触须，如窗台上那盆寂寂的花，粲然绽放。

不知道，此刻还有多少人的思绪，会在雨里游荡。

多想，推开岁月的栅栏，倒回时光。

夜雨，滴滴答答，淅淅沥沥，潮湿划破夜色，摇曳在天际。

敢问，有多少人、多少念思，会在年轮里走成忧伤？

我看见远遁的乡村，回不来的纯真，青涩的少年，还有被岁月风干的执着，散落一地。

　　路人穿街过河，风吹乱花影云朵，流经内心的时光，像一朵隔年的花，寂寞地开着。

　　曾经的迷惘、彷徨、漫长的惆怅，早已改了模样。心在彻夜的雨里漫步，用心聆听遥远的呼唤，感受久违了的色彩，从此，万象风物只在自己心上。

# 未品浓秋已入冬

　　总觉得是一转眼，立冬已经过了，都说秋尽冬来风料峭，而初冬的风远算不上料峭，甚至还给人一种"深秋"的感觉，红叶与黄花更是两两相逢。

　　路边的梧桐、银杏、小叶国槐，红叶李树，也争相贡献出最后的斑斓。阳光照下来，落叶就那么随意地散落着，铺陈出一份跳跃，动感的缤纷。

　　绿化带中，点缀着粉红的酢浆草、各色的菊花、百日红，更有一排一排的月季花树，红着，粉着，黄着，各色各朵，相映相托，使得冷晴的初冬虽肃杀，却也烂漫。

　　此际出游最好，你看，西风扫园林，红叶满阶头，美好就像那绵绵的水，一波接一波涌入眼眸。

　　碧云天，黄叶地，橙黄橘绿……木叶由绿转黄、转红、转深红、转金黄……正是，冉冉秋光留不住，满山红叶暮。

　　走过曲水拱桥，看树影飞红，看落日融进斑驳树影，像一幅幅光彩熠熠的画卷……

　　轻寒正是可人天——这一方晚秋初冬天啊！

　　走在这样的晨间，心还是会不自主地生出些怅然和感慨，也会不经意地牵扯出一番情愫，有落寞、叹息，也有诗意和美好。

　　生命中，平常的日月，一日日交替而去，而季节更换，时光匆匆，看一树一树的金黄橙红，阳光下唯美如画，其实也点燃一些对生命的理解和热情。

　　夜晚漫步，霓虹如画，如梦似幻，所有的奔走和疲惫此刻都隐去了。

　　路过一酒吧，羡慕喝酒人的那份清悠自得，不觉迈入……

　　好吧，北风潜入悄无声，未品浓秋已入冬。你准备好了吗？可也要在这浓秋浅冬里走一走？

我已经准备好了，我要在这最后的秋光里放逐所有的不快乐、小遗憾，浅忧，淡伤，趁萧萧黄叶还未落尽，杲杲暖阳还在树梢，北风还未捎来雪的消息，流年光影尚在浮沉，梦还有痕，花尚有颜，赶紧去走一走，品一品这秋冬交汇时的韵致万千。

其实，每每与秋天告别之际，思绪怎么着也会显出些苍白来。像枝头的叶子，少了光鲜，多了暗沉，就像是一件有了些年头的旧衣服，光鲜尽褪。

可这时节也尚有暖啊！尚有繁花盛，犹有日可暖，说的就是此际。

好吧，一路走来，大自然给了我无尽美好的风景，我也给自己定了方向，快乐，善良，活力，阳光……拍一拍落在身上的尘霜，安然步入冬天，听一听歌，想一些人，写几句心情文字，慢慢走，在流年的风景里且行且悟，且慢慢懂得，然后，道一声，冬天，你好！

# 心中有欢喜，流年便似锦

十一月，秋去冬来，午后阳光明媚，裹了披肩坐在阳光下。邻家院墙上，爬墙虎已经枯萎，地锦却红的正好。风过，几片叶落下来，轻悄，安详。

脚边，两盆酢浆草也开着，深紫的叶，粉紫的花，开在立冬该是个美的开端。

这样的时节，该是一年中最静好的时光吧。阳光已经稀薄，却温暖依旧，连同两朵谢在深秋却迟迟不肯落下的牡丹花一样，透着安详——这样的时候，我通常把它叫作好时光。

你看那金灿灿的银杏树，这哪里是萧索的样子？这分明就是肆无忌惮地在挥洒着生命最成熟的繁华。

你再看，高远的天空澄澈似海，飘逸的云恣意如浪……

我在想，或许秋天的凋谢都是假象，它不过在积蓄与浓缩，在等待再一次加倍地挥洒与铺张。

书上说，心中有欢喜，流年便似锦。

秋天已渐次摇落满身繁华，冬天已静静入驻时光，好吧，就祝你我都能在这个冬天心有欢喜，流年似锦。

一开始是雨，点点滴滴地落在肩上。不一会是雪，细细碎碎地亦落在肩上。雪不大，散散碎碎的，未落地就化成了雨。

无论是邂逅雨，还是邂逅雪，于我而言，都是一种欣喜。

当然，阳光灿烂的日子，还是最好。

当然，悟透了日子也就不再苛求什么。只要岁月无恙，雨雪是美，晴好也是美，什么都好。

雨绵绵，交织成密密麻麻的网。

意不觉，万籁此起彼伏。

踟蹰街头，罗伞轻撑，雨意微凉。

街头听雨，窸窸窣窣簌簌。

路上水洼澄澈，倒映楼宇，落叶舒展于上，伞色缤纷不一。

枝头红叶妖娆，空灵清新，在干冷的灰色里明媚灿烂。

季节有季节的味道，春风，夏雨，秋月，冬雪，每处风景都会成画，光阴亦会点染成墨。

# 你想要什么样的冬天呢

天朗气清，冬风不冷，与谁同坐？

暖阳、和风，和我。

幸运的话，会遇上停了鸟的树，那鸟雀跃着、欢鸣着。也可能是几蓬绒花，在冬日里明媚着，让日渐枯寂的枝梢，生出无限温情。

秋尽繁色褪，冬临物华休——日子如尘埃，时而飞扬，时而沉落，好在有剥夺也有馈赠。

时光流淌，叶落秋尽，一些时光粉饰过的美丽，渐渐显出原有的底色，冬天开始蠢蠢欲动。

初冬的天空，云少了，也淡了，但碧蓝依旧，只是多了些幽深高远。天晴好时，如纱的几缕云飘过，碧空就多了一分缥缈，一分神秘。站在蓝天下，思绪会飞上天际，心境会渐渐开阔悠然。

初冬的树与秋的斑斓相比，多了一份淡然、从容。

看树，要站在树下，顺着枝干往上看，太阳照下来，耀眼的五彩披挂在枝隙叶间。

也有叶枯枝瘦的，疏疏落落三两片叶，一树枯枝朗朗，映着一碧如洗的天，风骨着，挺拔着。

初冬的草儿大多枯黄，可也有碧绿的。这种草一般在公园，绒毯似的，放眼看，似乎连了天，望久了，貌似一地的寂寞蔓延，心上会觉得时光也去了天涯一样。

再看落叶，有红透的，黄透的，也有半红半青的，还有半红半黄的，一片片任由秋风吹着到处散落，一身的去留随风。

细细地想，每一枚落叶该都如人吧！都有过年轻时的蓬勃张扬，及至老去时，也许是生命使然，也许是看透了风雨沧桑，谁不生出静好的随遇而安？

好吧，初冬如画，行走四季光阴，若能内心安然，人生无恙，焉知不是一场圆满？

你看，光阴的手轻划过流年，人间便换了季节。

虽说立冬已过，一场冬雨连绵也驱散了最后的秋阳，可天地间尚存的红红黄黄的热烈，依旧如同我热爱这季节的心。

丰子恺的冬天，是坐在南窗下的藤椅里，被初冬的日光笼罩着，暖洋洋的。

朱自清的冬天，是和家人一起围着一锅热气腾腾的白菜豆腐，你给我夹一筷，我给你夹一箸。

你的冬天呢？或者说你想要什么样的冬天呢？

我想要的是丰子恺的冬天。

书上说，生活的美好，不过是那些可以品尝到甘甜和欢喜的事物——渐渐懂得，原来对于冷暖最深刻的感受，不在肌肤，而在心上。

时间悄无声息，你还记得去冬许下的心愿吗？

好吧，冬天的大门已开，我愿你有你的欢喜，有你的热爱，然后希望你冬天快乐！

# 看见生活的好

## （一）

一年四季各有千秋，春红夏绿，秋黄冬白，都挺美。我喜欢的冬天，是皑皑的大雪倾城。

冬天来了，万物都卸去了伪装，山是山，水是水，特别是那些树，木叶尽落，各显各的风姿，寒冬凛冽里，倒比任何一季更有风骨。

北风一紧，密林变成疏林，树与树之间是疏朗的，每一棵树都那么独立，因为独立，彼此就有了空间，就可以让风穿过去，让阳光穿过去，让视线穿过去——当然，心也可以穿过去。

天气晴好的时候，在林中走走，低头是厚厚的枯叶，抬头是辽远的蓝天，觉得自己整个人都被打开了，从视野到心胸，都是豁然开朗的明亮。

而雪，是冬天的灵魂。

雪一落，冬天立马就精神起来了。天地间银装素裹，玉树琼枝——凭窗观雪，踏雪寻梅，煮雪烹茶，都是很风雅的事。

白居易的《问刘十九》：绿蚁新醅酒，红泥小火炉。晚来天欲雪，能饮一杯无？更是把冬天的万千美好和深情厚意搬到了你的眼前。

落雪临风不厌看，饮酒烹茶冬不寒。

好吧，冬天是个文艺的季节，我等着你，咱们一起等着落雪，等着落雪倾城的时候，慢慢聊。

## （二）

这两天真的冷了，虽然没有下雪，冬天也还是有了冬天的样子，出门前总要穿得厚厚的，手套围巾全副武装后，再面对扑面而来的寒意。

难得午后晴暖，趁阳光去附近的公园散步。

公园里草坪很厚，即使干枯了的草踩上去依旧弹性十足，月季花也精神抖擞地开着，尚执着于枝头的枫叶也红得醉人……

公园一角，几个年轻的男孩女孩在拍抖音，欢畅地笑，有着年轻的姿容、飞扬的青春气息；

彩色的石板路上，一对年轻的爸妈护着孩子蹒跚学步；

远远近近，男男女女两两成双地走着……感慨，这情境好像一般出现在文艺小说，或者影视剧里——突然觉得，岁月静好，大抵如此吧。

转而轻笑，原来生活里，无论是一寸阳光的温暖，还是一件厚棉衣，一碗热粥带来的踏实感，都会让你在某一刻刹那明白幸福的真谛——幸福，很多时候真的不需要多大的好，只是在刚好的时候，遇见刚好的需要就够了。

好吧，我喜欢自说自话式地写自己的文字，多数时间这个过程很寂寞、很辛苦，也很累，有时候也想放下笔，让日子随波逐流。

但当我抛开生活的芜杂写着这些无用的文字时，内心深处却又是一种抚慰和温暖。

好吧，这个冬天，希望我的文字也可以像这午后的暖阳一样，给你带来些许温暖，然后让你更加爱自己，爱生活，看见生活的好。

# 阳光好的时候

冬天，有暖阳的日子，心情总会大好。

公园里，广场上，老人，孩子，情侣；小猫打盹，小狗嬉戏；风吹着落叶，阳光晒暖枯草。

不定在哪个角落，会有菊花灿灿烂烂地开着，虽难免会有三五瓣已经干枯，却仍有许多的蕾前赴后继地赶着来盛开。

尤其一树一树的蜡梅，阳光下金黄耀眼，浓香弥漫。

月季花也开在眼前，寒风中坚定、执着，时有小雀飞来，与花共度一些时光。

是个暖冬。

我依旧穿着加绒的连衣裙和心仪的大衣，走在阳光里，把一季冬天放在冬天之外。

冬天还有一种快乐，就是吃。

首先是火锅，什么德庄、巴庄、十七门，什么渝福顺、青一色，都好。

我最爱巴奴，和巴奴的乌龙冰粉。

遍地开花的火锅，沿袭着浓郁的秘诀，与友人，与家人，边吃边快乐着。

还有就是烤红薯，烤甘蔗，烤橘子，冰糖葫芦，新鲜的草莓和桂圆……就在这人间的烟火气中，我们吃着吃着，冬天就过去了。

阳光好的时候，还会有几只小麻雀来院里觅食、散步，有两只胆大的则直接登堂入室；

阳光好的时候，瑞香的香更是令人沉醉，还有水仙、风信子。

还有那几盆扔在屋顶一角疏于管理，却葳蕤、蓬勃得不像样子的吊兰。

当然，我水养的两钵大蒜也是极好的。

大约凡俗的人都有一个通病，就是习惯把生活好的一面呈在人前，坏的一面藏于人后吧。

我也一样。

但我总会告诉自己：我会遇见好的山水，好的人，好的事，好的生活，好日子。

我还会告诉自己：保持热爱，保持努力，生活就会回馈你美好。

因为渐渐明白，人生很多事是不能操之过急，不能望眼欲穿的。

像等一朵花开，要在属于它的季节；等一份欢喜，要有热爱在心上垫底。

像文字，不是用手写的，是用心，用风，用明月，用阳光，用雨露，用雪、霜、伤痕、疼痛、快乐、欢喜……。

我用文字疗伤，治愈，壮行，做伴，修复生命里的残缺和遗憾，它带给我的意义明亮、温润，生机勃勃……

我最喜欢的六个字是：好好过，慢慢来。它让我懂得了平淡里的珍重，四季里的日暖花开。

真的，好好过，慢慢来。把一辈子的光阴一寸一缕地摊在心上，看窗外日头开花，澈水朗朗。

# 蜡梅花开春不远

时已深冬，万物寂寥。季节更迭的罅隙里，我开始心心念念一种花——蜡梅。只是今年冬天还没有下雪，不知道蜡梅开还是没开。

其实若在往年，办公楼下就有棵三四米高的蜡梅，但凡有一点点花开的迹象，我都能在第一时间知道。

今年不行了，调换了办公地点，新机关院里更没有梅树。上周，实在忍不住，特地跑去老机关院看那树蜡梅，结果失望而返，竟连花苞也没有一个。

不甘心，趁着午后阳光正好，决定到另一处有梅的园子看看。

这个公园面积虽不大，却利用地势造出了层次，是我喜欢的腔调，亭桥流水，曲径隐错。东有翠竹，北有玉兰，然后园中遍植梅花，有蜡梅、红梅、白梅和绿萼梅。花季时，竞相盛放，蔚为壮观。梅林中流连，更容易让人忘记时间与空间。

穿行萧索的园子，径直寻梅。及至入园，惊喜不已，原来红梅业已遍树挽蕾。窃喜之下，直奔高处的那片蜡梅，未及跟前，已被沁香吸引，心头狂喜，蜡梅一定是开了。

果然，两树二三米高的蜡梅，黑褐色的树干，点缀着数不清的亮黄色花朵，星星一般夺目。

瞬间，我竟有些呆住了。

于我来说，是想来打探梅花消息的，不承想花已开，且已开得满树繁华——黄灿灿地吐向冬日的晴空，那样的热热闹闹，又那样的静谧祥和，实在是一个不寻常的境界。

只见枝上密密麻麻缀满着纤巧的鹅黄。开了的，小铃铛似的倒挂着，黄的瓣，黄的蕊，中间还点染着朱红色的一抹晕，灵动可爱。含苞的花蕾居多，小小的，一枚枚紧紧裹在一起。欣喜地穿行，看看这枝，又看看那朵，香味儿便寸步不离地跟着我。

每每赏梅，我一般都会偷折几枝带去办公室插瓶（多少有失公德），多数时候是蜡梅。

蜡梅的香馥郁浓厚，一树蜡梅只消开上几朵，就可以浓香醇醉，小小一枝释放出无限动人的香。我将它插在玻璃瓶中，用清水供着。于是，清简的办公室瞬间活泼俏丽起来，工作时，暗暗幽香袅袅，使人心情愉悦。有同事进门，免不了争相品评、咂叹，试问，谁能拒绝一缕梅香呢？

记得席慕蓉的《一棵开花的树》里面有这么一句：阳光下慎重地开满了花，朵朵都是我前世的盼望，当你走近，请你细听……

这应该不是写蜡梅的，可我总会觉得，这又何尝不是在写蜡梅？！

凌寒绽放的蜡梅，不仅丰姿绰约，且冲寒而开，更带来了春天的讯息。

此刻，阳光里的蜡梅该是欢喜的，寻梅的我也是欢喜的，整个世界都那么和谐。我想，接下来，循梅而来的春天一定会更好吧！

# 风吹年年，慢慢即漫漫

我自上中学开始就一直生活在这个小县城里。

上班要经过两个红绿灯口，这条不起眼的街，连接家与单位，是横贯城区的交通要道，车马人流，熙熙攘攘。街角纵横交错、巷陌曲径延伸——学校、商贸、菜场还有早摊点，四通八达，生机盎然。

街道上市井万象，每天都在上演故事。未知的邂逅，熟悉的相遇，好与不好，都是生活。

清晨六点，小区左拐处的胡辣汤店老板已经迎来了好几拨餐客。一口汤锅，几张桌子，一家人前后照应。

"老板，一碗胡辣汤，一笼素煎饺。""老板，三碗胡辣汤，两笼肉煎饺一笼素的。""好嘞。"

他们的生活就这样简单而又实在。

多年以来，习惯了徒步上班，熟悉的路线，固定的路程，每天就这么走着。

早上上班前我的首要任务是送小孙女上幼儿园。幼儿园开在一条不太繁华的背巷里，但也因幼儿园的存在，背巷倒变得繁华了，天天堵车。

上学路上要穿过一个菜市场，每天经过，连卖菜的都熟了，乖巧的孙女会不时问相熟的爷爷奶奶好，也会站在卖鸡卖鱼的摊位前认识一下鸡鸭鹅。

上班路上，有一家口味相当纯正的武汉热干面店，生意很好。年轻的夫妻俩经营着，也卖馄饨，但热干面的口味更正宗，尤其再加上卤蛋和豆干，那叫一绝。

紧挨着还有一家闪记生炝烩面，用料实惠，汤鲜味美面筋，懒得回家做饭的时候，我都会选择这家店，要一小份卤豆皮，一小碗面，面里加上又香又辣的辣椒油，再剥上两头蒜，吃得"汗"畅淋漓，既饱了饥肠，又足了食欲。

　　单位边上还有所中学，中学门口有个卖"火烧夹串"的摊位。"火烧"是我们这特有的叫法，其实就是烧饼，然后有用竹扦穿好的各种荤素菜，在油里炸了，撒上辣椒面、盐、孜然粉，夹在饼里，好吃得无敌。

　　当然还有小型的生活超市，但我更喜欢顺脚逛一家女装店，买不买无妨，店里人少的时候，可以选择各种风格试穿感觉一下。当然有人买衣服的时候，也自然而然地帮老板招呼一下顾客，所以女老板也不讨厌我，某些时刻还跟知己似的。

　　如果时间宽裕，我还会到紧挨着小区里的一家店再转转，反正都是顺脚而已。

　　生活了半辈子的城市，有过平静和喧闹，有过简单和繁华，一路相随，构成了生活元素。而街头拐角，所有凄苦，所有兴奋，在这边开始，在那边结束。

　　就这样，小城如一汪池塘，波澜不惊，平平淡淡，也像生活中的我，宠辱不惊，真真切切。

　　书上说，年年有风，风吹年年，慢慢即漫漫。

　　好吧，我就这样平平淡淡，真真切切地生活着，风来沐风，雨来栉雨，你敬我一尺、我敬你一丈地在日子里走，期待最终能走出自己想要的模样。

# 周末快乐呀

## （一）

一程山水，一段时光，寒潮如约而至，时光终会走远，你那里下雪了吗？

提起冬日，初现脑海的可能会是银装素裹的景致，或是耳边那"好冷啊"的嗔怪。

人们对冬天的印象通常是冰冷的。但冬天当然不会只有寒冷和孤独，还有属于这个季节特有的温暖。

你看，天湛蓝，云悠然，暖阳依旧；

你看，天冷下来了，家人仿若也没那么忙了，待在家里的人多了，时间也长了，于是家人闲坐，灯火可亲；

上小公园去折蜡梅、天竺果，明黄的蜡梅，鲜红的果，插在瓶里，半月过去，依旧生机盎然；

天冷了，三五好友约一席滚烫的火锅，原本是被寒风吹得瑟瑟发抖，一坐到火锅前，暖意扑面而来。一边吃，一边分享生活，那充实的感觉从舌尖一直蔓延到心上。

除了火锅，还有那香味飘了整条街的糖炒栗子、冒着热气的关东煮和香甜热乎的烤红薯，好像冬天就是有了这些才够完整。

不禁感叹：冬日暖阳，人间烟火，谁能不爱？

敢问，若大雪纷飞，你会做些什么呢？

是邀二三知己，围炉夜话？

还是独自听雪落下的声音？

还是雪中折梅插瓶，润色时光？

我说，若雪来，当飞花穿庭树，敲窗问暖寒。

当说，晚来天欲雪，能饮一杯无？

当说，要一壶滚烫的酒，要一个懂你眉间词色的人。

好吧，人生随流年，愿所有皆安暖！

## （二）

冬雪无踪，暖阳有意，天湛蓝，云倘佯，花开阳暖，冬天，倒像早春。

感慨，陌上流年，有什么能比一轮暖阳更让人心心念念穷及一生？

蟹爪兰新结了花骨朵，插瓶的蜡梅和红梅艳丽地盛放。

暖气充盈了所有能够走到的角落，温暖像微笑一样。

我也是笑着的，对着水瓶兰新长出的叶片，对着多肉植物密集的新芽，对着绿萼梅绽开的花瓣，和三七花的娇美。

早上洗头，给失养受损的头发打了精油，编成鱼骨辫，毛糙的头发恢复了些光泽和顺滑，有些听话的迹象了。

幼儿园也已经放假了，不再忙于上下班和接送小孙女的紧张状态里。

一个被晴暖天洇染的好心情，终是胜过吃糖的甜。

今天就写点关于"春"或者"暖"的文字吧，用我能感受到的浅喜清欢。

然后，周末快乐呀。

## （三）

冬天，只要太阳一出来，人在屋子里就待不住了，总要想方设法放下手头的事，去太阳地儿里转转。其实我看万物大约都一样，都不想错过每一寸阳光吧。

阳光下，天空脱去了铅灰色的外衣，干净、纯粹、湛蓝。迎着阳光，你能看到金黄、金红，不，是五彩的光晕，或者是无数飞扬的金屑飞舞，连空气也暖暖的。

落尽了叶的树，通透，舒展。尚未落尽的几片在风里惬意地晃，阳光照下来，给它们镀上光芒，黄的金黄，红的醉红，一片片光彩照人。

即使脚下的枯草，也有着别样的光芒。

人在太阳下走，所有不好的心绪都会慢慢平复，变得也温暖，也柔和，也平静，貌似所有的不愉快，甚至冬天，也不见了踪影。

想说，冬天是漫长，也萧瑟，也寂寥。可是，有心，却依旧可以风和日暖，草木成欢。

　　因为只有冬天，任何细微的暖意才可能被无限放大，然后仿佛每一寸光阴都和暖起来了。

　　白居易在《负冬日》里说："杲杲冬日出，照我屋南隅。负暄闭目坐，和气生肌肤。"

　　试想，就这样阳光和暖，一个人慢慢梳理生活和心情，一笔一笔，一岁一岁，一年一年……

　　也不错的。

# 岁月静好，人间值得

初冬，天气清寒。无雪的日子，雾是主角，眺目，天地间游荡着一片白茫茫，街道两旁各色的绿化树上，金黄、深红的叶子倔强地坚挺着，也有一些已经早早枯落了，人走过，树叶飒飒作响。

此时的田野里，小麦嫩绿而茂盛。一簇簇、一团团的野菊花，在田间、地头、道旁、沟壑里，如不小心散落尘间的精灵，凌寒怒放着。偶尔有风走过，闭上眼深呼吸，享受独属初冬的暖阳味道。

其实，一入冬天，总是不由自主地急着相逢一场大雪。总觉得唯有那一树一树的洁白，才是季节最美的盛放。

好想，也做一朵雪花，去感受那样的盛开，去赴一场倾城的绝恋。

其实，当年华日渐老去，总不由自主地希望时光能够慢下来，慢到能让一切从头来过。

其实，时光的青藤早已爬满了沧桑，光阴的转角处，唯有繁华过后的落英缤纷。

隔着岁月的风霜，只道一声，天渐寒，身同安！

"北风潜入悄无声"，寒暑易节，在秋冬之交暖阳下，临风远眺，凝眸间，总有些情愫简约明媚，总有些沧桑逝水沉香。

流年转换，季节瘦了清寒，挥手告别一个又一个的季节。

你来，我在，于凡俗的人间烟火里，慢品岁月。

其实，初冬的风还未曾吹散深秋的味道，思绪也还纵情在秋天的童话里。

独步徜徉，时间的篱笆悄悄爬满心墙，过往的物事也早已随尘烟散淡，只剩丝缕独自瘦着，偶尔在尘烟里明灭。

其实我知道，秋天较之其他季节，更能装载丰盈的世界，秋叶纷飞也早已埋下了丰收的伏笔，但初冬的风依旧吹瘦了栖居的日子。

回首一程程途经，当时光剥落，故事走旧；当岁月的手，抹去斑痕；当心一次次出离，一次次归来，踏着时光片羽，我期望听懂岁月的声音，然后，只道一声，冬冗长，你我皆安！

当十一月的街头铺满落叶，风也生出凉意，可是看见小情侣牵着手走过街头，一些鸟儿掠过树梢，推婴儿车的妈妈或奶奶坐在阳光下，一群白了头发的老头儿吵架似的下着一盘象棋，我还是觉得人间值得，岁月温暖。

北方的冬季，初冬时候是最美的。北风渐冽，所有的生命都开始向晚，柳树甚至比春天的还要耐看。尤其在河畔，缕缕的金黄轻触河水的碧波，若是再来点风就更美了，柳枝随风摇曳，像一个成熟女子婀娜的背影顾盼生姿，总叫人忍不住多看几眼。

还有那些红枫、黄栌的叶子，像极了冬天里的一把火，在碧蓝天空的映衬下，恣意而张狂，于是，心上无端地就欢喜了。

晴朗的午后，喜欢蜷缩在阳光里晒太阳，大朵大朵的阳光晒在身上，闭上眼，在风和阳光里假寐或者真的睡一会儿。

或者，黄昏，就坐在小院廊下，墙脚下的花开着，风翻过院墙跑进来几缕，墙壁上映着落日余晖，光影交替。若是兴致正好，便一绺绺去数照下来的光影，大约这就是所谓的岁月静好吧。

# 感悟时光，感知爱

## （一）

节令已过了小雪、雪，却一直没有下。

于是总不时地有那么一些小小的心塞和耿耿于怀。

没有下雪的天空总感觉少了些味道，多了些索然无趣。

伫望小城萧瑟的街头，枯叶随风飘荡，落满了街巷，默默地生长出无限的恓惶。

此刻，期盼一场雪，不是刻意地为了些什么，只是想让一种亢奋淹没一些也许的寥落，让一种豪放冲垮一些也许的压抑，让一种欢颜替代一些也许的孤单。

其实，世上万万千千的等待抑或盼望，应该都是一种情非得已吧——如若不是一个"情"字挡了来路和去路，谁又会甘心等或盼呢？

想一场漫天雪落时，一定是漫天的惊喜，漫天的快乐，漫天的怒放。我更愿意相信它在落入你掌心、依偎在你肩头之前，一定也经过了爱，不然如何会让这世界刹那动容？

有雪的日子可以做的事情很多，我想我不必赘述。

果然下雪了，依窗而立，看雪花满天飘飞。雪花应该是尘埃里开得最柔美的花吧。

我喜欢她们入世的方式，袅袅婷婷，唯美而优雅。尽管她们的生命很短暂，但它们路过这个世界时留下的那抹美好，总是不经意地就惊艳了整个季节。

来吧，都停下来，来聆听，或者来看一会儿雪吧。

所有欲走还留的眷恋，所有行色匆匆的风，所有远走天涯的梦想，所有忧伤的河，所有惆怅的草，所有怒放的花。

当然，还有你，我，我们，都来吧，都停下来，看一场雪……

流年催素发，不觉映华簪。

你看，每个人都在时光中前行，边长大，边成熟。人在旅途，心在路上，爱在心里。

雪来的夜晚，读一段让人欢喜的文字，任雪过窗外，任花朵安眠，一切都是好的。

所以，雪来了又如何？

向暖而行就好。

# （二）

风过原野，寒意开始在尘世的每一处蔓延。

冬天来了，雪未来，但等雪的人一直在。

等一场洁白晶莹的千古诗意？等一场红泥小火炉的人间温情？等一场拥衾夜读的静谧安然？也许还在等一场如雪般自由的飞扬，和无畏的奔赴？

寒风起，日渐消瘦的枝头偶尔几只飞鸟停落，叽叽喳喳一番，又跃然向冬日的暖阳飞去。

冬天来了，雪未来，但等雪的人会一直在。

仿佛一夜间，不，只是一阵风起，寒冷连天边的云都没有放过，飘飘停停，起起落落，聚散又离合。

风中，其实只是一刹那，感慨、沉默，千万种情绪随风而起。

如果雪来，我用什么迎接你？足迹、歌声、诗句……

晨起，朵朵雪花正在天空自由地舞蹈，雪，终于在期盼中纷纷扬扬而来。

"白雪却嫌春色晚，故穿庭树作飞花。"

"日暮诗成天又雪，与梅并作十分春。"

这场雪，对于很多人都是眉间久违的风景。

窗外，大片大片的雪花在风中飞舞，我在屋内静心观雪，看它们在空中深情。心仿佛也被雪牵着，肆意地飞舞。

其实冬日里最倾心的莫过于遇一场雪。茫茫世界，看雪花从季节深处簌簌而来，像一片片未老的梨花，开在天地的怀抱。

冬天最美的也就是遇一场雪，远处的山，近处的花木，都被雪花拥抱着，极目窗外，一片苍茫茫的景色，也静谧，也落寞。

　　此刻最适合的，莫过于依心而坐，在一眸雪景里与雪花一同坠入尘埃，让一切繁华与喧嚣在此时淡若无痕。

　　此时，寒岁寂寂，不若让心沉淀，看天地清明澄澈，尽情体会那份旷达与纯净，唤起心底最简单的欢喜，在雪与时光之间搭一座桥梁，感悟时光，感知爱。

# 冬日絮语

## （一）

浅冬，正午的阳光拉回季节里远去的温暖。心靠在阳光里，纵是无声，所有的一切也都变得明媚起来。

不去管，南飞的燕子，何时可以返回；不去想，曾经的错失与遗憾，可否能放逐到天涯；不去考问，那走过的似水年华，到底有多少值得、多少不值得。

此刻，我只和阳光一道，虚度这一刻时光。

我的办公桌放在朝南的窗下，冬天的时候，太阳只能照半个桌子。我知道，这是冬天太阳随季节南倾的缘故。

把椅子尽量靠在窗沿上，太阳光就笼罩了整个上半身，于是，周身都暖烘烘的。

窗台上的芦荟一棵棵茁壮的好像不是生长在冬天似的，忽然生出一种感觉，严寒占据窗外，而春天却在我的房中。

周日的午后，沿着街道漫无目的地闲步，本来晴暖的天不知何时起风了。到底是初冬了，阳光的温暖瞬间就被风吹散，随之是晴冷晴冷的凉意袭来，周身开始瑟缩。

于是，随意进了一家咖啡馆。穿着制服的服务员，端来了热气腾腾的咖啡。捧在手里，暖意刹那传遍全身。

也许是因为天冷，不停地有人进来。咖啡的热和香在室内氤氲，我已经不记得是怎样就喝干了杯。殷勤的服务员续了杯，继续捧在手里。

咖啡馆最里面的角落里有一处儿童乐园，几个孩子在那里玩耍，那是这个房间里最欢乐的地方。

静静地坐着，竟觉得温暖貌似在身边住下了。

日子里，都说时间如水，毕竟东流去，似乎人人都看清了世事红尘。可我始终笃信，季节的罅隙里，一定有无数翘盼，穿过季节殷殷渴望。

当然，人在日子里行走，看远山起伏，飞檐低吻角铃，一路自有零落的飞红相伴仲春长夏。回望一路风尘，一路追逐，到最后依旧是谁都不免被生活浸润成五味杂陈的模样。那些春雨秋花的美，缘来缘去的暖或者凉，也都随时光一去不返。

但真实的生活却是无论尘世如何的薄凉，你依旧会期待。

期待一场春风化雨，期待一场雪舞北天，期待一次邂逅，期待一次重逢，期待把浮躁遗留在宁静的角落，把身心放逐去无边的旷野。

甚至，期待去寻一个冬眠的地方，把自己藏在温暖的世界。

而我，不想那么多，踏上冬的行程，我只选择穿越寒冷，寻找最柔暖的心情。

## （二）

单位的美女一年前送了我一盆花，严格说是一株，因为它实在是太小了。细细的茎，柔柔的叶，根球只有拇指大小。但我却被这花的名字吸引了——水瓶兰，总觉得有着无尽的美好在里面。如今，水瓶兰的茎粗了，叶子长过了我的手臂，舒展着流畅潇洒的线条，像京戏里的水袖，长长地甩出去，兰球也长成了拳头大。

其实，我办公室的窗台上林林总总地放满了植物。我总觉得是有了这些植物之后，房间的阳光才灿烂起来的。尤其到了冬日，窗外的世界再寒冷，但只要有一线阳光，那些植物的每一片叶和每一根筋脉，似乎都伸出了手似的，它们总是有本事让阳光在第一时间照进来。我还觉得，这些生机勃勃的植物似乎并不是为了自己而生长的，它们是为了证实阳光的魅力和神奇。

就像此刻，沐浴着温暖的阳光，无须怎样，心花就都开了。

天日渐冷了，三五知己，几盏淡酒，便是最温的暖了。

阳光洒下，风吹起落叶飞舞，忽然想你。

慵懒走过老城的街巷，温暖的光映在脸上，时间仿若倒流。

在古旧的巷子里走走，拐进街角的一家小店坐下来，听听家长里短。或者，跟随便的谁聊一聊。

日子是个奇怪的东西，有时很快，有时很慢。但是，慢慢明白了，做自己喜欢的事，过自己想过的日子，就是这一生的幸运了。

想来阳光也奇怪，在冬日的阳光里小憩，人会不由自主地怀念从前。

虽然那些从前隔着时间的河，早已浸透岁月的风烟，更不免生出些落寂和忧伤，但划过心底的印痕，依旧被久久收藏。

那么，就在这冬日暖阳里，道一声，你好，别来无恙！

# （三）

一场冬雨，摇着颤抖的笔，挤进季节。

薄薄的雾或者霾，或者冷与惆怅，在光阴的罅隙里堆积。

谁的泪随雨落，长出孤独的种子。

幕帘后，一片昏黄。

窄巷里，身影斜立。

灯火摇荡处，一场雨，收尽浅冬。

冬已深，朔风四起。

一切在不经意间，又在意料之中。

漫漫的雨丝是跳跃的音符，涤荡尘世阴霾。

掀开冬天的一隅，等待落雪成诗。

雨潇潇，捧一杯热茶，把寒意泡进茶里。

热气氤氲，心事渐暖。冬渐深，谁能抵挡一怀温暖的诱惑？

古人说，"扫石共看山色坐，枕书同听雨声眠。"

手倦抛书，听雨入眠，大概是听雨最极致的境界吧。

其实这场雨已经淅淅沥沥地下了两天。窗下听雨，有风过，心事也渺茫。而红尘闹市牵绊太多。诗里说：时间是一条河。我说，生命也是……

窗台上的盆栽，已发了新枝，长了新叶，开了新花，貌似已经春天了。

我把日子研成墨，一笔一画书写悲喜清欢，贴在心扉，陪伴岁月。

好吧，等雨停了，再去看看梅花吧。

你看，人生总无定，不辜负茶、花、风雨、好天气。

# 你那里下雪了吗

冬夜，晚来冷冽，辗转寤寐，风幡心动，原来冬的世界，是不需要太多颜色点缀的。一如这一辈子，若能在一段安详岁月里放牧自我，就是最好的模样了。

冬天里，最爱的是在一片阳光下做事，在阳光冷下来的时候收工。然后坐在温暖的房间里，约三五好友，薄酒，闲话。抑或一家人坐一起，嗑瓜子，看电视，听房外风雪走过的声音，享室内温暖如春。

上班路上，雪依旧下着，没有风，雪很沉稳，很自由，落在地上也不化，慢慢地积起来，踩上去，咯吱咯吱的，很清冷，可是一点也不寂寞。下班了，一个人在雪野里走，欣赏冬天的雪景。麦苗在厚厚的雪下舒展腰身，鸟儿在雪里闲庭信步，心事在雪里悄悄融化。

雪应该是冬天最纯粹、最圣洁的语言——洁白里，漫天都是凝固的微澜。而冬天，还应该是最适合想念的季节——冬渐渐地深，世界开始寻找温暖。

你那里下雪了吗……

来不及多想，与一场雪不期而遇。

雪不大，却倾城地落。

临窗看雪，谁的心会不蠢蠢欲动？

喜欢在落雪的时候，一个人徜徉旷野，看一片片雪花从苍茫的天宇轻盈而来，悄悄覆盖山川草木，掩去尘世的喧嚣，让世界回归澄澈、宁静。

喜欢在洁白的雪地上，留下通向远方的脚印。回头望时，仿若人或者心事已经随脚步去了远方。

喜欢伫立雪野，接几枚雪花在掌心，听雪花滑过发梢的呢喃。

有雪花经过的冬天，一些疼痛，一些平淡，一些纷扰，一些牵绊，都在一场雪里得到安抚，即使片刻，即使刹那……

站在雪的世界，宏阔的风挽起雪的纤手，在大地的掌心飞舞。雪，坠落成诗。

此时，若是独自看雪，当然会有些孤单。可是，唯有此时，雪照见的才是你的心。

此时，若有三两好友在身旁，不妨备下"红泥小火炉"，谈谈过往，聊聊明天。一场雪，数盏酒过后，心中剩下的应该只是温暖。

就在这一场雪里，寻一份闲情，将心放逐，不谈什么时间煮雨，岁月缝花。不看季节的转角，多少花开花落。不想时光以里，来来去去过什么。只在这一场雪里，看见那一份雪来的欣然，然后让它绽放倾城的温暖——因为，没有哪一场雪会辜负冬天。

久盼的雪悄悄铺满大地，给冬天披上了盛装。

望着飘飘洒洒的雪，思绪亦翩跹，执笔才发觉，竟拼凑不出动人的语句。

凝眸，草木枯瘦，却临雪独立，更有月季、梅花、南天竹、石楠，披上了洁白的雪裳，让冬天生出别样的灿烂和华光。

感慨，雪是冬天的使者，雪一下，整个世界都纯净、美好、浪漫了，连带着看雪的人、雪里的心，都纯真了。

有时候我还会觉得，冬天之所以会下雪，大约和春天会开万紫千红的花一样，有着殊途同归的道理，是因为春天的万紫千红弥补了万物生发时萌芽的单调，而洁白的雪，正好明亮了冬天清寒、枯瘦、荒芜的光阴——雪带来的不是寒冷，而是抵挡不住的热情。

你看，儿童在雪地里追逐笑闹堆雪人，女孩们在雪里拍照，还有那玉树琼枝，那不拘哪处雪里随手写下的字，都是雪带来的欢喜。

还有春天。是的，春天。

书上说，寒深一寸，春近一分！

站在繁叶凋零、雪花满头的树下，漫天雪花纷飞，刹那空灵犹如仙境。

感慨，雪不会辜负任何一个冬天！

只有冬天才可以身心纯净地在漫天飞雪下，想前尘往事。

此刻，就问一句最俗套的：你那里下雪了吗？

# 我想成为一朵雪花

## （一）

清寂的天空被纯洁笼罩，我看见你纯粹如春天般的微笑。一切纯洁得无须粉饰，我甚至想象不出一个词汇，来描述你无穷的魅力。

当城市和乡村被冬日的花朵覆盖，蜡梅从容绽放，麦子在雪花里熟睡。而你，用全部身心织就万顷纯白，铺成一幅幅厚厚的绒毡。我知道，枯败的枝丫、沉睡的瘦水以及我，都用十二分的耐心在等，等你，和你身后的万缕春风……

就在今冬，我想成为一朵雪花。

你那里下雪了吗？

冬天的雪，洋洋洒洒飘过屋檐，遮住青山，笼罩层林，覆盖原野，天地一色，苍苍茫茫。

有人说，冬天不及春天，没有"乱花渐欲迷人眼，浅草才能没马蹄"的韵致；

也有人说，冬天不及夏天，没有"接天莲叶无穷碧，映日荷花别样红"的浓烈；

还有人说，冬天不及秋天，没有"晴空一鹤排云上，便引诗情到碧霄"的豪迈。

我说，那是因为人们不曾领略到"未若柳絮因风起"的浪漫。

飘飘洒洒的雪花，平静，沉默，优雅，飞越山川河流，飞越旷野流云，飞往每一处想去的角落。

就在今冬，我想成为一朵雪花。

置身净白的天地，一份灵犀安抚了寂寞的孤单。这场冬与雪的完美邂逅，相映成景，脉脉心语间，心底温暖横流。时光里，岁月滋生出一种暖。

想来，茫茫人海，漠漠天涯，总会有一种安慰从眼前走到心上，再从心上走到灵魂。

就像这深冬的皑皑雪原，是凛冽的，是肃杀的，但却是这沁寒冬日最贴心的安抚和慰藉。

试想，谁不在这个季节渴望一场大雪倾城呢?

就在今冬，我想成为一朵雪花，就落在你渴望的心上!

## （二）

推开季节的门，轻轻地你就来了。

几许野性，几许动人。一些纯洁，一些烂漫。

喜欢有雪的冬天。

润白了大地的雪，在朋友圈热烈抑或静静地飘，集浪漫、忧伤、欢乐、深情于一身。

无尽感慨……

一场大雪，乡村沦陷，城市沦陷，暖阳沦陷。

雪扑灭绿草青葱的灯盏，时间散漫在荒芜的沁寒。

可飞舞的雪花，何尝不是让冬天兴奋了起来?

行走在雪里，雪花就像是一个个扑面而来的拥抱，一不小心，天和地就一起走到了白头。

日子，平平淡淡，可一场大雪足以唤醒许多的沉睡。

有雪飘飞的日子，时间似乎停止了，世界似乎静止了。唯有纷纷扬扬的雪在北风中，跳着欢快的舞蹈。

曼妙的舞姿，从遥远的天幕落下，冬天开始变得厚重而有滋味，仿佛一个经历过时光淬砺的女子，开始在岁月中熠熠发光。

此时，雪才是天才的画家和诗人，它解读了人间所有的情怀和意境。

冰凉的雪落满世界，沉醉雪里，心中却有着无尽的温润，与旷野所有的孤寂热烈共鸣。

其实，冬天知道，时光也知道，雪花，是唯一开给冬天的花。

而我，在冬天里执手一场雪，我发现，它远比想象的温馨。

# 所愿皆有得，所得皆所愿

冬天，阳光明媚的时候，总是叫人欢喜。那是一种美好，温暖又蓬勃。

阳光里的植物也是让人欢喜的。

它们在每一个角落沉默，即使凋零，也许枯败，依旧恬静、安然，静候下一场蓬勃。

我相信，每一缕阳光的后面，都荡漾过旖旎的往事。

每一条记忆的梗上，都有两三朵娉婷的花，静静抑或热烈地开过。

可是，日子的风烟让很多都渐渐地模糊了。只有阳光一如既往地新鲜着，不试图惊起谁，也不刻意唤醒什么，只默默地越过山川河流，照见所有。

立于阳光下，光芒生动。流年静静过滤，生出静好的灿烂。

就站在阳光下，想象是一朵花正在绽放。我知道，所有美好的事物都是慢慢走来的，不可能一开始，就美好。

就站在阳光下，倾尽所有。温软的光，耀眼的蓝，微笑从心底飞起。阳光下的影子，雀跃。

街边的小公园里，一个小女孩在吹泡泡，看着她追着泡泡手舞足蹈、欢天喜地的样子，心也不由得欢喜起来。阳光下，五彩的泡泡很美；在阳光下飘着，也很美；在阳光下破碎，其实也很美——我想，拥有一颗简单而纯粹的心，应该很容易就遇见美好吧！

院里种了一棵月季，刚移植的时候满树繁花。后来开花的速度慢了下来，不再月月开，也不再满树花，而是隔上那么三五个月，才开上那么一小朵。

这是院子里土层不够厚、土壤不够肥沃的缘故。但好的是，它也总是在我快要失去希望的时候，忽而又开出一朵花来。

于是，又欢喜起来——比如这冬天的早上。

太阳升高了，阳光越过前排的房顶，照进院子里，一大盆"十香菜"茂盛得很，阳光让特异的香味更浓郁了。

窗台的长寿花、菊花，院角的酢浆草、太阳花，花开正盛。坐在廊下，怎么望，小院里都仿若春日。

汪曾祺说，冬日暖阳，婆娑奔赴，让人感到一种生之乐趣。

而我所认识的是，一路走来，往事浓淡，皆已轻；经年悲喜，皆已静。周而复始的是季节，一去不返的是流年，秋去冬来，有人见尘埃，而我见暖阳。

好吧，似水流年里，时光匆匆而有序，一季的冬，一岁的尾，在这冬日暖阳下，愿所有深交和素人，所愿皆有得，所得皆所愿。

# 行走的时光里，总有你喜欢的风景

## （一）

被生活裹挟着前行，很多时候不太高兴，可又有许多的无可奈何。

人到中年的日子，无所谓欢喜，无所谓忧伤，美好甚至会来自一盆花、一场雨、一件心仪的衣服。

也有些时候，不想与任何人、事交际，即使空泛得无所事事，至少一身松散，自由，随心，随性。

想想，谁没有年轻过呀！

无非是中年了嘛！

今年的冬天多雨，总是动不动就大雨倾城。

前排的房子加盖了一层，照到院子里的阳光更少了。巷口处是一家建材商场，生意做得好，铺面也大，经常有人把车停在巷口，堵了进出的路。一开始还吆喝吵吵几声，后来不了，随手捡拾手边的东西放在车头上，予以警示。

老板看见我总恭敬地说：姐，上班去！姐，下班了！

家附近还有两家小饭馆，只做一道菜，一家黄焖鸡爪牛尾巴，生意贼好。菜的味道自不必说，价格也亲民。我最喜欢他家随菜送的烤馒头，外焦内香，吃饭的话是糊汤绿豆面条，提前爆好的煳葱花，浇上自制的辣椒油，暖心暖胃。最让人吃惊的是，就这一道菜，竟然搭上了电商的平台，全国各地的吃货都可"唾手而吃"。

另一家是烤鱼火锅，据说是地道的万州风味。这家原来是一辆三轮车推着的夫妻店，靠着地道的口味红火起来，租了门店，店开几十桌，虽然只开晚上，可流水般的客人，生意红火到你嫉妒。

嫉妒归嫉妒，心上也生叹息，日子呀，谁容易！钱是挣了不少，可其中的艰辛劳累也不是谁都承受得来的。

生活中，有人选择了钱财，有人选择了满足日常所需就行，然后去读书、画画、旅行、唱歌、跳舞，甚至打麻将、钓鱼、养鸽……不一而足，其实无非是你用你的方式，我用我的方法，用最自我的形式，努力幸福生活之外的自我而已。

而我呢？日子的罅隙里，看看身边的树木花草，看到好看的风物，就停下来，拍几张照片，构思几段文字。

周末时，还可以走远点，去水边山里，寻景、寻乐、寻趣，山水之间，一闲一适，一空一悠，彻头彻尾地体味一下陶渊明"问君何能尔？心远地自偏"的感觉。

也可以哪也不去，就在一窗阳光下静坐……

反正就这样，有一搭没一搭地在日子里走，既看见时光匆匆，也庆幸心还可以年轻……就这样，心怀生命最纯粹、最简单、最纯朴的温暖和欢喜，看见自我，也看见生活。

我确定，当你反反复复走过一样又不一样的土地，看过一样又不一样的叶子，闻过一样又不一样的花香，经过一样又不一样的日子……这些会在你的生命里刻下印痕，由此派生出的花草树木，甚至树上的鸟儿，以及那些你投入过时间、感情的人和事，即使不美好，甚至称得上磨难或者痛苦，可你终究是不能离弃这所有的——你会在这些里慢慢领悟，渐渐清醒，一点点看见，然后一点点成长……

好吧，远方不易去，诗却容易得，去不了远方，就在日子里走走，拍拍琐碎的小美好，写写小小的心绪和柴米油盐，深也好，浅也罢，咸也好，甜也行——致敬我们平庸的生活吧！

## （二）

气温一天一天在下降，但正午时的阳光还坚守着一份和暖，花静静地开，叶沉默地落，与初冬相互偎依。

上班路上，日渐稀疏的枝头，红叶衬着红叶，衬着格外辽阔的天，也淡远，也相宜。

这样的景色，在有些人眼里可能有些寡淡，可对我，恰恰合适。

　　四季行来，初冬简约，朴实，疏朗，开阔。花开叶落也好，水瘦山寒也罢，便是寂寥些又如何？何况，哪个人一生中没有一个人的冬天，没有一个人丈量孤独的时光？

　　桌案上那盆蟹爪兰，枯萎了。

　　记得去年此时，花开正好，低头抬眉，一怀繁杂，一眉烦绪，都在盛开里幻化成屑。

　　感慨有些东西，总会寂然老去，像有些伤口缝合得再好，伤痕却总在。

　　而岁月就这样走着，看着我们一天一天在重复的光阴里白了头发——流年似水呀，成长，有时候真是一件悲凉的事！

　　回望过去了的秋天，若说有没有什么缺失，那就是还缺一些温暖和爱吧。

　　其实人生最难得到的东西大约就是这两样。

　　当然，某种程度上，财富和健康也算是。但这两种通过努力都能得到，爱和温暖却不一定。

　　冬天来了，春天也就近了，寒山瘦水秋归去，疏影萧枝入画来。敢问，时间流逝，你心上留下了什么？

　　反正我是愈来愈明白了，不悲悯过去，不幻想未来，每一个平凡的日子，努力用自心的暖和光，去融化日子里遭逢的失落和不快，就是人生最好的生活状态。

　　因为无论春夏秋冬，行走的时光里，总会有你喜欢的风景。

# 蹚过一生的悲欢，愿所有终能平安喜乐

书上说，一个人的空间可以很小很小，心灵的空间却可以很大很大，心宽了，没有翅膀也能飞翔。

想问，冬天了，你好吗？

立冬后，最渴望的除了呆呆暖阳，大约就是围炉闲话、盼雪等梅了。

海桑说，用肉体去热爱肉体，用灵魂去热爱灵魂。

我说，用鲜活的心，去热爱所有热爱。

日子沉默，晨暮开合间，悉数一时一辰的途经，沉淀曾经的自己。

即使面对满陌荒芜，烟火简静；即使坐寒影之下，数几片斑驳阳光，撑一怀寂寞……又何妨呢？

你看，世界很大，城池也很辽阔，一径浅冬，几峦冬色，丹枫、木槿，太阳下明艳、清冷。

好吧，我还要去看看风信子、水仙花、蜡梅什么的，在雪花未来之前，我尽量珍藏心里的云霞烟月，因为等雪来了，我就该去爱它们了。

秋去冬来，一夜西风紧，天真的冷了。

其实我想说的是，即使天冷了，我也不想辜负所有的日子。

书上说，简单的日子，过得温暖有味，就好。

是啊，春有百花秋望月，夏有凉风冬听雪。待到冬寒浓时，可以循着暗香，踏雪寻梅，看玉树参差，冰花错落，看银装一点点素裹冬天。

即使畏寒，不想出门，也可捧一杯热茶，隔着结霜的玻璃，看窗外雪舞婆娑。

捧一盏热茶，红茶、姜糖茶皆好，手暖身暖。

养几盆绿植，水仙、风信子、富贵竹，绿意盎然。

阳光好的时候，看琉璃世界，雪舞银蛇。

到了晚上，家人闲坐，说点家长里短，也融夜寒也融心。

或者，邀三五好友，约一场绿蚁新醅酒，红泥小火炉，围炉而坐，畅谈抒怀。生活虽然平淡简单，但内心丰盈，不好吗？

浏览网页时，刷到两句话，瞬间唏嘘泪目：

人生一辈子，到了暮年，身边若没有可依傍的人，连花草都不敢多养。

其实平时不喜欢叙读品味这样的句子，码字写文，也只喜欢述写花草山水人间欢喜，不愿触手那些人间悲凉。毕竟那些沧桑之色总会颓了心志、灰了心神，可这几句话竟不由人不品咂。

其实并不是不明白，人生一世，谁的暮年都逃不过悲色，也明白了，若能保有个健康的躯体，再有些散碎银子傍身，应该是可避开些苍凉的。

是，当岁月叠加，时光荏苒匆忙，年华似水流去，唯有明白了日子之重、之真，人生才可少些遗憾和苍色。

好吧，不管老与不老，且晴天爱晴，雨天爱雨，雪天爱雪，心如花木，向阳而生。

然后，愿你蹚过一生的悲欢，所有人终能平安喜乐。

# 小雪·大雪

## （一）

小雪夜，无飞雪过门楣。

至晚，雨淅沥，音清冷，一直不歇。

孟冬月，叶大半黄了，落了，陌上空旷，荒草丛生的颓败枯萎。

风寂。

无边旷野疏落，不由人心生怅惘。

季节在繁华与萧瑟中转换，有炎热就有寒凉；有桃红柳绿，就有风刀霜剑。亦如这纷纷扰扰的世事，有深情，就有薄情；有春风得意，就有苦辣酸甜。

时光偷换，世上没有永恒的温暖，所以，岁月，但求无恙。

始终相信，春之百花，夏之绿荫，秋之皓月，冬之飞雪，总能安抚万物生灵。

书上说，当季节走进冬天，春天已为时不远。

心心念念的旧巷，风风雨雨的时光，喜欢慢慢走过。喜欢某一瞬生出的细小情怀与触动。

或许，每个人都会如此吧。

在瞬间的情动里雪落纷纷，孤独，却又贴近本心。

感慨，人终究是天地间的微茫，浅薄而容易被遗忘。而光阴流转，天涯或咫尺，安暖或薄凉，都在一念之间。

大多数的日子，只是生活的琐碎，情节平淡得写不成故事，也没有风景。

写字，只是给自己偶然的感动做一点儿注释或标记，或可成全生命中些许的遇见和重逢。

# （二）

大雪，是二十四节气中的第二十一个节气，大者，盛也。标志着深冬正式登场，"千山鸟飞绝，万径人踪灭"，说的就是大雪节令后的景致了。

大雪始，万物潜藏，北风穿骨过肉的凉，洗净铅华的枝丫凌风晃动空空的花枝。

"会拣最幽处，煨芋听雪声。"

"晚来天欲雪，能饮一杯无？"

这些句子把冬天的豪情和浪漫描述得淋漓尽致——可今日无雪，倒是冬雨和风叩响了大雪日的门环。

虽无雪，窗外依旧树瘦山寒，铅灰色天空阴沉着脸儿，冬雨淅沥，想是也捎着雪的消息吧。

季节轮换，岁月染了冬霜，北风添了寒凉。很想借时光的手推开寒凉，可世事红尘里，谁能躲得过岁月风雨？

寒山瘦水间，也很想让时光的瘦马驮走想要放下的，可山水迢递，岁月匆匆，日子一天又一年，哪里是想怎样便能怎样的？

凝望岁月的岸，轮换更迭的日子好也好，不好也好，都在身后成了云烟。我们各自用不同的方式走过，也随着那些好或不好的经历渐行渐远渐无书。

当然明白，行走的路上，总会有些或长或短的时光，是静寂荒凉的。正如这季节轮换的四季，有日暖雪落的欣喜，就有风起雨至的清寒。

好吧，无论是时光薄凉，还是日子使然，也不管季节是晴是寒，自己给自己一个取暖的方式，与光阴一起慢慢变老。

# 点滴灿烂都是我的亲人

## （一）

大雪过了，草木，日光，我。

天晴气暖，加绒的连衣裙配天蓝色羊绒大衣，太阳地儿里走走，每一步都是愉悦。

慢慢地走，愉悦一点点叠加，慢慢走出一地欢喜——这样的欢喜，总是有着生命最初的纯粹。

办公桌上的蟹爪兰开了几朵，开在雪来的路上，还有几朵蓓蕾也相跟着，鲜红的颜色漂亮极了，看一眼，心上就欢喜一点，再看，再欢喜一点。

入夜，寒凉比白天重了几许。

拥被写文，小孙女熟睡身侧，温暖丛生，我说的不是温度。

认真一想一想，如果置身事外看人生，也是很有意趣的。你看，人在年轻时候总是那么不容易满足，总是得陇望蜀地奔赴着。

慢慢地年华如逝水，人也慢慢经历，慢慢沉淀，慢慢成长，渐渐明白了予与求，得到与失去，又开始变得特别容易满足，也慢慢懂得，发现了时光的好。

## （二）

轻轻抖落季节的风尘，冬寒日渐……冬天的风，漫天遍野地吹，吹来关于远方的故事和欲望。

想说，如果雪来，就寄一片雪花给你，哪怕它飞不过万水千山，哪怕不能飘到你的窗前。

你看，很多日子就那么过去了，很多欢喜也那么过去了，很多黯淡和疼痛也那么过去了。

日渐枯萎的年华里，沉默掩埋曾经的沸腾。

你再看，匆匆一年又冬天，有些人来了又去了，有些人近了又远了，岁月不语，却尽历沧桑万千。

坐在时光里，感受与你同处一季屋檐……感慨丛生，乏味而寂寥的时光里，写作逐渐成为生活的必选项，可能是能在文字里做白日梦，也能寄托一些遥不可及的念想吧。

时光飞逝，岁月如梭，身边走过那么多人，敢问，谁没有去不了的远方？

大约失眠是一种通病，所有的城市都亮着灯，所有的明月光都一如既往地照着窗前，应季的花也都香约依旧，一切似乎唾手可得，一切似乎又遥不可及。

想说，其实日子需要些豁达与果敢，更需要承受孤独、寂寞的坚强和勇气。

书上说，曾经想成为自己，后来都成为了他人。

其实这真的令人伤感，也许你已经熟稔了伪装和粉饰，抑或说懂得了云淡风轻。

可我只想说，没什么，我们只是忽然寂寞了一下。

我还想说，生活总会有些意外，我们该依旧努力地期待，或者依然对很多一往情深，你不必惶然成为他人，这世上谁都如此。

你该说，虽然岁月有殇，还好也有阳光。

## （三）

雪走了，冷晴连接着冷晴。

冷是冷了，可站在阳光底下，还是可以感受晴阳的温度。

穿上最喜欢的大红色小袄，阳光下随意地走，冷风也时不时任性地来我身边溜达一趟。

感慨，春风走到夏风，再是秋风；秋风再走成冬风，冬风再走成春风，都不容易吧。

像人，从青涩蜕变到成熟，谁不经历些酸甜苦辣，谁心上没有几朵披着情绪的花？

转头，展背，伸展伸展久已劳损的腰肩，不想这些，看风景吧。

此刻，点滴灿烂都是我的亲人。

# 再冷的日子也要保持热爱

## （一）

大雪已过，而雪未至，站在冬月的天幕下，心绪有些烦乱。

旷野里，简洁单调的色彩掩盖内心的涌动，思想的枝丫寂寥成空虚。

我们都在等待，或者等一场雪，或者等春暖花开，而等待的心终是渐渐惆怅，渐渐变色。

而人生中我们总归是一边尝岁月悲喜，一边过车水马龙，也终归渐渐被现实磨平了棱角，迟钝了锋芒。

刘亮程在《寒风吹彻》里写道：落在一个人一生中的雪，我们不能全部看见，每个人都在自己的生命中，孤独地过冬。

是啊，生活里，谁不如此？

无论是路远风疾，还是阳光正好，都只能一个人去面对。

因为世间生命各不相同，每个人都在悠悠的时光中寻找自己的人生之境，时光荏苒，尘烟散漫，三千里奔逐，平顺的生活，感悟往往肤浅，深刻的感悟，却又有伤痛的代价。

好吧，愿我们在这个冬天心有所想，想有所为，随境自适，终不被日子薄凉打扰。

## （二）

举杯饮飞雪，惘然又一岁。

说，大雪至，万事胜意。

说，雪落旧檐，炉烫陈酿，你，可至？

说，冬，见字如面。

过了50岁，怎么算，人生的路都越走越窄了，而风雨却越来越紧。

可还是愿意相信，总有一天，人生会凭借一些线索重逢，这赌注比一座山沉，比一场隆冬冷，可是，比任何一个春天都更生机勃勃。

今天的阳光很好，一些花还在开，开在风里，感觉是跟一些情绪一起开的。

冬天，最喜欢的东西有两样：一是雪，二是暖阳。

过冬天，最好的方式就是：三两场瑞雪倾城，其他的日子还给阳光。

虽然冬天的温暖除了阳光，还有厚厚的棉衣，翻滚的红油火锅，温厚的手掌，紧紧的拥抱……以及我们庸碌却自由自在的生活。

说好啦，再冷的日子也要保持热爱，多笑点，多努力点，然后多晒太阳，多喝热水，然后所有都否极泰来。

# 能够在日子里看见欢喜，就足够了

## （一）

越来越喜欢只属于一个人的清寂了。

原因很简单，就是觉得很多的事不必要大费周章了。比如，费心耗神地寻找些适合的词句、方式，去诠释，去努力，去寻找。也越来越愿意在流年里况味自品，或者就任那些微澜的心事在时光里搁浅、淡去，抑或云消雾散。

我喜欢坐在城墙的豁口处，总觉得那里适合瞭望，也适合遐想。我把城墙外正在怒放的花，当成一个又一个知己。我坐着，那吹过又走的风，像是一支驱赶时间的鞭，一下子，就黄昏了。黄昏之后，人总是容易生出这样那样深长的感觉。比如，年轻时的岁月是风吹给花瓣听的歌，风中的容颜在斜阳里渐渐模糊成梦。当从城市另一端吹来的风拂过脸庞，我愿意成为那朵最闲的花。

很多时候总会想，时间究竟具备什么样的魔力呢？它总是无端地就撩动起内心的真实波澜，而时间里的人们，就在里面左冲右突，甚至流浪。其实，说真正懂了生活的人，应该是没有的吧，人们只是觉得，或者自以为懂得了而已——而我只祈祷能够在日子里看见欢喜，就足够了。

而每个人都有灵魂深处的东西，可能是一束光，一种风景，一个声音，或者一个人，甚至，它只是你自己，找到它，心就不再漂泊。

书上说，心若能沉淀，何处无南山。

在日子里慢慢走，慢慢领悟，慢慢修行，让那颗曾经不安分、充满欲望也布满尘土的心，渐渐静下来，沉下来。你会发现，所谓生活，就是一个个微小但踏实的幸福，一点点让人欣喜的小温暖、小明媚；生活就是，手执烟火，谋生；心怀诗意，谋爱。

## （二）

走，一直不停地走。

十年，二十年，三十年，四十年，五十年……漫长，又像是转瞬即逝。

万物流转，生活细碎。

好的，不好的，褪色的，遗落的，组成了人生，尘埃与荒芜，也一层层生长。

其实人一生遇见的风雨说多不多，说少也不少，我最喜欢阳光明媚的时候，因为有阳光的地方就生长温暖。

书上说，真正供养生命的有两种存在，一是思想，是精神，是灵魂，是内心的繁花似锦；二是最平俗的吃穿住行。两者相互交织，织出日子最真实的模样。

而人与万物，只是这日子里一场短暂的聚集而已。

在这场聚集里，每个人都一边生长，一边受伤；一边沉沦，一边自愈。

好吧，岁末年初，冬天已过了一半，如果前面你还没有找到快乐，那么后面的一半冬天，就不要再辜负了。

## （三）

这两天随着冷空气逶迤而来，一座又一座城市官宣着2020年的第一场雪的到来。

没有下雪的城市，下雪仿若成了一种盛大的节日期待。

而我总会觉得，少年时的雪，下的是欢乐；中年时的雪，下的是寒冷；再接下来的雪，下的就只是雪而已了。

说起下雪，文人们总会联想起踏雪寻梅、大雪无痕、雪后初霁之类美好的句子，我也不例外。

我还喜欢下雪的时候，独自一人去雪里走走，看世界银装素裹、万物静美，看时光仿若也染了雪意。

或者，就坐在冬天的太阳地儿里，什么都不做，就只是发呆，心上却已是最好的时光了。

正如冯骥才在《冬日絮语》一文里写的那样：每每到了冬日，才能实实在在触摸到了岁月……过了年，忽然又有大把的日子，成了时光的富翁，一下子真的大有可为了。

　　是啊，时光如流水，总是到了年底才发现年初的很多打算都还未及着手，一年就完了，于是心上难免怅惘。可转而又想，冬天一过去，就又一年了，可不又有大把时光了吗？

　　所以，与其说盼着下雪，倒不如说是盼着冬天快去，春天快来，因为春天一来，一切就都不一样了，都可以重新开始了。

# 每个冬天的句点都是春暖花开

## （一）

沿着花事散落的芬芳，我想我应该是落寞的，因为日子的一朝一夕间，纸上不时盛开着孤独的诗句。此夜，旧檐风疾，恰有轻愁来袭，不说什么，任一些心事提着闪亮的烛火，找寻自己。

下雨了，躲在窗下读年轻时写下的文字，琐碎的点滴、断裂的词语、夜雨中的阴影……雨声越来越大，原来，不管过去还是现在，几个词汇是无法描述那些孤僻的事物和思想的。

流年吹散了过往，掩埋了曾经的欢颜，那些芳华旧梦，那些风月忧伤，那些染上痕迹的文字，打动了多少不眠的月光，抵消了多少风雨沧桑。诗人说：外面的花开着，你不去，她兀自盛开，兀自谢——可是，你不懂那无人欣赏的寂寞。

四季更迭，冬去春来。我看到岁月如何奔驰，挨过了冬季，便迎来了春天。其实，每个冬天的句点都是春天，都是春暖花开。

## （二）

如水的光阴悄然滑过，生命的年轮一圈一圈增长，从初春的青葱到深秋的枯黄，从夏雨的洒脱到冬雪的沉肃，岁月的脚步谁也阻挡不住，感谢时光赠予所有：伤痛使人坚强，坎坷使人成长。

时光流转间，岁月总将一个人的锋芒打磨掉棱角，这流年的五味杂陈，慢慢走成了生活的调料，无论经历过什么，庆幸仍有一颗心，始终心存美好与感恩。

行走四季，一边领悟时光深远，一边携文字行走。鸟从窗前飞过，谁在风的那边希望？抬头看花，花开的灿烂摧开心底的珍藏。

冬日里的阳光，总会让人觉出别样的温暖，阳光里信步，无论是公园，还是没有人的街道，慢慢走，你会发现你的忧伤会淡一些，你的烦恼会散一些，你的世界会明亮一些。

冬渐深，雪未至，阳光正好。一起出去走走吧，告诉自己：路过人间万物，不必慌张。人生只有一辈子，你该尝遍百味，才不枉行走。

## （三）

生命是一个过程，有光有影，有左有右，有晴有阴，手里的日子就在这不歇的曲折里，黯淡了，再亮起来，然后再暗下去，再亮起来。

其实生活本身是没有意义的，但你若找到了你想要的，生活就有了意义。

总在说诗和远方，可大部分人仍是困顿在原地。我很高兴，因为我虽然也困顿在原地，但我也可以坐着，慢慢欣赏日出日落、云散花开。

其实心情低谷的时候，也会觉得孤独，可事实却是，时光里也总会有些想不到的欢愉跟在身后——那一刻，你会突然觉得有些光阴和付出都是值得的。

所以，人生在世，总会遇到些好事，也会遇到些坏事；遇到些好人，也遇到些坏人。

所以，月光如水，亘古不变。你所看到的月光也许曾是哪位诗人眼里的月光和莲花呢？

所以，季节来来往往，光阴慢慢老去。日子深浅，经风沐雨，你终会养出一种姿态——人间三千事，自向宽阔行，才能承受经过的万水千山和漫漫悲喜……

正像书上说的，沧桑后的欢喜才是真欢喜。而日子里总会有些东西随风，有些随梦，有些，就让它留在心中生动……

# 愿新年，胜旧年

## （一）

春与秋总有交集，悲与欢总有来处。

似水流年啊！

只是早已不是少年，季风吹起泛黄的过往，逐渐悟透初心的惘然。

所有的所有都在指尖流转的光阴里褪去了本来的颜色，也斑驳了长长的时光。

将灵魂舒展在远天，找一种最适合自己的方式，静静体味那回不来的无数韶光。

原来，谁都有着一样或者不一样的明媚与忧伤。

岁月流转，那些属于我的华年，已在季风中如纸鹞般渐行渐远，一些思绪也被风刮得七零八落。于是，午夜梦回，就有了悲欢的冲动——悲伤，湿了时光；欢喜，淬了流年。

当季节的尽头繁华凋零，越来越明白，风雨兼程的岁月，人人都在成长。

光阴深深，经历得愈多，人生就愈发深沉。

行走冬天，藏一朵秋花的记忆，书一段灯火阑珊，我用温暖问候流年。

走在岁末的风里，细忖曾经，遥想未来，心难掩低落。感慨又是一年将尽时，一岁年轮一岁心！

红尘繁简轮回里，多少寻觅已放手，时光不停步，华年似水流，冬去春来，岁岁年年，光阴的褶皱里镂刻着日子的脉络，眸光里不乏沧桑几许。

日子在行走，脚步渐渐沉淀出味道，青山依旧，碧水依然，多少心事已在岁月的深处积淀成河，多少记忆枝头已无觅处。

跌跌撞撞人生路，琐琐碎碎风烟里，那些剪不断理还乱的俗务，还是会不期然搅乱日子的平淡。

清寂的流光里，越苍山，穿雾霭，谁的心不曾于漂泊的河道上，注入痛而不言、笑而不语的浅伤？

时光煮雨，岁月缝花。一些人，远了，近了；一些人，近了，远了。鲜花，芬芳了谁的襟怀？细雨，淋湿了谁的眼睛？寒风，吹乱了谁的心事？阳光，洒满了谁的人生？

阡陌人生，你来我往，谁是谁的归人，谁是谁的过客，早已不重要。生命只有一次，岁月里，收集芬芳，陶冶灵魂，丰盈内在；日子里，行走着，感动着，简单着，温暖着，就是对生命的不辜负。

让所有烦绪随风飘散，让心可以飞越凡俗，感受山高水长处点滴温暖幸福。

## （二）

好像只是一眨眼，一年过完了。如同每个已经度过的一年一样，年头雄心勃勃，年尾草草收场。

曾经的新一年，我的计划如下：要习练绘画和书法；要努力减肥；要坚持每天看书，把自己的文集做出来；要把公众号做好做精；要带上孙女去旅行……

而且，很久以来，我还一直想有个大房子，然后有大院子，我可以在房前屋后种菜种花。

想有一场又一场说走就走的旅行，像三毛那样走着，看着，感受着，爱着，写着，并且一写就是爆文。

可一年一年走下来，我还是那个我。

住着一套只能在院角旮旯种些许花的小院子，每天操心柴米油盐；慢性子的儿子媳妇，总要我时不时地暴暴脾气；天天和一说上幼儿园就哼哼唧唧、不买零食就哄不好的孙女斗嘴斗心斗法；一颗沧桑尽尝、三不五时烦闷得只想撂挑子出走、且日渐苍老的身材、容颜和心；辛辛苦苦码字却也没有出一篇百万爆文让我突然涨粉多少的文章……

可这也就是绝大多数人的人生吧。本性善良却也有小心机；爱家人朋友却也计较得失；想出人头地能力不足又无背景；刚发工资看着数字欢喜，不几天支出两笔又心躁不安……

好吧，新年我不再设定什么计划了，我只想照顾好自己的身体，有三五个知心朋友，就算拖地洗碗也要开心，把家里打理干净其实也挺有成就感的。

不想写字就不写吧，书法什么的没空练就搁一搁，公众号发文晚点就晚点吧，懒散几天也没什么，想想人生不易，能打理好自己和手里的日子就很不容易了。

而人只有到了一定年龄，经过生活的打磨，才懂得心安才是归处。

面对流水日月，唯有寻得心安，才能在这浩大的平凡里，让渺小的自己找到归处。

钱钟书说，洗一个澡，看一朵花，吃一顿饭，假使你觉得快活，并非全因为澡洗得干净，花开得好，或者菜合你口味，主要因为你心上没有挂碍。

一年起，一元复始。书上说，所有的结束都是另一种开始！好吧，新一轮日子来了，愿你坦然所有遗憾，愿你放手所有不安，愿你看见新的灿烂，愿你身安心安，愿新年胜旧年！

当冬天盘踞大地的时候，等一等春天，春风一来，花就开了；

当黑暗占领夜晚的时候，等一等月亮，月亮一出，夜晚就亮了；

当心事蹒跚的时候，等一等心，心静了，心事就散了。

霓虹与黑暗交织的时候，等一等时间，城市的喧嚣过去，夜会给你抚慰。

人潮拥挤的时候，等一等脚步，万家灯火清寂了，心就有了颜色。

无论时间怎样飞转，请等一等，花该开的时候，自然就开了。

别让浮躁霸占你的心田，静下来，才能听见心底的声音。

日子告诉我们，无论世界和内心如何起伏跌宕，日子还是一分一秒地流淌。书上说，静下心来，一蓑烟雨任平生，诗酒方可趁年华。谁都是在时光里跌跌撞撞地成长，然后一点点离开最初的模样，也一点点成就现在的自己。

生活，就是过程，无论是翻山越岭，还是涉水乘舟，一切全凭自己。生活的阡陌中，有些得到，不一定长久；有些失去，未必不会再来。

人生一世，很多时候，幸福快乐与物质无关，有时只是一种心灵体验，一种精神感受。在这个世界上，只要有你的空间和舞台，有你爱的，也有爱你的，就足够了。

# 冬天是走向春天的一段路程

你说冬天很冷，我说还好，下雪的时候很美。

你说北风会来，我说也好，北风会把你阶前的落叶吹散，也会把我脚下的吹散。

你说有风雪的夜，心会有波澜，至少，会渴望温暖。静静灯光里，静静地心事散落，有些是伤，有些是笑，有些是轻愁薄绪，还会有思念的影子在周围徘徊。

我说，冬天是走向春天的一段路程……

下午的阳光很好，风在窗外，阳光却在窗内。

一个人坐在阳光里，窗台上的花寂寞而热烈地开着。忽然了悟，阳光下没有什么事情是特别重要的，也没有什么是接受不了的。

有时候，浅浅的空寂、些些的孤独，比周围的花儿都好看。

飘满落叶的游园，除了落叶，还有一大片一大片盛开的雏菊。有年轻人和孩子在花丛中嬉戏。路过的老人却像什么也没有看见似的走过去了。

坐在阳光和花里，忽然明白，为什么老人们会在阳光下一坐就好久了。

因为触目皆是过往。

因为回首写满遗憾。

因为怀着热爱，也怀着厌倦，已经在生活里走了好久了，久到把自己交给了生活。

渐渐地，草木枯黄；渐渐地，内心平静；渐渐地，心上没了涟漪；渐渐地，与日子有了默契；渐渐地，认识了自己；渐渐地，明白了生活。

像枝头一动不动的那只鸟，只有远方才懂它浩渺的心事。

而人，都需要一个角落来安放自己。

光阴的故事都会消逝，走过的路终究是回不去的，像人生有些道理，我们一辈子都无法参透。

年龄渐长，便越发喜欢干净明亮的事物，向往舒展自如的人生。原来生命的意义不在于一生有多完美，而在于这一路的经历。

好的人生，是既有远方的诗意，也有脚下的风景；好的光阴，是眼中有苍色，心中有花香。

都说日子如流水，步履匆匆也赶不上它的步伐。其实很多时候，你不必着急，因为生活的美好就像春天，总在你不经意的时候盛装莅临。

你到旷野看看，山水草木都有值得深爱的事物，因为总会有一处风景，或许你会心动，或许你会感动。

很多时候，人总是免不了会因为日子里途经的某些阴影，把自己藏起来。可是，终究会有一天，你依然会重拾心上最真的热爱。因为最本真的爱，是藏不住、放不开的。

只是时光渐渐老去，人心亦在渐渐淡去。悉数走过的日子，一季一程一天，释不释怀的都在过去，很多曾经的浮华早已随时间了然，心上剩下的只是当下的喜乐。

红尘花落花开，轻舞飞扬间一蓑烟雨在雾霭流岚中慢慢老去，搁浅一些记忆，摈弃一些事物，让心每天都开出一朵花，晴好心情，清明心境。

流连日子长路小径，看时间荏苒，守花开七夕，在时间里放牧心灵，微笑岁月总在心上……

# 尘埃，让它飞扬

## （一）

人一生当中，少不得来自他人的陪伴，可很多时候我总觉得自心的陪伴更重要。人海茫茫，有几人能走进心里；岁月长短，有几人能共尝苦乐？能与你同甘共苦、感同身受的只是自己。

就像人有时候不快乐了，仔细地想一想，其实只是不能心平气和地跟自己相处而已。人生不长，变数那么多，五光十色的生活里，为什么不沾染点缤纷呢？记住，生活得更好，是为自己。

只是越来越喜欢踏实的感觉了，不仅仅是越来越现实的缘故，还因为逐渐看见了日子的底色。当时日渐远，当回望来路，你会发现，你所有曾经以为的很多都不是当初以为的样子——所以，你愈来愈相信脚踏实地的拥有，才叫拥有。

其实，长成一个舒展的人真的不容易，你得把经历让你折叠起来的部分，一点一点地在阳光下慢慢地摊开、熨平，然后再卷起来，收好。再然后，在阳光下笑笑。

生活里的豁达和从容，会让你整个人具备一种光芒。也许，有时候在别人眼里你还会有另一种样子，但你自己是了解自己的，你的心是明媚的，你懂生活，也懂自己，这就好了。

## （二）

五十五岁了，老了，要退休了。

感慨岁月总是经不起丈量，总在无法避免地一点点老去，穿过时间的河，日子似乎一晃就不见了。

点点滴滴的生活，形形色色的人生，其实谁都不能真的理解谁，不为什么，只是因为不在其中。雪小禅说，真正的诗和远方是脚踏实地地过每一秒，内心坚韧丰盈，既风花雪月，又柴米油盐，风物、风雅、风情，全在生活里。我真的对这句话感同身受。

其实，光阴总是喜欢穿心而过，一不留神，转瞬就是旧时光了……穿过岁月，慢慢懂得了把最美的梦想放在心底，扯一缕芬芳，浸染草木之香，花瓣飘落，细细收集遗落，酿造属于自己的芳华。不为什么，只为自心旖旎。

流年的风吹过，多少可及不可及的故事，渐行渐远；多少流动的风景，在辗转中模糊。生活的风总会吹皱池水，所有的走过和历经，都有其所给予的看见和成长。

生活总会有逆境和顺境，繁华喧嚣，不过是过眼云烟，一切喜怒哀乐，都根植于身边的柴米油盐、风霜雨雪。这一路的风雨兼程，谁能不留遗憾？

拨开生活的迷茫，喜欢那句，走着走着，花就开了。相信随着岁月流逝，悲伤可以忘记，爱恨可以放下。太阳有升有落，人生有苦有甜，岁月的味道，你终会慢慢明白。

人生境遇各不相同，能述说的只是琐碎和日常，真正的都难以启齿。越来越相信了那句话：有些话是无人可说的，有些话是不能跟任何人说的。所以，人活一辈子，谁都会积存下很多无法言表的辛酸和难过。

别人给得了你片刻安慰，却永远不能感同身受，这世上最贴心的大概只是冷暖自知。

一个人从孩童到成年，最大的改变大概就是学会了隐藏自己的情绪、欲望、任性和为所欲为吧。

过了大半生，才知道曾经沉沦、太在意世人眼光、一直仰望高处，都是对生命的假深情。可是，一个人最悲哀的时刻都是一个人度过的，却是真的。

大家都不喜欢听真话的原因，大多是因为真实而露骨的话，像一把刀，刺痛的是心。

成年人的深情多半是装的，因为你面前的事件件需要考虑利弊。所以，你必须在一瞬间先做出个样子，然后在这个样子的掩盖下思谋、考量。

把过往的日子装订成册，尘封于心的角落。日子逝去，有些人、有些事早已忘怀，只是走过的路依然健在。

所以，我选择尘埃，让它飞扬。

# 修一颗低温的心，让够得着的幸福安全抵达

生活在红尘，每个人都有过这样的认识，总觉得那些得不到的东西才是最好的，够不着的才是最想要的。于是，人们总在不停地仰望，寻找。

其实，那些得不到、够不着的，也许根本就不是你的。还有，仰望那些得不到、够不着的东西，实际上是一种煎熬，而非幸福。

沿着岁月流逝的方向，在心里留一块给灵魂栖息的绿洲，或许走下去的星空不像想象的那么璀璨，山川也不那么辽阔，阳光也没那么耀眼，可是，你能够在这一方天地里安稳晴暖，就是人生之幸。

当然，时光深处，谁都会有些无端的心绪，跌宕于生活之河，也会在来来往往的巷口长满烟色的沧桑。但人的一生终归太短，而且终究不会圆满、完美，所以，就请慢下追逐的脚步，修一颗低温的心，不去看见太多，只让那些够得着的远方和幸福安全抵达就好了。

你所失去的，真的会以另一种方式归来。因为总有一天，那些因失去而形成的沟壑，不知不觉地已经被填平，你甚至不知道是哪一天、什么物质填平的，可你真的不再为那些曾经上心了。

而岁月，也真的是不经用的。当你在岁月里徘徊浮沉，岁月却早已经上路，等你回头，一切都显得来不及了。

一个人如果能在琐碎的生活里不迷失，不纠缠，简单而快乐，那一切就都好了。

也有一种说法，说人这一辈子，你只管走，岁月总会赐予你释然。

我说，流年拂过风沙，光阴落址六月。明媚的窗下，要做的事盈盈满满，寻常平淡的日子喜忧参半，不必去想太多，你看人间六月，盛夏光年，花开满枝，硕果累累，世事经年又如何呢？还是要一步步踏实地走、开心地过，所以，把打

结的心事放逐高天，对草木报以微笑，对手里的时光充满向往——因为时间总会让你看见日子的底色。

越来越明白，世上所有的人和事都不必刻意地用什么姿态去遗忘或者记得，因为终有一天，一切都要过去，如同一棵草、一块石头、一缕炊烟，如同那些花、那些流水，再美的风景终究都不属于谁。

生活的路上，有人走过来，有人走过去，谁都是在他人的旧路上看新的风景。只是有时候会迷茫，不知道是时光沧桑了经历，还是经历沧桑了时光。

一个人遭遇悲观的时候最好去菜市场走走，菜市场里，日子脱掉了光鲜亮丽的外衣，只剩下柴米油盐的琐碎，穿梭的行人也收起了程式化的笑容、语言，日子呈现出最朴实的原色，在这里，你会看见最简单的热爱。

一路走来，季节都有残缺，人生都有得失，落红尽处，不懂放下的人永远看不到最好的结局。还是那句话，修一颗低温的心，让够得着的幸福安全抵达。

# 雨，是自由的精灵

## （一）

独坐窗下，窗外，雨落成帘。

在我眼里，雨是自然界最鲜活生动、最善解人意的物种。它能静静陪你欣喜，也能默默陪你忧伤。

而我，独独喜欢听雨。雨里，心可以羽化成自由的精灵。

有人说，不懂欣赏雨的人，是没有味道的。

懂得了雨，世界就会多一层风韵；

懂得了雨，心上就会多一份唯美；

懂得了雨，红尘就会生出些宁静、祥和。

听雨，最好是要在黎明将至时，或黄昏落幕后，或夜深人静时；

听雨，要把心放空，最好什么都不去想，静静感受那份意境。

一样的雨，不一样的心情，不一样的感受。

其实，每一个听雨的人，听的都不是雨，听的是心事……

## （二）

关于雨，总有写不完的文字。

一下雨，拥堵的马路瞬间就会疏落下来，属于红尘的喧闹似乎一眨眼就消失在茫茫雨中了。

而雨里的花草就不同了。

雨里的花草总是更显浓酽，那被淋湿的味道也总是更动人。

撑一把伞走进雨中，可以是浪漫，也可以是忧伤，也可以只是走一走。

其实，无所谓什么。

喜欢雨，是一直以来的事。

走在雨里，稠或疏的雨落在地上，四溅的水花如同思绪，至于想或不想些什么，也许，自己也不清楚，大概喜欢的只是这种意境吧。

喜欢雨，喜欢的是沉浸雨里那既清醒又模糊，是可以暂时隔离琐碎，是可以静下来，咀嚼心上最远，抑或最近的呢喃的感觉。

雨夜，总是让人想得很多。

静静地感受，静静地听，夜雨总会在不经意间触及无数的尘缘。莫名的感触、莫名的感伤抑或惆怅，总是不经意地就随着夜色和心曲流淌。那些不只是日子的庸常造成的，是一路走来，某些念念不忘，某些失去抑或失落，还有某些无法承受的轻或重滋生出来的茫然。

总之，雨夜，总有无尽的感慨纷至沓来。

此刻，你的夜晚有雨吗？

时间的河流汩汩流淌，心绪幽幽绵绵。

倾情于这样的雨夜，带着日子的情结，拂去浮光掠影；

钟情于这样的雨夜，让雨带走浅叹深忧，极目远眺，仿若烟雨可以充盈整个城市的空寂。

喜欢这样的雨夜，聆听窗外雨落的声音，任心曲流淌。

或许，我们长大了，纯真已被世俗掩埋；或许，我们来不及珍惜，就已形单影只；或许，我们来不及清醒，就已被时光吞并。

可是，心底的许多还是会在这有雨的夜里清醒。因为明白，风也好，雨也罢，能在这个雨夜清醒，看见俗世，看见安稳，就很好……

## （三）

昨夜，落雨，静静坐在夜里，雨落成花。

其实雨是成不了花的，雨是下在心上才成了花。可雨是自由的，疲惫的身体也开始在雨夜自由地伸展。

雨，不只能洗刷尘埃，也能洗净心尘，仿若可以清除嘈杂，推开日子的喧嚣和浮躁。

静静地，打开心的闸门，任许多思绪在雨里跳舞。

总觉得夜雨会比白天的有味道，总会触动一些心情抑或事物的触须，如窗台上那盆寂寂的花，粲然绽放。

不知道，此刻还有多少人的思绪，会在雨里游荡。

多想推开岁月的栅栏，倒回时光。

夜雨滴滴答答、淅淅沥沥，潮湿划破夜色，摇曳在天际。

敢问，有多少人，多少念思，会在年轮里刻成忧伤？

我看见远遁的乡村，回不来的纯真，青涩的少年，还有被岁月风干的执着，散落一地。

路人穿街过河，风吹乱花影云朵，流经内心的时光像一朵隔年的花，寂寞地开着。

曾经的迷惘、彷徨、漫长的惆怅，早已改了模样。心在彻夜的雨里漫步，用心聆听遥远的呼唤，感受久违了的色彩，从此，万象风物只在自己心上。

# 日子不易，请执手热爱

## （一）

今天读到这样一句话，一个人有两个我，一个在黑暗中醒着，一个在光明中睡着。我是烈火，也是枯枝，一部分的我消耗了另一部分的我。

读完之后，一直在沉思。所谓消耗，应该大部分是源自内心的侵蚀吧。也许是些许孤独，也许是些许不甘，也许是些许颓废，也许是些许未明的也许。

尽管你曾试图对所有人微笑，但一定不是所有人都能读懂你，诚如你不能读懂很多人一样。原来，内心一望无际的原野，有时候留下的只是自己凌乱的脚步。

时光里，所有人都有故事，都在一场又一场地上演，年少时或深或浅的梦，都在逐渐地尘埃落定。终于懂得，日子里其实所有人都需要涂上油彩入戏、卸了妆容生活。

站在生活里，经年流转，渐渐发现，生活给予每个人其实都有指引，譬如温暖。

无论世事如何苍凉，无论际遇如何悲伤，生活都在不同的节点、不同的角度给予你温暖。让你在暗淡里看见光亮，在无言时听见歌唱——这就是生活的一种牵引。牵着你不停下脚步，却步履蹒跚；引着你微笑，却蕴含着泪水。

那么，就学着在生活里找一份热爱，或者是心里觉得比较重要的东西，理想也罢，金钱也好。因为每个人都需要这样的东西提醒自己，"活着"的意义。

努力做一个能够理解很多存在的人，包括所有不再钟爱的人、渐行渐远的朋友、不相为谋的知己，以及不是一直坚强的自己。

# （二）

但凡活着，每个人的人生里都会有一段故事，有一些风景，有一些不经意的品读。当你能够谈笑风生地讲述自己的故事的时候，那些故事对你而言就只是一段故事。如果从那些风景里你看到了花开，你的心就会行走在春天。如果那些不经意的品读你上了心，再清寂的日子也会生出温度。

午后，一米阳光就直直地落在窗台，澄明，温暖。静静地，将自己安放在一米阳光里，瞬间就有了贪心，想将一米阳光据为己有。

把日子过成一朵花，该是所有女人的梦想吧。而好的人生应该是在经风沐雨之后，眼里依旧有风景如画，心上依旧生长阳光，依旧能够在自我的城池里爱我所爱。

季节告诉我，最是料峭的枝头才最能长出生机勃勃的生命。

一年又一年，成熟的心把人生的趣味浓了又淡，简了又繁。问自己，什么才是最好的生活？生活告诉我，身体健康，亲人平安，手里有事做，心上有欢喜，就是日子最美的模样。

# 渐渐地，前路就宽阔了

## （一）

都说时间如水，穿尘而过。陌上的风，总会在不经意间吹来惆怅，也吹来欢喜。但去事如烟，所有的所有都会在流年的风中渐行渐远，一串串的曾经也早已没入岁月背后，只留下了些断瓦残垣。一路走来，谁途经了谁的盛放，甚而，可曾有人途经你的盛放，真的都不重要了。

慵懒的午后抑或午夜，总会有一些涩滞的思绪，不经意地在心上起起落落，幻化出一段段时光。也会有很多的时候，想要一个人在某一个安静的地方，静静地待上一些时候。当然，这里必得干干净净，有一脉流水，一片绿草，几朵闲花。最好还有些阳光透过斑驳的枝叶，然后一缕缕透下来，静静地，缓缓地，经过身旁。

于是会在安静的时候想很多，然后莫名其妙地感慨。其实，这种感慨是件很累的事，就像失眠时，怎么躺都不对的样子。

而生活里，许多的事也都会不在自己的期望之中。失落、彷徨、迷茫，甚至颓废，都会在日子里如影随形。

实际上，生活里心有多宽，路就有多宽。

而生活大概就是这样，用许多的以前迷茫，用很少的后来成长。甚至是几个类似于瞬间、一下子、忽然等等这样的词，许多许多就都幡然而悟了。

都说，一段路，一段领悟。正是一路走来，悲欢就在左右两边，走着走着，前尘往事就成了云烟。八千里路云和月，走过的春秋，见花开，见水枯，偶尔细雨敲窗，偶尔繁星璀璨。有东风飘逸，有西风蹁跹，千里之遥，万里之远，渐渐地，前路就宽阔了。

# （二）

习惯在夜色里漫步，在黑暗处眺望城市的灯火，总觉得冥冥中有着另一个我，不断地提问回答着。一些关于生活抑或日子的驿动和跳荡，也总会透过岁月的窗棂挤进心隅。于是，那些走过的路、喝过的酒、路过的痕迹，以及日子里的风霜尘沙，都一股脑儿地聚集起来，堆砌出一个繁盛抑或苍凉的模样。

万物在冬天蛰伏春天生发，生命在四季里各有归宿，一些物事在流云流水的日子里，来或者去，这应该就是时光的警示——谁都不能置身事外。

这世界没有一种方式，先让你明白，然后开始生活，也没有足够的空间，去容纳你所有的欲望。更没有办法，让谁说拿起就拿起，说放下就放下，谁都是爱的同时也在恨着，笑的同时也在哭着，憎恨也宽恕着，不舍也遗忘着。

日子，如同一方漩涡，生命在里面沉浮、起落，你终将在生活里看见，日子终无往昔可翻，你终须接纳、相信，然后与之握手言欢。

还是那句话，渐渐地，前路就宽阔了。

# 流年·足迹

## （一）

深冬，拣一段静暖时光，静静停靠，停靠身体，停靠心。

其实，很有点欣慰。

因为自己是个内心从不缺少阳光和温度的人。

想来，内心的明媚足以抵抗许多许多的俗世薄凉吧。

时间，一寸一寸从眉间或者发际走过。日子的屋檐下，繁复平淡的光影里，清风枕着苍山，流年花期无言。

灯火阑珊的年纪，其实很多人不懂日子，也不懂阑珊，只是懵懂地走过而已。

只是，当日子里一些必然的飘零，渐渐植入心脉，人就慢慢开始懂了。懂了懵懂，懂了阑珊。不过，身心也开始生出隐隐的疼了。

走在时光的屋檐下，有些缘分未必惊艳，只是刚好遇见。

可是，总有一些刚好的遇见，彼此就依靠着，妥妥地在心上安暖；

可是，也总有一些未曾到达的惊艳，就在曾经里闪闪发光。

细细地想一想，谁的心上没有一些曾经是不想走过的呢？

尘世云烟中，我们一直追求称心或者如愿，追求安暖或者静好。一路走来，用心掬起的漪愿里，总有一段是属于曾经的流年的。

正是，哪里会有无恙的流年呢？！

朋友圈里，人们晒出的十八岁，早已泛旧，谈起的话题，酸一阵，甜一阵，爱恨交织。

眼前的照片，纸上的字，是曾爱过的另一些自己，在时光里沉思，缄默。

而我，就捡拾一路零星细碎的爱或者殇，与四季里的花草雨雪一起，饮一杯时光的陈酿，却不醉眼看四季，只在流年的风烟里，心向辽阔，和岁月一起，和另一个日渐宽阔的自己一起，用自己的方式走出属于自己的足迹。

## （二）

乡村，旷野，雪原，静静伫立。城市里，连日的暖阳几乎化尽了城市的雪。

可乡村的雪依旧丰盈。一眼望去，遍野雪白。进入冬天，乡村是空旷而辽远的，一眼就可以望见很远的地方。

落光了叶的树在旷野站成冬天的风景。漫坡的枯草以接近土地的颜色蓬勃，阳光下反射出如油画一般的色彩。

偶尔，会有几只麻雀闲散地飞过原野，掠过枯树梢头。

想起一些词：枯藤、老树、昏鸦、夕阳西下，等等。

原来，生活里总有无尽的美。有时候，你只是缺少一双发现的眼。

此刻，伫立雪原，没有来得及融化的雪依旧皑皑，而天空，暖暖的阳光融融地拂照大地。

而此刻，对于我来说，脚下的雪抑或是头顶的阳光都已不再重要。

因为，此时，无论是雪，还是阳光，都可以明亮我的世界。

我可以采一缕阳光入怀，让阳光驱散所有的忧伤和阴霾。

我还可以安然于一场大雪，因为，冬雪后面有着万缕春风结队而来。

伫立雪原，蓦然明白，原来懂生活的人，都把四季揣在心上欢喜。

因为平凡的烟火生活里谁都不会一帆风顺，那些曾经盛开在年华里的悲欢，是任何人任何坚持和念念不忘，都拉不回来的过往。

原来，在生活的河里跋涉，不管风雨肆虐，还是风和日丽，人和万物都逃不过似水流年。

又原来，即使逃不过似水流年，可似水流年也流不走生命所有的温暖和光。

原来一场雪，可以荒芜原野无数生物，却荒芜不了整个冬天。原来一片阳光，可以温暖万千生命，却依旧会有照不亮的角落。

就在某一天，某一刻，某个地方，你会想起、看见、认识，也醒悟许多，我也会。但曾经的许许多多总是会被滚滚红尘淹没，而我们都要继续赶路。

那么，就在这晴暖的冬日，去看一朵花，看一棵树，看一只鸟，或者就去看一看雪后的原野吧！

　　蓝天，白云，远山，近水；一棵树，一抔雪，会告诉你生活里很多很多的追逐都不一定重要，很多很多的人和事也不是生活的绝对，你只要学会把四季揣在心上欢喜，就足够了。

# 给时间时间，让过去过去

## （一）

这几日天气和暖得不像是冬天。

我想，旷野里的每一缕阳光，应该都是从春天而来的吧。

细细嗅嗅，每一丝温暖里都有春天的味道。

于是，对于季节的万千感慨又被翻晒在阳光下，所有的心情也跟着日子一起明媚，灿烂。

有人说冬天过于简单了，简单得有些苍白。

其实，生命的本色又何尝不是简单？

每一个人一开始都是简单的，是如梭的日子给每一个人打上了印迹，经历的事多了，心上的折叠多了，人就复杂了，就不简单了。

随着年龄的增长，不知道从哪一天开始，开始不由自主地回头，迷恋那些干净简单的存在。甚至渴望着阳光能赶走所有的疲倦和不堪，让寻常日子里累积的阴霾风烟俱散；也渴望着用真诚和阅历垒起的日子里，每一个路过的人都一样的真诚，自然。

其实，我知道生活不是笔下的文字，也不会就是你心上想要的样子。

生活，是平凡的眼泪和笑颜，是绕不开的烦恼和忧伤，是总有些想要达到却无能为力的遗憾丛生。

一路走来，你有你的疼痛，我有我的艰辛，有时候并非不懂，只是无暇顾及。

曾经在书上读到过一句话，一直在心里记着：冬日萧索，却蕴藏着绵长的萌动。

冬日的暖阳里我静静思索，这句话竟让我对生命生出万千感慨。

如果说，春天是生发的，那么冬天一定是蕴含的。

冬天，深沉而内敛。所有的生命不再一味地生长，开始注重本质的沉淀和积累，为来年的生发储备十足的力量。

而人生，也是如此。

每一个生命从一开始的简单到渐渐地丰盛繁华，而后，又慢慢地回归简单。

这不仅仅是规律，这也是人们在种种历经后对生命的一种领悟。

摒除了繁华喧嚣，慢慢地沉淀，慢慢地看见，逐渐成全一个丰盈的自己。

而这，就是我想要的生活。

而红尘之中万般的灿烂热烈，也敌不过白驹苍狗、岁月风烟，只有经历了沧桑的心，才明白风雨的意义。

时光如雪，来去无痕。细数时光里走过的点点滴滴，雪落北国，花开天南，许许多多的世界只能安放在心里。书上说：小时候，我们词不达意；长大后，我们言不由衷。

人一生当中，总会有意无意地错过许许多多，甚至因此而伤痕累累，可是我坚信，心若在，梦就在。那些流光抑或魅影总会穿越时空，从此就在心上潋滟。

时光匆匆如水，可以带走青葱岁月里的悠悠梦想，可以涤荡心田里的虚华浮躁。时光也会告诉你，你来与不来，一些存在总会在；你走与不走，一些存在仍会在。

时光说，给时间时间；岁月说，让过去过去……

# （三）

人这一辈子，无论懂得了什么，学会了什么，都要明白，爱自己是必须的事。

日子里，当你还不能看清一些东西的时候，或者，就试着把它交给时间。只要时间够长，慢慢地，你就看清了。

完美的开始，未必能走到完美的结局；错误的开始，未必不能走到完美的结局。

沉默两个字，写起来简单，解读起来也不艰涩。但是，当你开始在日子里沉默的时候就不简单了。因为，沉默是为那些受到打击的心灵提供的一个庇护场所，在这里，有时候连解读都是多余的。因为语言或者思考都会有水分，会掺假。

诗人说，千江有水千江月，万里无云万里天。

日子说，懂生活的人会在一汪积水里看见花的倒影，也可以在一株草木里看见四季繁华。

琐碎的日子里人们喜欢拿"如果"说事，可日子里更多的是"但是"。

——时间不止，人人都在成长。

# 岁月终将教会你云淡风轻

## （一）

为了生活奔波，有欢笑也有苦涩，但更多时候会疲惫，因而心中便有了五味杂陈。走到中年，走过了日子里的晴晴暖暖，已不再向往鲜衣怒马，也明白了不是所有的结局都能称心如意。红尘落落，学会了在懂得的人群中散步，也明白了不仅在阳光下，雨里更应该起舞。

其实，越来越明白，日子里许多的烦恼来自于自心。譬如，属不属于自己的都想要，该不该得到的都想得到。

其实，早已接受了任日子静静流动，任简单绵绵生长的凡俗时光。因为看清了红尘嚣嚣，无论你如何深情款款，也无论你如何明白透彻，尘世里总会有一些东西，风一吹就散了。

其实，这俗世的烟火真的有太多的事无法左右。纵使有许多的东西风一吹就散了，也依旧会有一些记忆在苍白里开出属于自己的花，再遥远的路途也会因一些细碎的美好心生温暖。

想来，最好的时光应该是心上有温暖、眼里有欢喜吧。而我就走在俗世光阴里，执手明媚，看见欢颜，看见自己，看见身边平常凡俗的日子。

## （二）

又坐在了岁末的路口，一年的光景如此匆忙。

万语千言，最后却化作一片无言的海。

有没有一句话可以囊括所有的语言？有没有一首歌可以唱出所有的心情？有没有一种情感可以代表所有的倾诉？

如果有，我愿意在岁月的阡陌上驻足，看一点点光照亮所有的路，看灵魂恣意地舞蹈。

年轻的时候，会嫌时间过得太慢，随着年岁渐长，偶然回望的时候，你会发现，其实时间快得让你不敢相信。

我相信过去的一年里，都有获得也有失去，有欣慰也有缺憾。但无论如何，都已经成为了过去。

时间若水，穿尘而过，而生活就在那里，一动不动，所有的潮涌其实是你的心，是你的心在跌宕。但蹚过山川河流，我们终会慢慢懂得甄别。

我们都在老去的途中，当千帆过尽之后，那些熟悉的、陌生的、沧桑的、美丽的，彼时的繁华喧嚣，此时的静谧祥和，都成了风景和故事。

原来，人生一场，所有的跋涉和停留，所有的坚持和守候，都是为了生命的奔放和辽阔。

坐在岁末的路口，无须刻意，只安静地把一些温暖放在心里，轻捻岁月的香芬，看浮生渐老，看时光从旧年走到新年，从冬天走向春天，从浅薄走向厚重。告诉自己，无论这一年你过得怎样，来年都要充满希望。

我相信，风会记取每一朵花的香，而岁月终将教会你云淡风轻。

王菲在《岁月》中唱道，千山万水相聚的一瞬，千言万语就在一个眼神。生活是个复杂的剧本，不改变我们生命的单纯。不问扬起过多少烟尘，不枉内心一直追求的安顿。

一开始看见歌词的时候，以为是在唱爱情，后来恍然明白了，唱的是岁月。

岁月的河里，我们真的只是过客。少年时候青涩幼稚，二十岁后张扬肤浅，三十岁后琐碎焦虑，四十岁后开始慢慢地懂得：在岁月里穿行，苦让人知道什么是甜，悲让人明白什么是喜，恨让人懂得什么是爱，死让人珍惜什么是生。

而岁月真的还是个神偷，不知不觉地就偷走了你的一些梦想、一些真纯、一些勇气。岁月有时候还不讲道理，它无声无息地就让你的笑不再纯粹，哭也不再彻底。

可是，历经了无数个周而复始的日夜，慢慢地你会发现，原来岁月也有让你感动的一面。

歌里唱道，我心中亮着一盏灯，你是让我看透天地那个人。你是我心里那盏灯，让我静看外面喧闹的红尘。

透过生活的罅隙，我也越来越明白了，生活固然难尽如人意，可生活也并非全是不堪。琐碎散乱的日子里，一个哭着的人未必全是悲伤，笑着的那个人也未必真的欢乐。

一路行走，是岁月，是年龄，是经过，是成长，让我们读懂了爱，读懂了生活。岁月给予我们的，不仅是风尘暗、朱颜改，也是阅历、成熟和领悟。而我们收获的，是从激荡到平和，从贫瘠到丰厚的心灵素养。

与岁月相视一笑，静静地在心里给自己留一盏灯，让自己从黑夜里路过时，看到自己脚下的路。我想，这应该就是岁月教会每一个人的。

在萦绕岁月的温暖和风雨里，守着生活的简单，感悟生活的平淡，用自己喜欢的方式，不问扬起过多少烟尘，不枉内心一直追求的安顿。

云很淡，风很清，任星辰，浮浮沉沉——十三个字，一笔带过所有的喧闹。就在如水的光阴里，且听岁月旋律永恒，一直陪伴不断聚散的旅程。

# 冬天快乐

## （一）

冬渐深，枯草，落花，寂寞而清凉——人生不易呀。

冬天，是旧年的结束语，是新年的开始曲。踏着季节的节拍，渐行渐老的年华，时浓时淡的怀想，秋收冬藏着所有的繁华和葱茏。

时入冬天，总想着温暖些，再温暖些。说到雪，也想用些柔软、美好的词，比如忽如一夜春风来，千树万树梨花开；比如冬天已经来了，春天还会远吗？

其实，雪美不美好与人间的悲欢并不相干，因为风雪不懂人的悲喜，人也不懂风雪的哀愁。人不过是在日子的风霜雪雨和时光的流逝中，听到了心的感慨，而后寄情绪与风雪而已。

周日，友人相约进山闲散，沿着寂寞的石阶，一路残枝瘦影，一幅极简的冬日风景。

过山风很快就穿透了厚重的衣裳，也凌乱了喘息和步伐。瞬间想念春风起舞的日子，想象春天独有的轻快，穿墙越户覆满身心，簇簇地，来又去，去又来，缠绵不休，便迫不及待地想知道，春光正在哪一片寒香深处栖息。

而此刻，风剐蹭着萎靡的枝杈，我放弃着继续走下去的决心。

决定小憩。委身落叶乱石，喘息定，四顾，感慨世间万物，终逃不出冬天的薄情。

俄而转头，被一小片不一样的树吸引，细细望，雀跃不已——竟是一片心心念念了几乎一个秋冬的水杉。

其实我只是偶然在一张宣传页上看见过水杉，一片醉人的醇红，倒映着碧澈的水，笔直的干一头直入云霄，一面倒影剪剪，那醉人的醇红像一面旗帜，蓝天玉宇下，美得让人怦然心动。

那种感官冲击力，像极了第一次近距离面对心心念念的某人。

只不过这片水杉长在山间，少了水的意趣，虽没有第一眼的那种冲击和震撼，依旧打开了欢喜的门。

瞬间忘了疲惫，几乎是雀跃着奔过去，找寻着最好的角度，拍，拍，拍，放肆地拍，也放纵着欢喜。

同行的友人们侧目不已，笑谑我竟在如此年纪，拥有如此肤浅的欢乐。

但我始终明白，如果能一辈子拥有这种肤浅快乐的能力，我愿意一生不放弃。

就在此刻，执手一片水杉林，放飞纷扰尘埃，邂逅一场最简单的快乐——有什么比这个更好呢？

你看人生落落，一念动，寂寞便生一寸；二念起，孤独就如影随形，日子就挤满灰色——而人生本不易！所以，何必呢？

我选择继续，继续自己最肤浅的快乐，乐此不疲！

## （二）

漫漫人生路，总有一些人、一些事，让你在不经意中看透许多东西。而成熟的人从来只看透，却不轻易说透。

曾经一度认为，自己永远不会疏远的某些人、某些事，却出乎意料地在不知不觉间淡出了你的视线和生活。而且，当你发觉时，你并没觉得怎样。其实，这就是实实在在的成长。成长有时候就是把原本看重的东西看轻了，又或许把看轻的东西看重了。

很多时候，喜欢一个人坐着静静地发呆，远方的天，流动的云，飞翔的鸟，甚至嘈杂的市井之声，都不在我眼眸和世界。

每个季节的风都有自己来去的方向，人生也一样。

所以，走过四季喧嚣，你要捡拾光阴热爱，推陈旧章新辞，即便岁月历经凋零，即使身在井隅，也要心向璀璨，悦纳平凡，欣喜精彩。

最爱午后有着暖阳和蓝天的惬意时光，然后告诉自己，每朵云后来都下落不明，每颗星星都不知所终。

我越来越觉得很多事情，你不能望眼欲穿，比如好光阴，你就得等它慢慢来，然后细水长流。

拥有快乐是一种能力，因为快乐需要寻找；拥有孤独也是一种能力，因为你需要十分强大。

夕阳无声无息，慢慢消失在天际，我慢慢明白，有些再见，也是无声无息。

套用泰戈尔的诗祝福自己：长日尽处，我知道曾经受伤，但一定会痊愈。

# 寒冬岁暮听风雪，静待春来万物生

## （一）

窗外，雪花又开始纷纷扬扬。

或许是很久没有这样轰轰烈烈地下雪了，看着落雪，心上涌起的不是寒意，而是久违的欢喜。

说幸好有雪。你看，忽如一夜春风来，千树万树梨花开。一场雪，山川大地成了一幅意味深远的水墨丹青，这大约就是越简单越丰盈吧。

大雪漫漫地下，车水马龙，人声喧嚣，掩于雪白之下。

书上说日子需要留白，生活需要留白，身心更需要留白。

何尝不是呢？

也许冬天会下雪，就是光阴给日子的留白吧。

下雪了，停下匆匆的脚步，空调房里追一追心仪的影视剧，煮一壶冬日的养生茶，暂时远离那些劳作纷扰、喧嚣无奈，用一场雪宁静心和时光。

此刻，插瓶的几枝蜡梅在案头静静绽放，浓香弥漫整个房间。

这几枝蜡梅是雪后特意从小园中采折回来的。当时只开了一朵，其余都是豆粒大小的花骨朵，一夜间已渐次开放，深呼吸，香气袭人。

忽而记起一句话：岁月清浅，我们用心过；世路迢迢，我们慢慢走。

感慨不已。

因为一个人能够认识，并且努力把手里的日子走到这种境界都不容易，你得踏平很多艰难，经过很多努力和挣扎，还要暗地里销毁很多不堪，只在心上留下明亮和温暖，才走得到。

而人一生，真的就是一个慢慢懂得的过程，我们一路行走，一路找寻，也一路困惑，而人生种种各个相似，又各自不同。

# （二）

站在岁尾，算着时光，说凡是过往，皆为序章。

其实数数时光，心底渐渐生出些寂寞，也不免生出些悲凉。

好吧，世间万象，喜怒悲欢，终会渐渐懂得。

午后，趁着上班前的闲暇去公园走走。

因为冬天，因为雪后，公园显得特别空旷。

慢慢走，随意站，一片梅树边停步。梅树下，一女子低声打电话，听得见哭泣声。

一会儿，挂断了电话，兀自对着一树梅花……

风过，树上落下几片积雪……

好吧，世间万象，喜怒悲欢，终会渐渐懂得。

尽管是冬天，可是看到穿婚纱在户外拍照的年轻人也已经不诧异了。

只是数九寒天，男孩穿着薄礼服，女孩穿着洁白的婚纱，总是替他们冷。

工作人员指挥着，一会儿花前，一会儿俯身草丛。

更甚的，在水边戏水。

看工作人员以手撩水洒身，倒让我猛一哆嗦，生出一身鸡皮疙瘩来。

这就是年轻吧！需要仪式感，来表达，来宣告，来纪念。

其实我懂，也愿意相信，岁月之外，会有什么东西一直在！

好吧，世间万象，喜怒悲欢，终会渐渐懂得。

昨晚，许久不曾谋面的朋友发来微信，说下班后漫无目的地一个人到处溜达，心里长草似的，想哭哭不出来，也不知道该做什么……我一时不知道该如何回复。

朋友的这种心情，我感同身受——就某个瞬间，你会觉得生活还不错，同样某个瞬间，你会觉得生活很该死。

早上回信息，朋友说已经上班了……无言，亦感慨——人生到处知何似，应似飞鸿踏雪泥！

好吧，世间万象，喜怒悲欢，终会渐渐懂得。